徳間文庫

壱里島奇譚

梶尾真治

徳間書店

目次

壱里島奇譚

005

解説　金子修介

417

design：coil

プロローグ

　ステは生まれてこの方、壱里島《いちりじま》を離れたことはない。

　生まれは、島の東にある信柄浦《しんがらうら》の近くのかんぽす岬である。半農半漁の宮口《みやくち》家に生まれて十七歳のときに、綾《あや》ん辻《つじ》の下《しも》の棚《だな》に暮らす五通《ごつう》家の長男、五通万太郎《まんたろう》に嫁いできた。そのときは五通家は大家族だった。万太郎の祖父が家長で、祖母、両親、万太郎の三人の弟と二人の妹が同居していた。嫁いでから、毎日が家族の世話と農作業。そして二年後からは子育てが加わった。それから七十年が経過して、もう五通ステには同居する家族は誰もいない。一人減り二人減りしていき、八十九歳になったステは下の棚の五通家で一人暮らしている。

　平凡な日々の繰《く》り返しだった。戦争を体験しているのだが、実感はない。ステに戦争とは何かと訊《たず》ねると、「家族を奪うもの」というイメージになる。壱里島は第二次大戦中、ただの一度も空襲を受けていないし、もちろん敵の上陸も受けていない。しかし、夫の万太郎の弟たちは、一人ずつ徴兵されて島の外へと出ていったまま、帰ってくることはなかった。

万太郎の祖父母も両親も、時の経過と共に他界していった。ステは四人の子供を育てた。そのうち、二人の息子は東京の大学を出て、そのまま中央に職を求めた。二人の娘も熊本市に嫁いでいる。夫の万太郎が十年前にぽっくりと逝《い》ってしまってからは、下の棚の五通家で暮らすのは、ステ一人だ。

だが、下の棚の集落には、あと二つの世帯がある。いずれも、五通ステと似たりよったりの境遇の老人たちが暮らしているのだ。必要なときには、おたがいに助け合いながら。

五通ステは、籠《かご》を背負い棚田へと向かっていた。十枚の棚田のすべてを管理することは九十近いステにはもう無理だ。下のほうの八枚の棚田は、信柄浦のＮＰＯ「綾ん辻の棚田を守る会」のメンバーとボランティアたちに耕作をまかせている。その八枚の棚田までは、曲がりなりに島の海岸道路から九十九折《つづら》りで繋《つな》がっている。一枚ずつの棚田の面積は狭い。田植え一つにしても、機械も持ち込めない。現実の田植えは、ボランティアと、信柄浦小学校の高学年との人海戦術で行なわれるほどだ。

だが、残りの二枚の棚田は下の棚より高い位置にある上《かみ》ん棚《だな》だ。

その田だけは、この年齢になってもステが、自分だけで面倒を見ているのだ。自分一人の食いぶちに、あまる量の米は稔《みの》ってくれる。

　本来、天草《あまくさ》諸島は山が多く水田に適した地が少ない。だが、壱里島も信柄浦岳という突兀《とっこつ》とした山は持ってはいるものの、その中腹にある綾ん辻の上には出臼江《でうすえ》河という高層湿地を持っている。そこのスポンジ状の地層に含まれた雨水が伏流水となり、綾ん辻の手前から湧《わ》き出している。そこから河口まで、徐々に水量を増やし、信柄浦の湾内に蘭戸《らんとがわ》川として流れ込むことになる。だから、壱里島全土はほとんど水不足に悩まされることはない。これは、他の天草諸島の島との大きな違いだ。天草下島《しもしま》の牛深《うしぶか》より七十キロ西へ位置するから、他の天草諸島の島とは気象条件も異なるし、信柄浦岳が一三八二メートルの高さでそびえているため、海上からの湿った風が山にぶつかり降水量がまとまるのかもしれない。

　細い畦道《あぜみち》を伝うと、上ん棚との境に出た。上ん棚にも八枚くらいの棚田がある。そのうちの一番小さな二枚の棚が五通家の棚だ。残りの三枚ずつは、同じ集落の佐々木《ささき》家と栖本《すもと》家の田になる。佐々木家は十歳下の佐々木哲弁《てつべん》とその嫁が二人でやっているから、何とかこなせている。しかし、栖本家の田と同じように、この上ん棚もいずれは荒れてしまうかもしれない。栖本家の棚は仕方がない。半月ほど前から、栖本フジが寝込んでしまっているのだ。この二軒も、状況はステと似たり寄ったりだ。壱里島は、小学校、中学校まではあるのだが、高校への進学を目指すなら、島を出なければならない。そしてほとんどの家の子供たちは、五通家の子供たち同様に、一旦壱里島を離れると帰ってくることはなかった。

島の外に仕事を求め、家庭を持ち、フジのように病に倒れても、子供たちが帰ってくることはない。

上ん棚の一番下二枚とその斜め上が栖本の田だ。伸びた雑草をステは横目で見る。いずれは、自分の田もこのように荒れてしまうのだろうか、と。そして、遅かれ早かれ佐々木家の田も同じ状態になるのだろう。

自分の身体《からだ》に余力が残っていれば、栖本の田の手入れもしてやるのだが。十年前ならそれもできたろう。しかし、今、ステの腰は海老《えび》のように曲がってしまい、歩くのにも難儀している。利《き》かない身体で自分の田を守るので精一杯なのだ。

その上の田がステの田になる。

昔は、夫の万太郎と、跳ねるようにそこまで登ってきて野良に励んだものだった。今ではそこにたどり着くだけで、半日が経過してしまうのではないかと思える。視界も狭くなった。その上最近は、何もかもがぼんやりと見えるようになってしまったほどだ。杖《つえ》をついていないことだけが奇跡のようなものだ。

ここ壱里島は、温暖な気候で田植えも早い。五月初旬には、田植えを済ませた。十日後には追肥《おいごえ》。そして九月初旬の稲刈りまで、病害虫の駆除や穂肥《ほごえ》のために追肥を、幾度となく繰り返さなければならない。そのためには、ステも何度となくこの棚田に足を運ばなくてはならないのだった。

しかし、長年の習慣となった今では、この棚田通いは、ステにとっては行《ぎょう》といってもいいものになっていた。頭を空《から》っぽにして、鼻唄《はなうた》を唄いながら、自分の棚田を目指す。

壱里島を出て東京や熊本で生活する子供のことを、ときおり閃光《せんこう》のように思い出したりもするが、その姿は成長したものではない。幼い笑顔で、いずれもステに駈《か》け寄ってくる姿だ。それも鮮明なものではない。今のステに見えている、ぼんやりとした世界と似たようなもの。

それでも、ステにとっては楽しい思い出だ。

爽《さわ》やかな初夏の風が信柄浦岳から吹いてきて、ステの頬《ほお》を撫《な》でた。

鼻唄は、子供の頃からステが聞いて育った唄だ。ステの姉も祖母も、手鞠《てまり》唄やお手玉の際のわらべ唄として唄っていた。

いちりとらん
らんとらんとせ

しんがらほけきょ
とゆめのくに

意味はまったくわからないが、子供の頃から繰り返し唄い続けてきたため、ステは何の疑問も感じはしない。しかし、よく考えても、一行たりとも何を唄ったものかはわからないだろう。島での暮らしにとって、理解しようという努力はまったく意味がない。

棲本の田の斜面を登りきったところが岩壁になっていた。手前には石が幾重《いくえ》にも積まれている。その向こう側の岩に、闇《やみ》をのぞかせた穴があるのがわかる。穴の奥は暗くて見えないが、手前の石壁には、稚拙《ちせつ》な彫りものが施《ほどこ》されている。大仏には見えない、仁王《におう》とも違うなにやらわからない形だ。しかし、ステが初めてこの棚田に来たときには、すでにこの磨崖仏《まがいぶつ》のような彫りものは、ここにあったのだ。だが、由緒のようなものを夫に訊《き》いても「古いもんだろ」くらいの返事しかもらっていない。だから、ステには祀《まつ》られているのがなんなのかわかるわけもない。そのまま長年ここで過ごすと、今では、そんな由来のようなものはどうでもよくなっている。ただ夫の万太郎はそう言いつつも習慣のように、野良の前にはこの彫りものに手を合わせていた。万太郎は子供の頃から、ここへ来ればお参りしていたにちがいないのだ。

彫りものの前に積まれた石の間に金物の筒が二本差し込まれ、野の花がそこに飾られていた。近くに咲いていたカワラナデシコだった。その前々日にステがたむけたものだ。

ステはそこで立ち止まり、磨崖仏に向かって手を合わせた。そこでぶつぶつと数分間、聞き取れない念仏のようなものを唱《とな》えた。それが終わると、腰のポケットから折り畳まれた紙片を出して、積まれた石と石の間に挟んだ。それからもう一度大きく手を合わせて、数秒後にぴょこんと頭を下げて儀式が終わった。

背中の籠の位置を修正するために、精一杯腰を伸ばしたときだった。

「おや」

ステは思わず呟《つぶや》いた。最初は目の錯覚かと思ったほどだ。よく見ると確かに何かが動いている。

生きものだと思う。白っぽく見えるが鳥であるか獣であるかもわからない。

「哲弁さんの棚田のとこだ」

ステは、その正体を見るために近づいていった。

近づきながらステは思い出す。そういえばあの場所は、哲弁さんが猪罠《いのししわな》を仕掛けたところではないか？　猪が畑を荒らしに来るから、罠を仕掛ける。ステさんは、危ないから、こちらに近づかないほうがいい、と。そう知らせてくれたあたりではないか。

見過ごすべきなのか？

しかし、あの身体の白っぽさは、少なくとも猪ではないように見える。しかし、ウサギにしては随分《ずいぶん》と大きい。それに色も、なんだか銀色に輝いているように見える。もがき苦しんで、伸びた草むらの中を転げまわる音も聞こえる。

ステは近づかずにはいられなかった。あれほど苦しそうにもがいているのであれば、とても見過ごすわけにはいかない。哲弁さんの田まで二十数メートルはある。それでも、これほどはっきりとわかるなんて。猪でなければ、いったい何なのだろう？

ステは肩から籠を下ろした。念のために鎌《かま》だけを出して左手に持った。突然の危険に備えて。

〝そいつ〟は啼《な》いてはいない。哲弁さんが罠を仕掛けたあたりを中心に、円を描くように暴れているだけだった。だから、そのあたりの丈《たけ》の高い草は薙《な》ぎ倒されているようだ。

ステは、ゆっくりゆっくりと近づいていく。「苦しんどるんかねぇ」思わず、そう呟きながら。正体のわからない〝そいつ〟のことを案じているのだ。

「こんなとこにカモメは飛んでは来んし」

もちろん壱里島の海岸線あたりではカモメは飛びまわっているが、ステたちの棚田は、そこから三百メートルも高い位置になる。昔はクマタカをよく見たが、クマタカはもっと高い山頂寄りに巣を作っていた。しかし、もう滅んでしまったのだろう。ここ数十年も姿を見ていない。秋だったら、中国からの渡りである鶴《つる》が出水《いずみ》を目指すから、迷って降りてきたとも考えられるが、今は時期が違う。ステは、自分の背丈ほどもある笹を掻《か》き分けた。

「ほう」

思わず立ちすくんだ。恐怖のためではない。驚いてしまったからだ。

罠に行動を制限された〝そいつ〟は、円形に笹を押し潰《つぶ》すことしかできない。獣ではない。もちろん鳥でもない。銀色の輝きを放つ奇妙なものは、自由になりたいと激しくもがくだけだ。のべつ跳ねているだけに、視力の落ちたステには正確な姿はよくわからない。とにかく、〝そいつ〟は哲弁さんが懲《こ》らしめようとした害獣などではない。そして、救ってやれるのは、今は自分しかいない。

ステはそう考えていた。すると思わず声が出た。

「ほうれ。そんなに暴れたら罠が外せん。助けてやるけん、静かにせんば」

銀色の〝そいつ〟の動きが、劇的に止まった。やっと、〝そいつ〟の姿がステにもはっきりと見えた。身の丈はステよりも大きいくらい。全身がぎらぎらと輝く銀色で、影になった部分は闇を思わせる黒。

上半身だけは、ぐねぐねと常に変形を繰り返す不定形のようだ。妙に全体が細長く見えたり、挟まれた足の上部が膨《ふく》れ上がったり。

ただ、ステにはそれだけはわかった。これは邪悪なものではないと。

しかし、〝そいつ〟は罠から逃れることができない。つらそうに、ステの助けを待っているのだ。

「わかってくれたね。ちょっと、待ってろ。ちょっと、待ってろ」

ステは笹を掻き分けて、〝そいつ〟が踏みしだいた円の中に入り、我を忘れて近づいていく。

〝そいつ〟を助ける。自由の身にしてやる。

それだけが、ステの頭の中を占めている総《すべ》てだった。

何の恐怖もない。

1

　宮口翔一《しょういち》は退職願いを持ったまま、上司の澤井《さわい》課長の机に向かっていた。極紘《きょっこう》物産株式会社を退社する。やっとその決意が固まったのだ。

　翔一は営業企画部開発課所属。全国に支店を持つ、商社機能を有する社員数五百名規模の企業の歯車の一つだ。いや、歯車のネジの一つにすぎない。

　東京の私立大学文科系を卒業と同時に極紘物産に入社した。支店で四年間営業を経験した後、二年前に現在の開発課に属することになった。そのまま現在に至るのだが、実績らしいものは何ら残せていない。営業に属しているときも、担当地域での売り上げを減少させた。名古屋《なごや》支店と関東第二支店だ。いずれも生き馬の目を抜くような競争の激しい地域だった。結果、営業落第の烙印《らくいん》を押されて今の部署に回されたというのに、いまだに一本の企画も通っていない。

　そして全産業を覆《おお》う不況の波をかぶるのは極紘物産も例外ではない。極端な前年比売り上げの減少に伴《ともな》い、コストカットが社内の合言葉になった。冗費の節約が極限まで至ると、次のステップに進む。人件費の削減だ。まず契約社員や非正規雇用者たちの解雇と、正社員のローテーションの組み替え。それに続いて正社員の早期退職の呼びかけだ。

翔一も総務と上司の澤井課長の双方から、早期退職の打診を受けていた。有利な退職金だが、その後の就職は難しい時代だと思う。好きな仕事ではないが、やりたい仕事があるわけでもなかった。

そして、もう一つ。翔一には、今の課に属するようになって、生まれて初めて彼女が出来た。総務の中山彩奈《なかやまあやな》だ。結婚の話にはまだ進んでいなかったが、いずれは彼女と結婚生活に入るイメージをぼんやりと描いていた。そんなときに、職を失《な》くすわけにはいかない。だが、数日前に、翔一は彼女から別れを告げられていた。退職の打診を受けても、彼女の存在があってこそ断ることができた。だが、もう、すべてが虚《むな》しく感じられる。

翔一は彼女に他に好きな男が出来たから、と言われたのだ。信じられなかった。だが、それが事実だと認めざるを得ない出来事を目にする。

彼女が他の男と街を歩いている現場である。その男は、翔一も知っていた。営業本部の同期生だ。総務の彼女であれば、将来性を天秤《てんびん》にかけて、この先どちらが有利なのか簡単に判定できたのだろう。

もう、この会社に居ることが惨《みじ》めなばかりに思えた。自暴自棄《じぼうじき》の一歩手前の状態にあった。生きていることさえ虚しく思えるほどだった。

それからの出来事が、最近は自分の意識の混乱を招いているような気さえする。失恋の思い出さえ現実感が欠落している気がする。このままでは自分が壊れてしまうような予感さえあった。

それを解決するには……。

翔一が最善と思ったのは、退社することだった。

澤井課長は電話を受けていた。課長は背筋を伸ばし、かしこまった表情でハイッと電話に応《こた》える。翔一は課長の机の前で辞表を握り締め、電話が終わるのを辛抱強く待った。澤井課長は電話に応えながら目の前の翔一を見て、一つ大きく頷《うなず》いた。それから深く頭を下げて電話を置いた。

「宮口君を、今、呼んだっけ?」と課長は言う。

「え?」翔一には何の話かわからない。辞表を出しかけたとき、課長が続けた。

「すぐに常務のとこへ行ってくれ。ご指名だよ、宮口君を」

「常務が、ですか? いったい、何でしょう?」

「俺がそんなこと知るわけないだろう。なんでもいい。とにかく常務室へ行ってくれ。行けばわかるだろう」

「は、はい」

翔一は先手を打たれた気分だったが、今はその言葉に従うしかない。辞表は、ついに出さず終《じま》いになってしまった。

そのまま、翔一はエレベーターへと向かった。役員室は二フロア上にある。エレベーターに乗ってからも、呼ばれた理由を考えていた。翔一は常務と直接言葉を交わしたことはなかった。それどころか、常務の名前さえ、思い出せずにいる。その程度の社員でしかないのだ、と自分で思う。

エレベーターを降り、まず秘書室へ行く。

「開発課の宮口です。常務に呼ばれ、参上しました」

八名ほどの男女がいる。そのうちの痩《や》せた眼鏡《めがね》の中年男が立ち上がり、「待っていたよ」と答え、電話をかける。「開発課から宮口君が参りました。これから通します」

受話器を置き、「ついてきたまえ」と部屋を出る。常務担当の秘書のようだ。慌てて翔一はその後を追う。他のフロアとは絨毯《じゅうたん》まで違うと、踏みしめたふかふかの感触で思った。これが役員のための絨毯なのだと。

秘書は無言のまま廊下を進んだ。翔一は話しかけることさえ憚《はばか》られた。

奥から二つ目のドアをノックして、秘書は室内に入った。

「開発課より、宮口君が参りました」

「よし、入れてくれ」と、重低音の声が響いた。翔一は、秘書に促《うなが》されて室内へ入る。入れ替わりに秘書は出ていき、翔一だけが残る。

広い室内に圧倒された。窓際に大きなデスク。部屋の中央には贅《ぜい》を尽くしたソファが置かれていた。十人くらいなら、そのソファで会議も可能だろう。そんな室内の調度にすっかり目を奪われてしまった。

「宮口君かね」

名前を呼ばれて、しまったと思う。常務に呼ばれるまで呆然《ぼうぜん》としてしまっていたのだ。何と間抜けな。翔一は自分に舌打ちしたくなった。

顔を向けると、ダブルのスーツを着た常務が立っている。顔は思い出せた。総白髪だが肩幅が広くがっちりとした印象を受ける。顎《あご》が張り、我の強そうな印象だった。

名前は……翔一にはどうしても思い出せなかった。もちろん常務は名札などしていない。翔一にできることは、宮口ですと言って頭を下げることだけだった。

「話すのは初めてだな」

「は、はい」と答えながら、常務も自分のことをよく知らないのだとわかる。常務はソファに身体を沈めた。

「まあ、座りたまえ」

常務がソファを勧めた。翔一は「はい」と返事をしてから、腰を下ろした。

そのまま常務の反応を待った。少なくとも、常務が翔一に早期退職を迫ることはないはずだ。翔一には、呼び出された理由の見当もつかない。

「宮口君は、総務のデータによると、熊本出身だそうだね」

「はい」

確かに高校時代まで、翔一は県庁所在地である熊本市で過ごしていた。それが、今日の呼び出しと何の関係があるのだろう。

「開発課に熊本出身者がいるというので調べさせてもらった。出身者のほうが土地鑑があるだろうし、もともとこれは開発課の仕事だ。ただし、今回は私の特命ということになるのだがね。澤井課長の了解はもう取ってある。緊急を要する業務を抱えていたら、すぐに澤井課長に引き継いで、こちらを優先してもらいたい」

「熊本への出張、ということでしょうか？」だから、熊本出身の自分？　たったそれだけの理由？

翔一の返事を、乗り気だと常務は考えたようだ。一度だけ、満足そうに太い首で頷いた。

「壱里島に行ったことはあるかね？」

島の名前を聞いたのも初めてだ。

「いえ」

その返事は、常務も予測していたようだ。落胆した表情を浮かべることもなかった。

「壱里島は天草下島の西方、天草灘《なだ》の真《ま》っ只中《ただなか》にある離島だ。本渡港《ほんどこう》より、高速船で一時間の位置にある。大きさは、そうだな、島の海岸沿いの道路を、ゆっくりと風景を見ながら自動車を走らせて、一時間で一周できるくらいの広さだ。人口が二千数百人。千世帯超が生活している。もっとも、その半数は、島の北東にある壱里銀座とその周辺に集中しているがな。宮口君には、その壱里島に行ってもらおうと思っている」

「その……島で、何をやればいいのでしょうか？」

「調べてもらいたいことがある。期間は、結果が出るまでだ」

常務は、おもむろに黒い容器とレジュメの綴《つづ》りを机の上に置いた。うやうやしい様子でその容器を開くと、中から直径十センチほどの、ドーナツ状の銀色の布のようなものが出てきた。

「これ……何でしょうか？」

常務は一度大きく頷き、触ってみろというように、その布状のものを翔一に渡した。

特別変なものにも見えない。銀色の布で作ったありふれた品のようだ。

「〝おもしろたわし〟という名前で、壱里島の物産館で売られていたものだ。知人が、私にこれを送ってくれた」

その〝知人〟というのが、いったい誰なのか、常務の口から語られることはなかった。

「〝おもしろたわし〟って、何をするものなんでしょうか？」

誰が名付けたのか知らないが、稚拙な商品名だと思う。いかにも世間から隔絶《かくぜつ》された、時が止まったような小島の人々が名付けそうな、のどかな名前ではないか。

「アクリルたわしのような使い方をしてくれ、と物産館の隅《すみ》で売っていたらしい」

「アクリルたわしですか？」

「ああ、アクリル毛糸を編《あ》んで作ったたわしのことをアクリルたわしというそうだ。私も研究室の連中から教わるまでは、まったく知らなかった。アクリルたわしは、洗剤を必要としない万能クリーナーということだ。アクリルの繊維が細いから、汚れを落とすのに適しているんだと。主婦たちの間では、アクリルたわしを作るのがけっこう流行《はや》っているらしい」

翔一は少し拍子《ひょうし》抜けしていた。どんなに価値のある情報のために熊本へ飛ばなければならないかと考えていたら、その対象がたわしとは……。

翔一が溜《た》め息をつきそうな表情を浮かべるのを、常務は見逃さなかったらしい。

「これは本当に凄《すご》いものなんだ。私はアクリルたわしのことも知らなかったから、すぐに研究室に回した。結果私は、この〝おもしろたわし〟がとんでもないものだと知ることができた。銀色のドーナツ状の単なる布に見えるが、じつはこれには、いっさい縫《ぬ》い目や編み目がない。アクリルの繊維も細いと聞かされたが、これは、まったく繊維の目を見ることができない。どうやって作ったものか、まったくわからない。研究室でも、その正体は突き止めることはできなかった。確かにアクリルたわしと同じ使い方をしてみると、その名のとおり、汚れや油分がひと拭《ふ》きするだけで面白いように取れてしまう。

だが、これは、それだけじゃない。驚くべき性質をいくつも持っている」

翔一は手にした〝おもしろたわし〟をまじまじと見た。銀色のすべすべしたドーナツ状の平べったいものは、金属とも布とも違う。柔らかい。肌触りも心地よい。いったい材料は何なのか。

常務が手を伸ばしたので、〝おもしろたわし〟を返す。常務は、そのままテーブルの上を拭いた。

その瞬間、拭いたところが輝く。まるでテレビショッピングの世界だ。銀色のたわしを翔一に見せた。今、テーブルを拭いたところが、真っ黒になっている。そのまま、灰皿の上に持っていき、両端を持って絞《しぼ》ると真っ黒い液が落ちる。たわしを開くと、汚れはまったく残っていない。新品同様の銀色だった。

「洗う必要もない。汚れはすぐ落ちる」と、常務は得意そうに言った。それから「こういうこともできる」

常務は〝おもしろたわし〟を二つに折り、掌《てのひら》でパンパンと二回叩《たた》いた。

「触ってみろ」

翔一が受け取ると、〝おもしろたわし〟は金属板のように硬くなっていた。

「これは？」

「形状記憶ができる。これでこの〝おもしろたわし〟は、まったく変形させることができない状態になっている」

「金属ですか？　もう元に戻らないのですか？」

常務は首を横に振り、もう一度硬化した〝おもしろたわし〟を掌で二度叩く。

それだけで、瞬間的に元の柔らかい材質に戻った。翔一は、まるで魔法の実演を見ているようだった。

「どうだ」

常務は本当に得意そうだった。翔一は驚きを隠せないまま、目を皿のようにしていたにちがいない。すると常務は、今度は肩をすくめた。

「どうだ、と言ったところで、なぜこんな現象が起こるのか、研究室のほうでもわからない。このたわしが、何で出来ているのか……。それどころか、布なのか、金属なのか、そんな根本的なことさえわかっていない」

黒い箱の横に置いていたレジュメを人差し指で常務は叩いた。

「ただ、正体はわからないが、この物質の不可解な性質は、この他にもこれだけ報告されている。研究レポートの半分以上は、口頭で説明を受けてもわからない。エントロピーってわかるかね」

「わかりません」

「私もわからない。熱力学の法則に反する性質も持っているようだとあったが、どんな性質なのやら。とにかく、なんの変哲もないような銀色の布に見えて、研究室の連中に言わせると、途方もない価値を秘めているものらしい」

「うちの研究室は、かなりの分析能力があるはずですが」

「ああ。しかし、その能力をもってしても、分析不可能なのだよ。切れないし、薬品にも反応しない。分析のやりようがない。

そこでこの〝おもしろたわし〟の正体を、壱里島で調べてもらいたいのだ。どうやって作られるのか？　どんな目的で作られているのか？」

「私に、できるでしょうか？」

「ぜひ、頼みたい。縁もゆかりもない者より、熊本の出身者のほうが、地元も受け入れてくれる気がする。本当は、私が行って調べたいのはやまやまなのだよ。私自身が壱里島の出身者なんだからね」

常務が熊本県出身者にこだわっていた理由が、そのとき初めて理解できたような気がした。

「なんとかスケジュールの隙間《すきま》を縫って自分で行けないかと考えてもみたが、毎日、何らかの抜けられない予定が詰まっている。悔しいが、我が身で調べるわけにもいかんようだ」

翔一は、なるほどと思う。常務という立場である以上、一日たりと自由な時間が持てない。そこで、自分に託そうとしている。壱里島出身ではないが、熊本出身という頼りない絆《きずな》だけで。それでも、壱里島出身者でもある常務の判断では、任命するに足る重要な要素なのだろう。

だとすれば、断わるわけにはいかない。最悪、調査が不調に終わっても、この会社をやめようと考えた身だ。退職願いを少し遅れて提出したところで、これからの人生にそれほど差があるとも思えなかった。

それどころか、うまくすれば熊本の離島でしばらくのんびりできるのではないかという思いがよぎり、後ろめたさを感じたほどだ。

「わかりました。果報を持ち帰れるように、努力します」

翔一はそう答えた。

常務は目を細めた。いかつい顔が奇跡のように柔和《にゅうわ》に変化した。満足気だ。

「よし。宮口君、頼んだぞ。それから、もう一つ頼んでおきたい。私の老母も壱里に一人で住んでいる。調査の合間に、様子を見てきてはくれないだろうか」

常務はがらりと話題を変えた。壱里島に残している母親のところには、電話もないという。携帯電話も電波が届かないと。

「壱里島は、電話がないのですか？」

「いや。壱里銀座界隈《かいわい》は電話もあるし、携帯も通じる。母の住んでいる場所が、ちと不便なんでなあ」

常務の語調の変化に翔一は、出張命令の本当の目的は、老母の消息の確認ではなかったのだろうか、と勘繰ったほどだ。〝おもしろたわし〟の正体も、じつは常務にとってはどうでもいいことではなかったのかとも。

しかし、本音がどこにあろうと、どうでもいいんじゃないのかと翔一には思えてきた。

その島へ——壱里島へ行ってやる。

「わかりました。調査の合間を見て必ず訪問するように致します」

「そうか。私事で恐縮だが頼めるか」

「はい」

澤井課長との話はついている上に、出張、それも調査期間は無制限。この常務室を出たら、経理から出張費を受け取り、いつでも熊本へ飛んでかまわないという。

「以上だ。後、伝えていないことがあったかな」とひとり言のように呟き、ポケットからメモを取り出して渡した。住所と名前が記されている。

「これが母の名前と住所だ」

そのとき、常務の名前が栖本であることをやっと思い出した。

「向こうでは、壱里島物産館の高良《たから》という人を頼れ。私の子供時代の友人の息子さんだ。話は通してあるからすぐにわかるはずだ」

すべてレールが敷かれているという気がしてならなかった。

そんな翔一に、常務は思い出したように言った。

「これは言っておくべきかな。あの〝おもしろたわし〟は一個、八百円で販売されていたということだ。

どう思うかね」

2

翔一は、翌朝の便で熊本へ飛んだ。午前中には着いたものの、天草空港への便は数時間待たねばならなかった。

熊本市内にあった実家に立ち寄るという選択肢もあったが、数年前にすでに両親は逝っている。それからは、翔一は天涯孤独の身の上なのだ。会いたい旧友もいない。

驚くほど気分が楽になっていた。まるで出張を旅行として楽しもうとしているかのようだ。この件が終わってからの身の振り方は、そのときに考えればいいことだ、と。

熊本空港での待ち時間に、翔一は空港内の書店へ入り、観光ガイドを手に取り、目を走らせた。

あの後、経理で概算で十日分の出張費二十五万円を受け取り、中途の仕事を同僚に引き継いだ。引き継ぎながら、帰社したときには、自分の席はなくなっているのではないかという気がしてならなかった。仕事を終えてからは、旅行代理店に寄った後、アパートに帰って旅の準備を済ませるので精一杯だった。そして、睡眠も充分《じゅうぶん》にとらないまま、熊本空港にいるのだ。

結果、壱里島については、ほとんど何の知識もないままに来ることになってしまった。だから今、少しでも予備知識を仕入れておきたかった。

そう思って数種類のガイド本をめくる。しかし、翔一が望む壱里島情報は、まったく得ることができなかった。昨夜、旅行代理店で得た情報も、壱里島行き高速船のダイヤだけだった。

「今夜は、もう手配できません。壱里島行きチケットは明日、天草本渡港で直接にお求めください」という返事だった。

熊本城の情報は大きく載っている。阿蘇《あそ》、黒川《くろかわ》温泉の情報や、平山《ひらやま》温泉の情報にもページが割《さ》かれている。もちろん、天草の名所情報もある。しかし、天草五橋《ごきょう》を中心としたドライブコースやイルカウォッチング、グルメガイド、温泉紀行や天草ちゃんぽん街道の紹介に終始していた。本土と天草五橋を通じて陸続きになっている上島《かみしま》、下島の記述ばかりだ。離島の紹介記事は、ほとんどないに等しい。壱里島にいたっては、最終ページの索引を見ても、名前も載っていないのだった。これでは、熊本出身でありながら、自分に壱里島の知識が欠落していても仕方がないと、翔一は妙に納得してしまった。

そんな翔一の、唯一の情報らしい情報は、ネットで得たものだった。

壱里島

壱里島（いちりじま）は天草灘に浮かぶ島。熊本県天草郡信柄浦町に属する。

1・データ

人口―二三〇七人

面積―一四〇・五㎢

海岸線長―一二三・七km

2・地理

河川・蘭戸川

山・信柄浦岳（一三八二m）

3・交通

熊本県道333号本渡壱里線

4・風土・文化・歴史

逃れの島の異名を持つ。平家の落人伝説も伝わる。

十七世紀、島原・天草の乱で追われた農民たちが、小舟で逃げ込んだこともあるという。いずれも落ち武者たちはこの島に身を寄せることで島の守護神に守られたという言い伝えがあり、逃れの島と呼ばれるようになった。

5・島へのアクセス
本渡港より信柄浦町営フェリー「フェリーゆめのくに」で三時間。または本渡港より天草郵船高速船で信柄浦港まで一時間五分。
（この項目は書きかけです……）

そうプリントアウトされた一枚の紙に記されている。公式の情報ではない。ネットユーザーの中で、壱里島に関して知識を持っていると自認する者が書き込んだものだ。だから、一〇〇パーセント信憑性《しんぴょうせい》があるわけではもちろんない。本来であれば、産業や特産など記されていて当然のものが欠落している。

それでも、翔一にとっては何もないよりはまし。そんな紙が、翔一のバッグに折り畳まれて入っているだけなのだ。明け方近くに、パソコンから取り出した、なけなしの翔一の壱里島情報である。

昼食を熊本空港内で摂《と》り、午後にボンバル機で天草空港へ飛んだ。

三時間半を熊本空港で過ごし、飛行時間はたったの二十分だった。上昇し、数分の水平飛行の後、下降を続ける。これほど待ち時間と比較して呆気《あっけ》ないとは。

天草空港から、タクシーで本渡港へ急いだ。熊本空港での待ち時間に壱里島信柄浦港行きの高速船のダイヤは確認していたのだ。飛行機の延着がない限り、その日最後の便に間に合うはずだった。フェリーの最終便は、すでに一時間前に出発している。次の高速船を逃せば、本渡港周辺の天草市内で一泊する必要があった。

本渡港でタクシーを降りた。

潮の香りが鼻を衝《つ》いた。これが天草の匂《にお》いなのだ、と翔一は思う。

予想したよりも高速船は大きかった。せいぜい定員五、六十人クラスの小型漁船に毛が生《は》えたくらいのサイズを翔一は想像していたのだが、なんと定員三百人クラスだった。そして、なによりも驚いたのは、船が到着して桟橋に並びはじめたときだ。さっきまでは三十人ほどしかいなかった乗客たちが、三倍ほどにも増えて、列をなして並んだことだった。

だが、それでも乗船に焦ることはなかった。客席の半分以上が空《あ》いている。

いつの間にか、船は本渡港から遠ざかろうとしていた。沿岸に小島が多いことを知る。どれも人が生活している気配もないほどの小さな島ばかりだ。

その風景が遠ざかる。遠くに見える陸は島原《しまばら》半島のようだ。だが、その陸影も霞《かすみ》に遮《さえぎ》られるかのように急速に見えなくなった。

船室中央の柱に、デジタルの速度表示板がある。高速船とはいえ船なのだから、それほどの速度は出るまいとタカをくくっていたら驚かされた。時速七十三キロを持続しているのだった。注意していると、表示は七三と七五の間を行きつ戻りつしているのがわかる。所要時間が一時間五分と考えると、少なくとも天草の本渡港から七十キロ以上も離れているのだと実感できた。

頭の片隅に、〝船酔い〟という不安が残っていたのだが、その速度にもかかわらず、まったく不愉快な揺れは感じなかった。天候に恵まれたということなのか。

壱里島に近づいたことは、船内アナウンスがあるまで、ほとんど気がつかなかった。というより、ここまでたどり着いたのだという気の緩みで、翔一は眠ってしまっていたのだ。船が速度を落とし、ほぼ同時にアナウンスがあったことで、やっと翔一は目を覚ました。

右前方に陸が見える。しかし、島という感じはなかった。陸全体が視界に納まりきらないからだ。

海岸線から内陸に向かってはホットケーキ状に平地が続き、さらに奥に行くと、急に高度を上げていく。島全体が皿に盛られたかき氷のようだ。その急峻《きゅうしゅん》な山の頂《いただき》付近は雲で覆われていて、全貌《ぜんぼう》を見ることはできなかった。

――あれが、信柄浦岳かあ。

そう、心の中で呟いていた。一三八二メートルという高度をインターネットで知ったときには、それほどの凄さは感じなかった。しかし、こうやって船の中から眺めると、改めてその高さが実感できた。海抜ゼロからの高度差が、そのまま信柄浦岳の険《けわ》しさといえるのだ。

もしも、自分が熊本県出身者でなかったら、一生、名前も知らないままの島だったかもしれない……。そう翔一は思うと、自分と壱里島の不思議な縁を感じてしまうのだった。

船が着岸して上陸した。

港には、まばらに人々が迎えに来ている。島の外観からは、この島にどのくらい人が住んでいるのかまったく実感が湧かなかったが、この程度の密度ということか。

壱里島に上陸したはいいが、どうするべきか、翔一は一瞬迷う。しかし、常務に紹介された物産館の関係者に状況を聞いてからでも遅くはないし、効率的な方法があるかもしれないと思えて、それまでは結論を出すのを待つことにした。

島に着いてのスケジュールを誰かに伝えているわけでもない。とりあえず、あたりを歩いて島の雰囲気を摑《つか》んでみよう。今日は、行き当たりばったりの行動でも許してもらえるはずだと考えていた。

まずは信柄浦の町を見てまわろう。そう思った。

小さな待合室のトイレを借りて戻ってくると、下船してきたときには少なくとも人の気配はあったのに、皆が物陰に隠れてしまったかのように静寂だけがあった。不気味なほどの変化だった。

通りに人影がない。

走る自動車の姿もない。

平日の夕刻近くという時間帯もあるのかもしれないが、あまりに閑散とし過ぎていると翔一は思う。

〝周期的な神隠しが日常化している島〟という連想が浮かんだほどだ。下船したときの人々は、どこへ消え去ったのだろう。

気候だけは穏やかだった。翔一はのんびりと海沿いの道路を歩きはじめた。

堤防が切れている場所に、翔一が見慣れないものがあった。そこは箱形の窪《くぼ》みになっており、その底には極彩色《ごくさいしき》の像が祀られている。その像は胸から下が海中に沈んでおり、つくりそのものは稚拙《ちせつ》だった。ひょっとしたら恵比須《えびす》かもしれないと思ったのは、左手にタイを握っていたからだ。そして、それが間違いでないことが、案内パネルを読んでわかった。

パネルには、「うんぶくれびっさん」という名前と説明があった。うんぶくれびっさんはこの埠頭《ふとう》が整備されるより昔から、祀られていたらしい。海運、漁業の神さまであり、七福神の一人であることくらいは翔一も知っていた。だから、港にも恵比須像が祀られていて何の不思議もないのだが、これがユニークなのは、像が半《なか》ば海中に沈んでいるということだ。

「うんぶくれ」というのは、この地域では、溺《おぼ》れるということを翔一は知った。つまり「溺れる恵比須さん」ということになる。

パネルによると、第二次世界大戦の後、この港の整備が実施されたとき、恵比須像は一度、陸に移されて祀られたことがあったらしい。しかし、それから信柄浦港では不漁が続いたり災害が発生したりで、結局、恵比須さまは海中で過ごされたかったのだという結論になり、元あった現在の位置に戻された。以降、豊漁の港に戻ったということである。

説明を読み終えた翔一は、のどかな気分になるのを感じた。周囲にワンカップの日本酒やら果物が置かれていたのは、恵比須さまに捧《ささ》げられたものだったのだ。折角なので、荷物を置いて、海中の恵比須さまに両手を合わせ、この島での調査がうまく果たせますようにと願をかけた。

道路を渡ると店屋が数軒続く。一番手前が酒屋。見たことのない酒の名前があり、「入荷しました」と手書きしたポスターが貼《は》られていた。三五度とあったから焼酎《しょうちゅう》のことかもしれない。壱里島の外ではまったく聞かない、というより出荷されない幻の焼酎なのかもしれない。

翔一は、二軒の軒下《のきした》に、注連縄《しめなわ》が残されたままであることに気がついた。本来なら、これは正月だけ、それも松の内の間、飾るものではないのか？　今は正月から、もう半年になろうとしているのに。単に不精者《ぶしょうもの》が多いということだろうか？

食料品屋から少し離れたところに数軒の古い民家が並んでいた。その玄関先を見て、偶然ではないことを知る。その民家の軒先にも古い注連縄が飾られっぱなしになっていたのだ。伊勢《いせ》方面では、そんな風習が残っている地域があると聞いたことがあるが、ここがそんな地域と直接の接触があったとは考えにくい。

何か由来やいわれがあるのかもしれないとは思いつつも歩き続けた。

とりあえず物産館へ行こう。宿も、それからの行動も、常務が紹介してくれた物産館の高良という人物に会ってからだろう、と考えていた。

もうしばらく歩くと正面に信号機があった。その手前で、翔一の右手に続いていた海が切れることになる。こちらに見えている信号が赤に変わると、一台の乗用車がゆるゆると右へと走り去るのが見えた。そのとき翔一は、これは壱里島にある唯一の信号なのではないかという気がしてならなかった。

信号にたどり着くと、向こうには「壱里銀座」の表示が見えた。少し呆《あき》れた。銀座とは大きく出たなと思う。アーケード街ではないが、確かにいくつかの商店が並んでいるようだ。

建物の陰になっていてさっきはわからなかったが、自動車が走り出てきたところにパチンコ屋が二軒並んでいるのには驚いた。

「そうだろうなあ。こんな島だったら、娯楽はパチンコくらいしかないんだろうなあ」

思わず、翔一はそう口に出していた。同時に、天気が悪く時化《しけ》が続く日に、何もやることもない漁民や農民たちで溢《あふ》れかえるパチンコ屋という図も想像してしまっていた。

信号を渡ると、真っ直ぐ行けば壱里銀座である。というよりも自動車一台入るのがやっとという路地になっていて、道の両脇に精肉店やら八百屋やらが並んでいるのがわかる。信号下の角には壱里簡易郵便局があった。

壱里銀座の方角から、やっと人の姿が現われた。電動車椅子《くるまいす》に乗った老婆だった。翔一が信号を渡り郵便局の前までたどり着く間、老婆は壱里銀座の入り口で翔一を見据《みす》えたまま、じっと待っていた。

仕方なく翔一はぺこりと頭を下げた。すると待ちかまえていたように、老婆は声をかけてきた。

「さっき着きなはったと？」

「え。あ。東京から来ました」

正直にそう答えると、老婆は電動車椅子を翔一の前まで近づけた。なかなか器用な操作だった。翔一の眼前で九〇度ターンさせたからだ。あたかも曲乗り師だ。

「東京？　東京てなあ」

老婆は検《あらた》めでもするかのように、翔一の足から頭までを舐《な》めまわすように眺めながら、そう言った。

「えっ。え、え」

仕方なく最小限の返事をすると、手拭《てぬぐ》いを頭に巻いた老婆は歯のない顔でにっと笑った。年齢はわからない。電動車椅子に乗っていて顔中が皺《しわ》だらけだから八十代半ばより若いということはなさそうだが、発散している気迫のほうは異様に若そうだ。

「観光ですかねぇ。違うねぇ。ここは見物するようなもんは何もなかけん。なんばしに来なさったと？」

声までも異様に若い。

「仕事ですよ」と答える。

「ふうーん？」

老婆の好奇心を打ち消そうとすればするほど、それは裏目に出るようだ。老婆は、かえって好奇心を強くしているようだ。翔一のプライバシーは途方もない蜜《みつ》の味ということなのだろう。翔一から離れてくれない。

仕方ない。であれば、逆に、こちらの役に立っていただこう、と翔一は考えた。

「このあたりに物産館があると聞いたのですが。どう行けばいいのでしょうか？」

そう訊ねると、老婆は目を輝かせた。素直に位置を教え、引き下がることにはならない。

「確かにこの近くたい。連れてってあげまっしょ」と言いだした。

「いえ。場所を教えてもらえばけっこうです。これ以上、ご迷惑をおかけしたら申し訳ありませんから」

老婆は電動車椅子を動かす。少し進むと、振り返って手招きした。ついてこいということらしい。仕方ないと翔一は覚悟を決めた。

「この島でがんばらんと！」並んで電動車椅子を動かしながら、老婆は話しかけてくる。

「ええ、まあ」とか「なんとか」とか、翔一が断片的な答えしかしないため、老婆は具体的な答えをするように質問を変えてきた。

「東京からこっちに来てみて、感想はどーね？」

港に着いて一時間も経《た》っていないのに、感想もないだろうに、と翔一は思うが、そんな失礼な答えもできはしない。

「静かですねぇ。あまり人の気配もしないし。のんびりとしているんでしょうねぇ」

当たり障《さわ》りがないだろうと、そのように答えた。

老婆がその答えに満足したかどうかはわからないが、「ふん、ふん」と答えるだけだ。

「若いもんが、おらんけんねぇ。高校からは本土に行くけん。そのまま戻ってこんけん。この島は、もう年寄りばっかりたい」

ほら、そこが学校、と老婆が手で示す。校門があり、その奥に確かに校舎が見えた。壱里東小学校、信柄浦中学校と、二校の木製の古い看板が掛かっている。数人の子供たちの姿が校庭に見えて、翔一はほっとした。廃校寸前というわけではなさそうだ。東と名付けられているからには、小学校は壱里島に他にもあるのだろう。

寿司割烹《かっぽう》「魚幸《うおこう》」という看板を掲げた店が、その隣《となり》にあった。二階建てで、けっこう店内は広いのではないかと思える。店の前には、旗が三本立っている。「仕出し／弁当」「餃子《ぎょうざ》／ちゃんぽん」「焼肉」とあった。つまり、寿司、和食だけではなく、何でも提供する店のようだった。滞在中は、ここで何度か食事をすることになるのだろうなと思う。

そこを過ぎると、細い路地が延びていた。路地の先は袋小路になっていて、立派な石の鳥居が見えた。神社のようだ。さっきの「うんぶくれびっさん」にしても、この神社にしても、宗教心に篤《あつ》い島民だなと翔一は思ってしまう。

左手をぎゅっといきなり摑まれた。

翔一は思わず大声を上げそうになってしまった。左手を振り払おうと見ると、電動車椅子の老婆が両手で翔一の左手を握り締めて、にたあっと笑って見上げていた。

「この神社は、何か知っとる?」

そう訊ねてくる。翔一が知るわけがない。慌てて振り払うのも大人げなさそうで、そのまま立ち止まり、「いいえ。知りませんが」と答えた。

「サッタヒコサンたい。知っとるかね」猿田彦《さるたひこ》のことかと思った。岐神社という表示が見えた。「アメノウズメノミコトも一緒に祀られとるよ。このチマタ神社には」

岐神社はチマタ神社と読むのだと知った。道祖神《どうそじん》なのだろうか? 道祖神は昔、道が交《こう》叉《さ》する場所の角によく見られたと翔一は聞いたことがある。鳥居の右側に「石敢當《いしがんとう》」と書かれた石柱があり、左奥に、高さ一メートルほどもある古い木の柱のようなものが奉《たてまつ》られている。

翔一は、思わず何度も目をしばたたかせてしまった。それは単なる木の柱ではなかった。巨大な木製の彫像で、男性の陽物を模しているのだ。そして、同時に、この岐神社は、そのような神社であるのだ、と理解した。その途端、翔一の腰が引けてしまう。道祖神を祀る場所では、そのようなものを見ることが多いと知識としてはぼんやり知ってはいたものの、これほどあからさまとは思わなかった。

老婆は翔一の手を離さずにいた。「この岐神社。どんな御利益《ごりやく》があるか、知っとるかね」

「知りません」ぼんやりと想像できるが、知りたくもないというのが本音だった。しかし、そう答えるのが無難だと思った。すると老婆は、ふひふひふひと笑った。あまりの不気味さに、翔一は一刻も早く逃げ出したくなった。

「ここは、夫婦和合、家内安全に御利益があるぞい。それから、男は下のほうが強くなる。下のほうに悩みがあるんならなんでもええぞ。効《き》くから」

「効くんですか？」

「おお。ズボンの前を開いて、出してから詣《もう》でると御利益がある。やってかんか」

慌てて翔一は辞退した。そんなところだからこそ、老婆は翔一の手を握って反応を見たということなのか。そして「暇が出来たらまた、そのときに寄ってみますから」と言い添えて、やっと老婆に手を離してもらった。

握っていた手を離されたのが老婆には不満のようだ。そこから数軒先が、消防署だった。救急車と消防車が一台ずつ駐《と》まっている。

「あんた。マムシの血清は、あと一本しか今はないぞ。三本在庫があったが、二人続けざまに咬《か》まれたで、後一本になってしまった。用心せえ。咬まれるなら、早めにたい。ふひひふひひ」

救急車を見て、嬉しそうにそう言って笑う。いかにも気の利いた冗談だとでもいうように。聞かされた翔一としては気持ちのいい話ではない。

「壱里島ってマムシが多いんですか？」

「ああ、多い多い。壱里島だけではないよ。天草は、どん島に行っても夏はマムシがおるよ。特に壱里島はマムシも名産たい。どの焼酎の蔵もマムシ酒ば漬《つ》けとるけん」

老婆にとっては自慢らしい。

通りに面した民家の玄関先で、ふたたび注連縄を見つけた。

思わず、そう翔一は呟く。

「あ、ここもだ」

「何がたい」

老婆がそう問い返してきた。

「いや。ここいらの家、みんな玄関の上に注連縄をしているから。ふつう、正月が終わったら、外しますよね。どうして飾りっぱなしにしてるんだろうと思ったんですよ。そんなに皆、不精なのかなと思って」

「うちも、玄関の上に注連縄を飾っているよ」

そう老婆が言った。

「はあっ？」

「当たり前だがね」と、こともなげだ。「うちは、切支丹《キリシタン》やバテレンじゃないって、わかるだろうが」

それを聞いて、すとんと腑《ふ》に落ちた。島原の乱以降、天草といえば隠れ切支丹の代表的な地なのだ。明治六年に禁教令は解かれてはいるが、カトリックに戻らないで隠れ切支丹を続ける人々がいたのだ。いわゆる潜伏キリシタンで、彼らがキリシタンと名乗るのは、戦後日本国憲法で信教の自由が保障されてからだ。それまでの間に、キリシタンでない一般の家庭で発生した風習が、壱里島に見られる〝注連縄残し〟だったのだろう。

これで「うちは正月の風習を守っています。キリシタンではありません」と壱里島の人々は主張しているということなのだ。クリスチャンの家では注連縄はしないということなのだろう。

民家を過ぎて、駐車場と施設が目に入った。駐車場は四十台はゆうに収容しきれそうな広さが確保されている。しかし、駐まっているのは軽自動車と軽トラックが三台だけ。施設の入り口にはベンチが置かれていた。

そこにも人の姿が見える。ベージュ色の作業着の五十代後半と思える男がそのベンチに腰を下ろし、煙草《たばこ》を吸っていた。男の前にスタンド式の灰皿が置かれているから、喫煙スペースなのだろう。

施設は、重厚なイメージの建築物だった。こんな人気《ひとけ》のない港町には似合わない。由緒ある石造りの銀行を連想させる。

作業着の男がこちらに気がついたのか、片手を上げて振った。電動車椅子の老婆も手を振り返す。それから翔一に言った。

「ここが壱里島物産館。最初は信柄浦町《まち》のもんだったけど、今は高良さんに払い下げられた。赤字がひどかったけん。ほーら、前にふるさと創生一億円て、何だら首相のときに出来たのが、これよ。兄ちゃんは、いつまでいると？」

「まだ、わかりません。明日か明後日《あさって》か。ひょっとしてもっとかかるかもしれません」

老婆は、じっと翔一の顔を見上げていた。

「兄ちゃんは、名前はなんていうと？」

「はあ、宮口です。宮口翔一といいます」

老婆は嬉しそうに頷いた。

「翔ちゃんたいねぇ。わかった。また会うかもしれんけんねぇ。翔ちゃんねぇ。そなら、ばいばい」

手を振ると、老婆は電動車椅子で遠ざかっていった。老婆の家がどのあたりなのかはまったく見当がつかないが、翔一の方を振り返ることは二度となかった。

3

腕時計を見ると、すでに四時半を回っていた。老婆の電動車椅子はカーブを過ぎてすでに見えなくなっていた。

西の果てでは、まだ陽は高い。だが物産館の営業時間はそろそろ終わりかもしれない。この物産館が閉まったら、翔一は誰に頼ることもできなくなる。彼は小走りで、煙草を吸っている男のいるベンチを目差した。

「こんにちはぁ」

翔一は頭を下げながら駈け寄る。作業着の男もベンチから立ち上がり、煙草を咥《くわ》えたまま翔一に深々と礼をした。

「物産館の方ですか？　高良さんと違います？」

翔一がそう訊ねると、男は全身を気をつけさせたまま、「いえ。物産館の方じゃないす」

と答えた。あまり見知らぬ者と話すことに慣れていない感じがある。

「物産館の方じゃないっすが、ご案内はできますたい。ああ、高良さんねえ」

男は大きく頷いて、「中におります。どうぞ」と言った。そして吸っていた煙草を揉《も》み消すと中へ入っていく。

翔一は男について物産館の中に入った。そこに展示販売されているのが、壱里島の名産品ということだろうか？

建物の大きさからすれば、売り場面積はそれほど広くない。

男と翔一が館内に入ると同時に、照明が点《つ》いた。

それまでは、客は館内に一人もいなかった。小肥《こぶと》りの中年女が壁際から離れてレジに向かうところだった。つまり、今までは売り場の照明は消されていたのだ。客が一人もいないときは、経費の節約に努めているらしい。男は慌てて言った。

「あ、お客さんじゃないから。高良さんに会いに来とられるんで」

中年女が頷く。それから翔一に言う。「レジの横から事務室に入れますから。高良さんは、そこにいるはずだから」

そこで男は、外へ出ていこうとしてふり返った。「あ、俺は、アレの旦那《だんな》」とレジにいた中年女を指差す。「迎えに来とるんだ。客はいないけど、あと三十分は勤務だから」

なるほど、と翔一は思った。レジの女性は男の連れ合いらしい。

それにしても、この物産館が客で賑《にぎ》わうことなどあるのだろうか？　置いてある商品も鮮度で勝負するようなものは皆無に見えた。干した海草をパッケージしたもの。壱里の塩。飛び魚の干物。タコ、イカ、それぞれの塩辛。低温保存用のボックスで売られているものも、塩ウニやイカの一夜干しのようなものばかりだった。生ものはまったく売られてはいない。

壱里コケシなるきらびやかな色彩の工芸品が並んでいた。なぜ、このような場所でコケシが名産なのかはわからない。ヨダレかけと細い目が描かれているのが特徴かなとは思うが。

「失礼します」と翔一が言うと、女は、「館長～」と叫んだ。

目が大きく、頭の毛の薄い男が中から現われた。すぐにでもゴルフのプレーができそうなポロシャツ姿だ。だがポロシャツの背中には墨字で大きく「壱里」と書かれていた。そういえばレジの女の赤のTシャツの背中にも、「壱里」の大書があった。

ポロシャツもTシャツも、物産館の制服らしい。

目玉をギョロギョロさせつつ、誰だろうという表情で翔一に近づいてきた。

「宮口翔一と申します。極紘物産から参りました。よろしくお願いします」

翔一は深々と頭を下げた。

「あぁ。話は聞いとります。いやあ、こんなに早いとは思わんかった。昨日、連絡を聞いたばってん、こんなに早く来なさるとは思うとらんだった。今週の末くらいかねぇ、と考えてはおったけど。東京からだけんね。東京も近《ちこ》うなったとねえ」

「恐れ入ります」と答える他はなかった。「高良さんに島のことは頼れと、常務の栖本から言われてますので、よろしくお願いします」

「栖本……栖本さん？　ああ、親父《おやじ》のお友だちだったという方ですなあ。いや、父の知り合いということで連絡頂いたが、父も亡くなって正直つながりはよく知らんのです。でも、島出身者に頼られるなら、本望ですけん」

極紘物産の栖本常務と、この高良という物産館の館長は直接の知人というわけではない。その間に、館長の父親が介在しているのだった。だから調査協力についても、高良は今一つやる気が伴っていないように感じられた。

「今夜は、どちらにお泊まりになるのかなあ」

案の定、そんなことを言った。

「いえ。さっき島に到着したばかりで、何も決めていないのです。高良さんのアドバイスに従おうと考えていましたので」

そう翔一が告げると、高良は「なるほどお」と言った。

「宿は、これからで大丈夫でしょうか？」

「大丈夫、大丈夫。私が案内しますけん」それから高良は壁際の大時計を見た。ネジを巻くアナログなタイプだ。木製で、大きな振り子が揺れている。あと五分で午後五時になろうとしている。

「三宅《みやけ》さん。今日はこれで、上がりまっしょ。客人の世話しますけん」

高良が、そうレジの女に言った。心得たふうで、レジの横から、布袋をひょいと持ち上げた。レジは開かれたが、中に金は入っていない。ということは、勤務時間が終わればすぐに帰れるように準備だけはしていたらしい。布袋の中には売り上げ金や釣り銭が入っているのだろう。

「ありがとうございまーす。上がらせてもらいまーす」

女は事務室の中に入り、すぐに出てくる。袋は金庫にでも仕舞ったのか。いや、この日売り上げがあったのかどうかも疑わしい。

三宅という中年女とその亭主は、売り場の窓のシャッターカーテンを手分けして下ろしはじめた。「館長よろしいですよ。後は、うちのとやっておきますから。お客さんの相手されて」

「おお。すんまっせんなぁ」そう叫ぶと、「行きまっしょうか」と翔一に言う。同時に時計が、余韻を残す超低音で五つ打った。

翔一は高良と並んで歩く。高良は翔一より頭一つ小さかった。だが、がっちりとしてい

る。頭は薄いが髭濃《ひげこ》く、いかにも九州人という風貌だった。年齢が五十歳に届くほど老け

て見えるのは頭髪のせいか。実際は四十歳前後だろう。

「詳しい話はおいおい……」と言って高良はコップをあおるようなジェスチャーをした。

「飲《や》りながらということにしましょうか」

それが、ビールを指すのか焼酎なのかが翔一には不安だった。焼酎ならば、この島の

人々は底なしのうわばみということも考えられる。

高良の胸ポケットには携帯電話が覗《のぞ》いていたが、宿に宿泊予約を入れることもない。大

丈夫だろうかと少し不安になるが、高良は平気の様子だった。

「持ちましょう」高良は翔一の持っていた軽そうな紙バッグだけを握った。

「あ、それは高良さんへのお土産《みやげ》です。羊羹《ようかん》です、虎屋《とらや》の。それから最中《もなか》」

「あっ。それは、すみません」高良の口ぶりは承知していたかのように聞こえた。

電話予約をするまでもない。翔一が逗留《とうりゅう》する宿は、例の壱里銀座の中にあるようだ。

その路地には、道幅が狭い割に店が並んでいる。

「この銀座も、壱里島の景気のいいときは賑わったんですよ。このあたりは数十年前は豊漁で、夜は飲み屋が繁昌《はんじょう》したんですよ。時化《しけ》のときは、昼間っから漁師たちが飲んだくれていたそうです。今はパチンコ屋が多いのかなあ」と高良は評した。翔一にすれば、あまり過去のことを話題にされても興味もない。そして「和泉屋《いずみや》」とガラスに金文字で書かれた古い木造の建物に入っていく。引き戸の向こうは土間になっている。まるで時代劇に出てくる屋敷のようだった。

「お鈴《すず》さーん。お鈴さーん」

高良が奥に叫ぶ。数拍置いた後に、「はーい」と声がして、床を擦《す》る音が近づいてくる。

土間の隅に事務机があり、壁から下がっているノートに宿帳とあった。それでやっと、この「和泉屋」が確かに旅館であるということがわかる。

「ここで、いいですか？　宿は？」

そう訊ねてきたが、ここまで連れてこられた以上、翔一に選択の余地はない。そう訊くのなら、ふつう中に入る前だろう、と翔一は思う。

現われたのは六十くらいの女だった。左足が少し不自由らしく、それで床を擦る音がするのだ。だが、背筋がぴんと伸びたいなせな雰囲気である。昔は美人だったかもしれない。

「お客さんを連れてきた。何日か世話になりたかけど、大丈夫かね」

高良の言葉に女は三度頷く。彼女がお鈴さんなのだ。

「よかですよ。二階の部屋は奥にしましょうか？　一泊二食で六千円ですが。今のところ、他にお客さんはいないけん、いつまででもよかですよ」と言った。

「どうね。ここでよかですか」と高良が再び翔一に訊ねてきた。

「はい、もちろん。じゃ、しばらくお願いします」と翔一は頭を下げる。薄暗い宿だなあ、と不安が顔に出そうになるのを必死で抑《おさ》えながら。そのとき、翔一は思い出した。テレビ番組で難事件に挑む書生姿の名探偵が逗留する宿というのは、このような感じではなかったか。

「あの、この時間だから、食事の準備となると少々遅くなりますが。今日のところはご了解くださいな」とお鈴さんは断わった。それは仕方ない、予約もなしの飛び込みなのだから。

「いや、今夜の分は、私と魚幸で食べるから必要なかけん」

「そうですか。じゃあ、今夜の宿泊分は、四千円でよかですけん。明日の朝から食事は準備します。それでよかですか？」

荷物だけを預けて、二人は宿を出た。この島の生活のすべてが、今のやりとりのようにアバウトなのかと、翔一は思う。決して嫌いではないのだが。

壱里銀座から魚幸に向かう途中に空き地がある。空き地にはアコウの樹があり、その木の下には木製の長椅子がある。宿へ行くときには、翔一はそこはただの空き地と思っていたが、今は人々が数人集《つど》っていた。長椅子の上に将棋盤が置かれている。勝負をしている老人二人と、横で覗き込むのは漁師のようだ。島の人々はくつろぎの時間に入ったらしい。その長椅子の近くには別のソファがあり、それに老人が沈み込むように座り、赤い顔でコップ酒を飲んでいた。その空き地が、寄り合いの場所なのだろう。のんびりした時間が流れている。

「あらぁー、啓人《けいと》さん。こちらに今の時間は珍しかあ。お客さんねぇ」と声がかかる。

「ああ。東京から来らしたけん。和泉屋さんに荷物置きに」と高良は答えた。高良は啓人という名前らしい。

「そうね。しばらくおらすと？」

将棋盤の周りの三人も、顔を上げてこちらをふり向いた。他所者《よそもの》の正体を確認しておこうという目で。

「は、まだ、いつまでかはわかりません」

翔一は直立してそう答えた。それから例によって深々とお辞儀をして、「よろしくお願いします」と挨拶《あいさつ》した。

漁師と思えた長靴の男が、「メカブ持たせるけん、帰りに言いなっせぇ。啓人さん、今夜はどうすると」

「今夜は、この宮口さんと、魚幸で飲むと」

「ああ、今、魚幸にタイを届けたところ。酒の肴《さかな》はタイよ」

「寿志《ひさし》さんの釣ったなら大きかろう」

「うーん。四キロくらい」

翔一には、そのサイズがどのくらいのものか、見当もつかない。と同時に、大人が名前で互いを呼び合うことも驚きだった。

空き地を離れ、翔一は高良に訊ねた。

「ここでは姓ではなく名前で呼び合うんですねぇ」

「ああ」と高良は頷いた。「同じ姓が多いですからねぇ。だから、名前で呼ぶほうが、間違わないということでしょう。松本《まつもと》が一番多いかなぁ。あと森《もり》。そして栖本、五通、高良、和泉、宮口が多かですねぇ。あ、宮口翔一さんだったですねぇ。こちらにゆかりがあっとかもしれませんねぇ。多い姓ですよ」

「あっ。栖本という姓も多いんですか？」

「多いですよ。十数世帯全部栖本というところもありますから。ああ、宮口さんの上司も、栖本さんでしたね」

そんな話をしていると、すぐに魚幸に着く。

「宮口さんは、魚でよかですか?」

「え、ええ」せっかく、この地まで来て焼肉を食べるつもりはなかった。

高良は、翔一をひきいて魚幸に入った。頭に青いバンダナを巻き、割烹着《かっぽう》をつけた男がカウンターの中にいる。奥から中年の痩せた女性が小走りで出てくる。男と女が同時に「いらっしゃい」と言った。

「お、いいかねぇ」

「どうぞ、どこでん」とバンダナ大将が笑顔で答えた。

「どうします。二階には座敷もあるけど」と訊いてきた。その返事を翔一から聞く前に、高良は入り口近くの小上がりに靴を脱いで座り込んだ。この人は、とりあえず訊いてはくるけど、翔一の意向は聞いていないようだ。

翔一は、正直、腹八分《はちぶ》で満足したら解放してもらい、宿でゆっくり横になりたかった。だが、この地域の人々の考え方はわからない。それでなくても、軽く食事をして、詳しいことは明日！ ということにはならなそうな予感がした。

「料理は、まかせてもろうてよかね」

「え、ええ」

ビールで乾杯した後、次々と料理が運ばれてきた。それほど広くはない食卓だったが、それでも、あっという間に料理で溢れた。

最初、見馴《みな》れぬ付き出しに驚いた。トカゲの手のようなものがいくつも鉢の中に入っている。「亀の手よ。それ」

「え、本当に、亀の……手ですか？」

高良が頷く。「甲殻《こうかく》類の一種よ。岩から、剝《は》がすと」

翔一が口に入れると、カニかエビに似た食感がある。確かに酒のツマミには最適かもしれない。

それが手始めだった。刺身は、魚幸に来る前に出会った男が宣言したとおりタイの刺身。それにイカが盛り合わされてきた。その刺身の厚さに圧倒される。もったいないのは、刺身醬油《じょうゆ》の甘くドロリとしたところ。翔一が日頃使う関東の醬油とは、まったく違うのだ。

それにしても、料理が出されるペースが圧倒的に速い。食べても食べても卓の上に料理が増えていくのだ。

殻付きのウニ。巨大な天然車エビの塩焼き。茶碗《ちゃわん》蒸し。サザエの壺《つぼ》焼き。驚いたのはタコステーキというもの。ナイフとフォークを出された後、皿の上にタコ一匹がそのまま載せられてきた。頭にはご丁寧にカンピョウらしきもので鉢巻きをさせられていた。そして……。

「これ、ひょっとしてヒトデじゃありませんか？」鉢に盛られた赤い星の形を指した。

「そうですよ。どうかしましたか？」

「い、いいえ」

見ていると高良は上皮を剝ぎ取りスプーンですくって食べる。茹《ゆ》でてあるようだ。翔一はヒトデを食べたことはない。見よう見真似で翔一も口にしてみる。ほろ苦いウニのような味がした。同じ熊本に育ちながら、このような食文化に触れたことのない翔一にとっては驚きの連続だった。馴染《なじ》みある食材のはずのタイの刺身にしても、その嚙《か》みごたえは翔一のイメージのそれとは全然別ものだった。単に新鮮さの違いだけとは思えなかった。まるで龍宮城のもてなしを受けているようだと、ひたすらかぶりついていた。その結果、夢中になってしまい、言葉が出てこなくなっていた。いつの間にか高良が注《つ》いでくれたビールで喉《のど》を潤《うるお》しながら。

はっと我に返り、顔を上げると、微笑を浮かべた高良に気づいた。いったい、自分は何をしているのか、と翔一は恥じ入った。

「あ、すみません。食べるのに夢中になってしまって」

翔一が頭を下げると、「あ、ええです、ええです。壱里のもんを、こんなに喜んで食べてもらうのを見ていると、気持ちがええですからねえ」

「それで、私の仕事のことなんですが」

「ああ、〝おもしろたわし〟のことでしょう。ゆっくり調べてください。ああいうのが、何か役に立つのなら。いや、汚れがよく落ちますもんね」

「は、はあ」

翔一が栖本常務から社内で見せてもらった〝おもしろたわし〟についての認識は、物産館の館長にとってはその程度のものらしかった。

「あの商品名は、誰が付けたと思いますか？　私ですよ。けっこう面白か名前でしょう？」

「そ、そうですね」

〝おもしろたわし〟というネーミングを気に入っているというのが、翔一にとっては微妙なのだが、面と向かって、そりゃあ変ですよとはとても言えない。

「それにしても、あのたわしが、東京の商社さんの注意を惹《ひ》くものだったのですか？」

「少しでも商品化してヒットする可能性を感じたら、調査をやるというのが商品開発の鉄則です。だから、この〝おもしろたわし〟も即商品化というわけではありません。まずは可能性を探れということです。それに……」

「それに……」

「うちの常務の母親が、まだこの壱里島で健在ということで、様子を見てきてほしいと言われています。

実は、そちらのほうの用事が本命ではないかという気もするのですが」

ああ、そうなんですか、と少々落胆した様子で高良は空笑《そらわら》いをした。

「でも、そういうことでしょうね。そんなにうまく、一発逆転で島が繁昌するという話が転がっているわけはなかですよねえ」

「いえいえ。何がどうヒット商品に繋《つな》がっていくか、わかりません。すべて、どんな方向で消費者にアピールすれば受け入れてもらえるかを考えて。博奕《ばくち》みたいなものですからねえ」

「そうかぁ」と高良は天を仰《あお》いだ。それから「大将！　おかみさん！」と叫んだ。

女将《おかみ》が痩せた首を覗かせた。「はあい」

「焼酎は、今日は何があるね。壱里のは」

それから翔一に向いて訊ねる。

「宮口さんは焼酎は飲むですか？　この島の焼酎、生産量が少なかけん、ほとんど島の外には出らんとよ」

翔一が、おまかせします、と答えるより先に、高良が頼んだ。

「夢國《ゆめくに》はあるね」

「夢國ゴールドがあります。三五度」

「ほう、ほう。そっでよか、よか。氷ばちょうだい。二人ともロックで飲むけん」

ここでも高良は、自分の価値観を優先させる。翔一に選択させるかのようだが、結局は意見を聞いてはいない。

焼酎が運ばれてくる間に、ちょっと待ってくださいと断わって、携帯電話を取り出した。それから小声で電話の向こうに何事か伝える。完全に地元民同士の会話となり、しかも早口ゆえに、内容までは翔一にはわからない。

ただ、何かを相手に頼んでいるんだろうなということは、うっすらとわかった。

胸ポケットに高良が携帯電話を仕舞ったとき、女将が焼酎のロックと、一升瓶《いっしょうびん》を持って入ってきた。

「どうぞ。氷も置いときます。空いたら言ってください」

どうせ足らないだろうとでも言いたげだった。赤、青、黄のきらびやかな色彩のラベルには「夢國」とあった。

またしても乾杯。そして恐る恐る口に運ぶ。驚くほどさっぱりとしていて、しかも香りが古酒の風格だ。「うまい」と思わず漏《も》らした。その反応も高良は嬉しそうだ。

コップを置いて翔一は、これだけは聞いておかなければと心に決めた。

「一ついいですか？」

「あ。ああ、どうぞ」高良は面倒そうだ。

「あの〝おもしろたわし〟ですが、誰が作ったんですか？」

「ああ、あれ。あれは下《しも》の棚《だな》で作っとるんです。美貴子《みきこ》さんが置いてやってくれ、預かってきたけん、て持ってきたんですよ」

「美貴子さん？　ですか？　その方が作ったんですか？」

「違う、違う。松本美貴子さんは週三日訪問介護ばしよっと。あと二日は、物産館のほうに来てもらいよります。で、ホームヘルパー先で、預かったんだそうですが。この、たわしを……」

「会えますか？　その方に」

「なん、そうだろて、美貴子さんを電話で呼び出しましたけん。さっき」

4

翔一は高良と二人、しばらくゆるゆるとした食事の時間を過ごすことになった。翔一にしても、あまり焦らなくてもいいか、という気分になっている。情報を仕入れなければならないという使命感よりも、目の前の珍味を楽しむことに心は奪われてしまうのだ。

高良も、松本美貴子なる女性を呼び出したと告げた後は、あまり話しかけてこないで黙々と食べていた。ふっと、頭を上げて言った。

「いやぁ。カニを食うときは静かになってですなあ」

いま二人は出されたばかりのワタリガニに取り組んでいた。スリッパほどの大きさのカニだ。殻《から》を剝《む》かなければならないので、注意を食べることに集中させなければならないのは当然だ。

「ま、食いまっしょ。話は美貴子さんが来た後で」とだけ言って、それ以上の〝美貴子さん〟についての情報は高良の口からは何も語られない。

この場に来るから、会えばわかるということか。

カニの身を口に運ぶ間にも、翔一は焼酎「夢國」のロックを口にする。口当たりが柔らかなので、つい杯を重ねてしまうのだ。もう四杯目だということに気がつかないほど、美《う》味《ま》いということなのだろう。

新しい客が入ってきた。振り返ると、男同士の二人だった。彼らは関係ないな、と翔一が思っていたら、「やあ」と手を上げて男の一人が小上がりの縁に腰を下ろした。もう一人の体格のいいほうが、仁王立《におうだ》ちしたまま腕組みしてニヤニヤ笑いで三人を見下ろしている。

「啓人さんのお客さんてこの人ね。垢抜《あかぬ》けとらすねぇ。東京の人は、違うばい」

小上がりに座った男は、そう言った。翔一が高良を訪ねてきたという情報は、すでに大ニュースとして島中を駆け巡っているようだ。白いデニムに紺のポロシャツ、首からタオルを垂らしてゴム草履《ぞうり》をはいているから、この近所の住人だとわかる。翔一を見て言ったことは、別に皮肉でもなく本心だということは、その邪気のなさでわかった。

高良が、「消防団で一緒す」と翔一に紹介した。すると、二人は「商工会の青年部も一緒たい」と言い添えた。

二人は名乗ったが、酔いが始まった翔一にはそれぞれの名前を記憶できるか、はなはだ自信がなかった。翔一も二人に自分の名を名乗り、頭を下げて「よろしくお願いします」と挨拶だけはした。

「一緒に飲むね？」と高良は二人に訊ねる。

「あと達人《たつひと》さんと、森《もり》の伝次郎《でんじろう》さんが来るけん、あっちで飲みます。邪魔するといかんけん。あと誰か、啓人さんとこは来ると？」

「うん。あとはお美貴さんだけ。色々、宮口さんの調べもんば教えてもらわなんけー」

高良の喋《しゃべ》りもだんだんとネイティブなものに変化していく。

「えー。お美貴さんも来るとー？　なら、泰司《やすし》さん、こっちで飲もうかい」

「だあめ、だめ。こちらは仕事で飲みなさっと。邪魔したら、いかん」

「ふえええ」

体格のいい泰司さんは、小上がりに腰を下ろしていた男を連れて二階へ上がっていった。

翔一は少しほっとする。三人から焼酎を勧められたら、いかに気持ちいい飲み方をしていても、あっという間に酔い潰されてしまう気がしたからだ。

さすがに満腹になりかけていた。そのとき、またしても客が入ってくる。

「お待たせしましたぁ」と明るい女性の声だった。翔一が振り返ると、ジーンズにピンクの半袖ダンガリーシャツの女性が小走りに入ってきた。目が細くて、がっちりした体形の若い女性だ。色は浅黒くのどかな印象を翔一は持った。

「やあ、お美貴さん。突然呼び出して、ごめん、ごめん。もう家でゆっくりしとったんだろ？」と高良が言う。翔一はなるほどと思った。先の二人は彼女のことを気に入っているのだろう。美人とはお世辞にも言えないのだが、いっさい陰のない社交性溢れる女性だといえた。こちらで飲みたがった男の気持ちもわからないではない。

翔一の紹介を終えて、まだ食事をしていなかったという美貴子のために料理を頼んだ。

「あ。夢國はゴールドですね。絶対、ゴールドが美味いですよね。うちではいつもただの夢國だから」

「まあま、お美貴さんも、まず飲みなっせ」

「待ってました」

高良が一升瓶を持つと、松本美貴子ことお美貴さんはどこから出したのか、湯呑《ゆの》み茶碗に氷を入れたものを差し出す。会話のかけ合いも茶碗を差し出すタイミングも、お互い絶妙のコンビネーションだった。

挨拶も「松本美貴子です。お初にお目にかかります」と歯切れがいい。そのまま三人で乾杯した。くいくいと飲み干し、彼女は再び茶碗を差し出す。いい飲みっぷりだった。

高良が夢國ゴールドを注ぎながら「お美貴さんには、土日だけ物産館で働いてもらいよってです。とにかく、彼女のおらん土日とおる土日で、売り上げは倍違うけん。他の日も来てもらいたかってですけど、他の日は訪問介護のホームヘルパーだそうですけん」

「なーん。他の日は物産館は客ゼロでしょう。私が出ても客ゼロなら、いくら掛け算しても売り上げはゼロでしょう」と笑った。

年齢は三十ぐらいか。翔一よりも二歳ほど歳上《としうえ》のように思える。彼女には落ち着いているというか肚《はら》が据わっている感じがあるのだ。四十前後の高良に一歩もひけをとらない貫《かん》禄《ろく》、とでもいえようか。だから実際は、もっと歳下かもしれない。

「お美貴さん、何にする？」と店の大将が声をかけた。

「いつもの」と茶碗を持ったまま彼女は答えた。

「そうだと思って、作りはじめてた。はい」

彼女の前にどかんと置かれたのはボリュームたっぷりのちゃんぽんだった。大盛りらしい。丼《どんぶり》から具が盛り上がっていた。

彼女は、「カーッ」と呻《うめ》き声を上げた。「壱里に戻ってきてよかったと実感できるねぇ、ここのちゃんぽんをつまみに焼酎を飲めるときは。至福だよお」

「ここのちゃんぽんは美味いんですか？」

「美味いです」と高良とお美貴さんが声を揃《そろ》えた。

続けて高良が、お美貴さんにまたしても焼酎を注いでやりつつ言った。

「お美貴さんは、ホームヘルパーの資格持っているけど、あと何人か同じ資格を持っている人が島にもいるんだよね。だから、ワークシェアリングっていうやつかねえ、週三日だけホームヘルパーなんです」

高良がそう言うのを聞いて、お美貴さんは肩をすくめ、口を尖《とが》らせた。

「まあ、私はとりあえず三級の訪問介護員だから、家事援助しかできないので、たまたま講習受けていたから、島に帰ったときに、一応ホームヘルパーの登録したんで、この仕事もやりつつ、物産館の仕事もやりつつぅ、みたいな」

その前は高校、短大、そして就職と熊本市にいて、結局壱里島へ帰ってきたようだ。なぜ島へ帰ってきたのか、その理由はぼかされていてはっきりと話すことはない。

「〝おもしろたわし〟のことなんですか？」

お美貴さんは単刀直入にその話題に入ってくれた。

「そうです」

「ネーミングがダサいでしょ。館長が付けたんですよ」と彼女は口を尖らせた。

「なかなかいいって言ってたじゃないか」高良は気に入っているのだ。

「興味深いかもしれないと言いましたけど、なかなかいいとは一度も口にしてません。館長が、どうだいいだろうと自画自賛して、とっとと商品名にしたんじゃありませんか」

高良のことだ。あり得ないことではない。人の意見は聞いたつもりでいるだけだ。

「そ、そうだったかなあ」と高良は首をひねった。

「あの〝おもしろたわし〟は、下の棚のおステさんが作ったんですよ。ホームヘルパーを始めてからだから半年間のお付き合いでしかないけど、おステさんは、まだ元気なんですよ」とまず言った。

「ああ、五通さんね。元気だよね」と高良も相槌《あいづち》を打つ。

「で、なんで、〝おもしろたわし〟のことでわざわざ東京から来たんですか？　そりゃあ、見た目がちょっと変わってはいますよね。きれいだし、手触りがいいし。それに汚れ落ちもすごくいいし、いつまでも新品みたいだし」

そう訊ねるお美貴さんは、〝おもしろたわし〟の真価については何も気がついてはいないのだ。翔一は、半ば焼酎で融《と》けかかった脳で、ぼんやりとそう思う。

「いや、ぼくもよくその価値は実感できていないんです。ただ、研究室の連中が調査の価値ありと折り紙付けて重役に進言したわけで」

翔一としては隠すことは何もない。ふうんと、お美貴さんはまだ不思議そうに頷く。

「で、その〝おもしろたわし〟、どうやって作ってるか、ご覧になったんですか？　どうやって作るか、ご存じですか？」

「編み棒かなんかで編んで作るんじゃないのかなあ。作っているところは見たことないから」とお美貴さんは面倒臭そうに答えた。

「でも……あれを……〝おもしろたわし〟を使ってみたらわかるはずです。縫い目やら編み目やらまったくなかったのを、知っているはずです」

そのことはお美貴さんも承知していたのだろう。否定はしない。代わりにちゃんぽんの具を頰張《ほおば》った。

「うん、確かに」と頷いた。「週に一回おステさんのとこに通うんです。昨年の暮れに壱里に帰ってきてこの仕事を始めて、最初の頃は、わりと風邪ひきやすいのかなぁ、と思っていたんですが、最近は元気になられているんです。前に体調があまりよくなかったときは、週三回くらい食べものやら必要な日用品やらを買って届けてました。住んでおられるのは、ほら、下の棚だから、途中までしかクルマで行けないんですよぉ」

さすがに業務上の説明になると、お美貴さんの言葉づかいが丁寧になる。〝おもしろたわし〟の製作者の住まいは、なんとも不便な場所らしい。

「今は、おステさんは元気になっておられて。前は、炊事場の流しに洗いものがヤマのように溜まっていたり、洗濯前の汚れものも部屋の隅に積まれていたりって状態だったのですが。いつだったっけ……調子がよくなったから、そろそろ野良に出てみようかって言いはじめて……。気をつけて無理しないように、っておステさんに言ったの覚えてます。それから、だと思います。おステさんの家が片付きはじめたのが。洗濯物も溜まってないし、炊事場もきれいだし、おステさんの声も大きゅうなったんです。

その頃は、もうほとんど週一回の訪問でも世話する必要がなくて、縁側で世間話だけして帰るようになっとったんですが、私が土日に物産館に勤めとる話をしとったからだと思うんです。ある日、私が帰ろうとしたときに、おステさんに呼び止められてですね、障子《しょうじ》の向こうからあの……〝おもしろたわし〟がヤマのように入った籠を持ってきたんですよ。『これ、お美貴さんの行っちょる物産館で売れんかなあ』って。ほら、朝市用のトマトやらナスビやら、おステさんから預かってくることもあったから、そう思うたんでしょう」

「それで預かってきたんですか」

「ええ。籠いっぱい。で、値段はいくらにしましょうか、っておステさんに訊ねたら、頭傾《かし》げてから、いくらならよかかねぇ、わからんねぇ、まかせるけん、て。それで館長に見せたら、最初、館長は三百円くらいだろうって。そりゃあ、あんまりでしょう。こんなに変わっていてきれいだから、もう少し高くてもいいでしょって。それで八百円にしましたあ。

　ね、館長」

「う、うん」と高良は焼酎を飲み干す。翔一は、〝おもしろたわし〟がひょっとしたら一個三百円で売られていた可能性を考えて、奇妙な気分になる。そういえば、到着して物産館を訪ねたときに、その〝おもしろたわし〟が陳列販売されていなかったことに思い当たった。

「売れ行きは、どうなんですか?」

二人の顔を見較べながら、翔一は訊ねた。どちらに訊ねるべきなのか、よくわからなかったからだ。

「売り切れです。ねっ、館長」とお美貴さんが答えた。

「あ、ああ」と高良はワンテンポずれて同意する。「私が付けたネーミングがよかったんだろう」

「もっと高い値付けしても売れたと思う。しかし、いつ売れたのかなあ。あまり売れてるのを見てはいないんだけど」

「使い方は、そのお婆《ばあ》さんが教えてくれたのですか？」

「いいえぇ。これ物産館で売れませんかねぇ、とだけですよ。どのように作ったかはもとより、何に使えばいいのか、いくらで売ればいいのか。すべてこちらまかせですよ。よろしいようにお願いしますって……。だから、商品名も値段も使い途《みち》も、すべて当てずっぽうなんですが。ほら、私がアクリルたわしになんとなく形が似ているから、そんな感じで売ってみようかってスタートしたら、館長が〝おもしろたわし〟にしちゃって。

百二十個ずつ二回預かって、二百四十個売れてしまったのかしら。先々週から在庫がないのかねぇ」

「もう、おステさん……作らんのか？」

高良がそう口を挟む。

「在庫がなくなったからまた作ってって、一昨日《おととい》訪問したとき、そう伝えましたよ。今度は値上げして売るけん、って。笑ってるのか困ってるのか、ようわからん表情してたなぁ、おステさん。やはり、嬉しいのと違うかなあ」

「で、いつ、次の〝おもしろたわし〟は納品すると言ってた？」

「返事せんやった」

「へえっ？」

「だから、この次いつ、おステさんが作り上げるか、わからん」

翔一は、再び確認のため訊ねる。

「その……おステ婆さん、頼めば作るとこ見せてくれるかなあ。わかりませんか？」

「そりゃあ、見せてくれるだろう。別に隠さんでも」

そう高良が言うとお美貴さんは、「企業秘密なら、他人には公開せんのが普通じゃないですか？　特許も何も取っていないのならば。そうでしょう？」と言う。

確かにお美貴さんの言うことが正論だろう。しかし、それでは、翔一が常務から受けた指令はいつまでも果たせないことになる。

「お願いします。そのおステ婆さん……五通ステさんのところへ、私を連れていってもらえませんか？　紹介してもらえませんか？　決しておステ婆さんの不利益になることはやりません。うまくいけば、島の皆さんのためにもなるんじゃないかと思います」

翔一は真剣に、そうお美貴さんに頼み込む。お美貴さんは首をぐりぐりと回しながらどうしたものかと考えているようだ。

もう一度、「お願いします」と言う。また彼女が口を開かないでいると、高良が口を出した。

「お美貴さん、いいじゃないか。宮口さんをおステさんに紹介してやんなさいよ。ほら、ここの席だって、みーんな宮口さんのおごりなんだから」

そこでお美貴さんはちらと上目遣《うわめづか》いに翔一を見た。この店の払いは自分が持たねばならないかな、しばらくはお世話になるわけだし、とぼんやり考えてはいたのだが、高良の口からそんなことを言われる筋合いはないのではと驚いてしまった。

しかし、「ねっ、宮口さん」と念を押されると、翔一も「も、もちろんです」と答えざるを得ないのだった。結果は同じことなのだが。

「そっかー。よし。じゃ、案内します」と、沈黙を終えたお美貴さんは快諾してくれたのだった。お美貴さんは、翌日の午前中に一件の訪問介護がこの町内であるということだった。その仕事が終わったら、午後にお連れしましょう、と言ってくれた。

「あの、それから」とお美貴さんが言う。

「なんでしょうか？」

「最近、肉を喰ってないんです。焼肉を注文していいですか？」

翔一が駄目だと言えるはずがないのは承知の上のようだ。壱里牛というブランド牛《うし》が存在するらしい。ほとんど東京の高級店に出荷されて、松阪牛《まつさかうし》や神戸牛《こうべうし》と称して販売されていると高良から聞かされた。「肉のレベルは負けてないから、ちゃんと壱里牛の名で売ってもらいたいなぁ」と。ホントだろうか？　と翔一は思う。

「宮口さんも一つ。欺《だま》されたと思って」と言われたから口にすると、なるほど、この肉をステーキで食べるときはナイフは要《い》らない、箸《はし》だけで食べることができるかも、と実感した。確かに上質の肉だと納得したが、それ以上は付き合いかねる。

鉄板の上の焼肉が一段落したところで、翔一はもう一つの宿題について訊ねた。

「それからもう一つ。一人だけお会いして、お元気かどうか確認しなければならない方がいるんです。ご存じありませんかねぇ」

「そりゃあ、誰ですか？」

「うちの常務のお母さんになる……。住所は信柄浦町……」

「壱里の島内は全部、信柄浦町ですよ」とお美貴さんが肩をすくめた。

「あ……あ。そうなんですね。名前は栖本さん」

「栖本もはいて捨てるほどいるが。誰だろう」

「あ……栖本フジさん」

「栖本フジ……」

「おフジさんのことと思う」

「信柄浦町綾ん辻大字《おおあざ》下の棚二〇四一です。わかりますか？」

そこで高良とお美貴さんは顔を見合わせ、頷き合った。

「栖本も多いけんねぇ。どこだろう、誰のことだろうと思うたよ」

「下の棚のおフジさんのホームヘルパーも私です。この間まで調子がようなかったんだけれども。ほら、今の話に出た五通ステ婆ちゃんの住まいの近所ですが。そこの集落に前から住んでる。明日、おステさんを訪ねるけれど、すぐ近くですよ。だから一度に用事は済んでしまいますが」

「あ、あ。そうなんですか？」

「栖本さんは六、七十軒あるのかなぁ。でも栖本フジさんは、下の棚のおフジさんだけだから」

それは願ったりかなったりだと、翔一は思う。もし、明日その用事を片付けてしまえば、明後日《あさって》には東京に帰ることができる。

しかし……帰社しても、どんな状態が自分を待っているのか考えると憂鬱《ゆううつ》な気分になってくる。それよりも、数日、この島でのんびりできたらなとも考えた。ついで、明日は午後までの時間、何をしようかな、とぼんやり思う。

そのときだった。

「啓人さんたち、まあだ居たばいねー」という声とともに、数人が店内に入ってきた。翔一は半ば朦朧《もうろう》としつつも、その声の主が、さっき宿近くの空き地にいたタイ釣り漁師の寿志さんであることを思い出した。

「みんな、東京のお客さんと飲みたがってねえ。今頃、俺が釣ったタイで夢國を飲みよらすど言うたら、皆、魚幸行こうて言いだしてねぇ」

寿志さんの両隣《どなり》で、首からタオルを垂らした歯だけがやたら白いオジさんと、首をすくめてニタニタ笑いで耳をほじっている若者が頭を下げた。

「一緒にええかなぁ」

「よかてえ。一緒に飲もうって。今日は宮口さんがおごるってえ」と高良が何度も手をひらひらさせた。高良が深く考えずに言っていることは、翔一にもわかる。

三人は翔一を囲むように座る。

「まぁ。飲みなっしぇえ」

「宮口さんて、この島に多いとよぉ。俺も宮口だもん。名前は翔一さんね。今から翔一さんて呼ぶよ」

「ディズニーランドて、月に何回くらい行くとお？」

すでに翔一は、すべてがどうでもいいことのように思えていた。遠くで懐かしい声が響いているような。

5

翔一がどこまで意識を保っていたのか、まったくわからない。

気がついたときには布団《ふとん》の上に横になっていた。見知らぬ部屋だ。

上半身を起こす。頭痛がする。胸のむかつきも。そして着ているシャツからは異臭がする。

和室の八畳間だ。部屋の隅に自分のスーツが掛けられているのを見て、やっと翔一は自分の置かれている状況を理解した。

自分は今、出張で熊本の壱里島まで来ているのだ。そして、ここは旅館だ。チェックインらしきことをやっただけで部屋には入らなかったが、この古い造りは見紛《みまが》うことはない。だが、誰がこの部屋まで運び込んでくれたのか、自分でたどり着けたのか、まったく記憶がない。

這《は》うようにして、部屋の隅にかかっている自分のスーツまでたどり着く。胸の内ポケットへ手を伸ばすと、財布はちゃんと残っていた。

呻き声を上げつつ財布を見る。

減っていない。昨夕のままだ。確か、昨夜の飲食は、翔一のおごりということで盛り上がっていたのではなかったか。勘定はどうなったのだろう。翔一の掛《かけ》になっているのだろうか。

障子の向こうは手摺《てすり》。その向こうを見下ろすと猫の額《ひたい》ほどの庭があった。庭には初夏の陽射《ひざ》しが落ちていた。視線を上げると視界を遮《さえぎ》るものはなく、真っ青な空がある。雲がいくつか浮かんでいるが、もう夏の雲だ。

腕時計を見ると、十時四十分だった。よかった。午後の約束には遅れずにすんだと胸を撫で下ろす。

「宮口さぁーん。宮口さぁーん。目を覚まされましたか？」

　お鈴さんの声だ。翔一の気配を感じて二階に上がってきてくれたのだろう。

「は、はい。今、起きたところです。すみません」と慌てて答える。

「いえ、いいんですよ。朝食を部屋にお持ちしましょうか」

　そうお鈴さんが言うのを聞いただけでゲップが出そうになった。まだしばらくは何も喉《のど》を通りそうにない。

「すみません。昨夜の酔いがかなり残っているようです。どうも朝ご飯は入りそうにありません。熱いお茶、一杯だけ頂ければありがたいです。あ、こっちの都合で朝食を食べないのだから、精算のときは請求していただいてかまいませんから」

　戸の外にいるお鈴さんにそう伝えると、お鈴さんは「あら、まぁー」と素っ頓狂《すとんきょう》な声で言った。「昨夜は、とっても酔っぱらっておられたけん、どうかなーて心配はしとりました。大丈夫ですか？　胃のお薬とか持ってきましょうか？」

　自分の身体のあまりのつらさに「お願いします」と頭を下げる情けなさであった。そのついでに翔一は訊ねてみた。

「ぼくは……どうやって、部屋まで帰り着いたんですか？　一人で戻ってきたんですか？」

「啓人さんと寿志さんが二人で連れてきなさったですよ。肩を貸して運び込みなさったとですよ。お美貴さんも一緒だったですねえ。背広ば持ってきなさったのが、お美貴さんだったですねえ」

やっと頭が上がる状態になってから、翔一は宿を出た。風に潮の匂いが混じっている。時計を見て確認した。確か、物産館駐車場で午後一時の約束だったはずだ。あと一時間以上は余裕がありそうだ。

そのまま物産館方向とは逆に歩き、堤防の切れているあたりで腰を下ろす。

そこには、昨日も見たうんぶくれびっさんの極彩色の像がある。今が引き潮なのか、恵比須の腰から下まで潮が引いていた。その恵比須の周りを小さなフグが無数に泳ぎまわっているのが奇妙な印象だ。

うんぶくれびっさんの解説パネルの横に座って、ぼんやりと遠くを眺めた。水平線だけがある。小島の一つも見えない。

ふと思い出して携帯電話を取り出した。

そろそろ社に連絡を入れておくべきかと思ったのだ。昨夜、充電していないから、電池残量表示は残量少の棒一本の状態だった。電波状態は棒二本、中の受信状態を示していた。

翔一は会社に連絡を入れた。すぐに秘書室代表に繋がった。

「開発課の宮口です。常務担当の方をお願いします」

「はい、矢口《やぐち》です」と神経質そうな声に代わった。

「栖本常務より特命を受け、熊本、天草へ出張しております宮口です。常務に報告致したいのですが」

「常務は本日は社外です。緊急を要する報告事項はありますか？」

「いえ。経過を直接報告すべきかと思いまして」

「明日までは、帰社されません。開発課宮口さんより経過報告があったことは、夕方連絡メールを入れるときに書き添えておきます。それでよろしいですか？」

翔一としては、それは望むところだった。いつ携帯電話のバッテリーが切れても不思議ではないのだ。

「はい。仕方ありません。私がいる位置は、電波を受信できるところが限られますので、連絡が取りづらくなることを申し添えてください。そのことは、栖本常務もご存じのはずです」

そう喋り続けている途中で、案の定、携帯電話は突然切れてしまった。

受信状態を示す目盛りが消えていた。天候のせいなのか、微妙なロケーションの問題なのだろうか。諦《あきら》めて携帯電話をポケットにおさめた。

一度宿に戻った翔一は、「どうですか、具合は」とお鈴さんに声をかけられて、驚いた。いつの間にか、苦痛が癒《い》えている。痛みが引いてしまえば、先ほどまで苦しんでいたことさえ忘れてしまうのは、現金だな、と思う。

「おかげさまで、なんとか頭痛が取れました」

「なら、お腹が空《す》いたでっしょ。まだ時間があるなら、簡単に朝飯を食べんですか？」

そう言われると、何となく喉を通りそうな気分になっている。「じゃ、急いで食べてから仕事に出かけます。いいですか？」

はいよ、とお鈴さんは返してくれて、すぐに部屋にお膳を持ってきてくれた。味噌汁と小鉢、海苔《のり》。それに生タマゴ。

お膳の前に座ると、軽く盛ったご飯が差し出される。

「ウニご飯にして召し上がってください」

そう言われて初めて気づいた。小鉢の中は生ウニで溢れていたのだ。「けっこう濃い味ですよ。アカウニだから、ムラサキよりも」

お鈴さんは食べ方を伝授してくれた。

ご飯の上に、生ウニを載せる。中央に窪みを作り、タマゴの黄味だけをかける。その上に海苔を小さく千切り、ふりかける。別皿でワサビを醤油《しょうゆ》で溶き、ウニご飯の上にかけて手早く混ぜる。そんな作り方だった。

さきほど割ったウニだということだった。六個ほど使っているとお鈴さんはこともなげに言う。タマゴを割ると、その新鮮さも驚きだった。黄味が盛り上がっていて、箸でつまめる。

ウニご飯は贅沢《ぜいたく》なタマゴご飯のようだ。磯《いそ》の香りを伴《ともな》って、至上の珍味だと翔一は思った。それから味噌汁を口に含む。味噌汁の実は海草、それから……なんだろうと翔一は思う。カニの味噌のような味わいがあり、噛《か》めばこりこりとした歯ごたえがあった。初めての味覚体験だった。

「なんですか？　この味噌汁の実は」

「ああ、嫌いですか？」

「いえ、おいしいです。歯ごたえがあって不思議な味で」

「そうですか。そりゃ、よかった。ワケンシリンスですよ」

「シリン……？」

「若者の尻の巣って意味。うーん、何というのかなあ。ああイソギンチャクならわかるかねぇ」

「イソギンチャク……」

翔一は自分の耳が信じられなかった。だが、イソギンチャクと聞かされても、美味いものは美味い。残さずに食べ終えていた。

宿を出て、のんびりと翔一は歩く。約束の待ち合わせまであと十分ほどあった。港へ続く通りへ出ると、乗用車が数台目の前を走り去ったのには驚いた。昨日はあれほど無人の通りだったというのに。続いて軽トラックも走り去る。

港の方で数十人の人影が歩いているのが見えた。翔一は納得した。今、午前の高速船が到着したのだ。通りを走る自動車は迎えに来た連中のものだろう。

移動する人々を翔一は、堤防の上に腰を下ろし、ぼんやりと眺める。島の人々が多いのか、土産ものらしい手さげ袋をいくつも持っている。近づいてきて「こんにちは」と挨拶されてしまい、慌てて翔一も「こんにちは」と返した。

そんな人々も壱里銀座やら他の通りへと消えてしまい、再び通りからは人影が消えてしまった。

そろそろ物産館の駐車場へ行こうか、と堤防から飛び降りたときだった。

「あの……」

声をかけられた。翔一が振り向くと、一人の男が立っていた。いつの間に近づいていたのか、気配はまったくなかったから、翔一は驚いて思わず背筋を伸ばしてしまった。

「は、はい」と翔一は答える。

男は五十歳をまわったくらいの年齢だろうか。白いものが交じった顎鬚《あごひげ》が印象的だ。黒いメッシュのアウトドア用ベストの下は、カラフルなシャツにジーンズだ。長髪は後ろで束《たば》ねてあり、色つきのメタルフレームの眼鏡《めがね》を掛けている。首飾りをつけているのを見て、翔一にもその男が島の人間ではないことはすぐにわかった。

「なにか……」

「失礼ですが、このあたり・の方ですか？」

そう翔一は訊ねられた。背中のリュックが痩せた肩に喰い込んでいることに気がついた。

正体不明だ。かなり胡散臭《うさんくさ》い。

「いえ。私は島の人間じゃないんです。昨日、来たばかりなのですが」

口をぽかんと開き、がっかりしたように、男は「ああ……」と言った。

「何か？」と翔一が訊ねると、男はがっかりしたように、男は「いえ、私もこちら・に滞在しようと思ってるんですが、宿の予約も何もせずに来ているんで、そこいらを教えて・いただこうと思いまして。どこか、いい宿はご存じないですか？」

「実は私が泊まっている宿くらいしか知りません。和泉屋というんですが」

「空《あ》いてますかねえ」

「訪ねてみたらいかがですか」

男の風体《ふうてい》から、「空いていますよ」とは、翔一は答えなかった。泊める泊めないの判断は、お鈴さんにやってもらうべきだろう。だから男には、和泉屋の位置だけを教えた。

男は翔一に礼を言うと、ふらふらと漂うように壱里銀座の方向へと去っていった。いったい何者だろうか？　翔一は改めて思う。この島を訪ねるには、一番似つかわしくないタイプの人物のように見える。

翔一が連想したのは「数十年前のヒッピーくずれ」「ぺてん師」といったものだった。しかし、詐欺師《さぎ》とかであれば、一目見てこれほど怪しい服装はしないのではないかと思えた。もっとまともな服装をしていてこそ、皆が騙《だま》されるのではないのか。

翔一が時計を見ると、まさに約束の時間だった。慌ててその場を離れる。

物産館横の駐車場には、青の軽乗用車が駐まっていた。それがお美貴さんの自動車であることは間違いない。その自動車の前にあるベンチで、お美貴さんと高良が談笑していたからだ。他に駐車している自動車はないから、物産館の中は例によって閑古鳥《かんこどり》が鳴いている状況らしい。

お美貴さんが立ち上がって、翔一に手を振った。その様子で高良も気がついたらしい。ベンチから立ち上がった。

「やあ、翔一さん。大丈夫？」

高良は翔一に対してタメ口になっている。そして、宮口さんではなく、今日はすでに翔一さんだ。

「あ、どうも。昨夜は、ご迷惑おかけしたみたいですみません。宿まで送っていただいたんでしょう」

翔一は頭を下げた。

「いいって、いいって」

「さあ、行きましょう。おステさんとこに」

お美貴さんも立ち上がり、後部席のドアを開けてくれる。助手席には高良が乗り込んでいた。

「あれっ。高良さんも行くんですか？」

「ああ。どうせ暇《ひま》ですけん」と高良はこともなげに言った。最後にお美貴さんが乗り込んで発車させた。

お美貴さんは中央線も関係なく、当然のごとく道路の真ん中を走らせていく。他に車が走っていないから、それでいいのかもしれないが。

「翔一さん、株上げたよ」

ステアリングを握ったまま、お美貴さんがそう言った。お美貴さんまでタメ口である。

「株上げた……。何がですか？」と翔一は逆に問い返す。

「だって、初めて会う私たちと、酔い潰れるまで昨夜は付き合ってくれたじゃない。とことん付き合ってくれる相手は皆、この島では好かれちゃうのよ。相手のこと信頼しないと、潰れるまで飲まないからねぇ」

「そ、そうなんですか」

翔一は思う。だから、皆がタメ口になり、自分のことを名前で呼ぶのか。それが信頼された証《あかし》ということになるのか、と。

「翔一さん、飲みっぷりよかったもんなあ」と高良が頭を振った。

「あの、昨夜の魚幸の勘定ですが……。どうなってますか？　私のおごりということになっていましたよね」

そう、翔一は気になっていたことを訊ねた。

「そんなこと気にしなくていいよぉ。酔い潰れとるお客には払わされんけん。皆で割り勘して済ませとったよ。ねえ、館長」

「ああ。済ませた」

だからお金は減っていなかったのだ。

「すみません。私が昨夜は払うつもりでおりましたのに」

高良が魚幸の勘定の額を言った。翔一は耳を疑った。東京で昨夜と同じ料理と酒を飲んだとすれば一桁《けた》違うはずである。つまり十分の一の値段であった。「えっ」と翔一は絶句したほどだ。

「じゃあ、今夜は、翔一さんのおごりでリベンジしようよ」とお美貴さんが盛り上がった。

「昨日のメンバーで、魚幸で！」

翔一は溜め息をつきたくなるのを、じっとこらえた。

翔一が窓外から目を離していた隙《すき》に、海の風景は見えなくなってしまった。物産館や壱里銀座界隈《かいわい》の道路よりは随分と道幅が狭いが、それでも舗装されていた。ゆっくりと斜面を登りつづける。道の両脇は棚田になっていた。このあたりは成育が早いのだなと、翔一は感心する。もう稲穂が垂れはじめているのだ。

突然、ドカン!! という大砲のような耳をつんざく音が谺《こだま》した。

「わっ。なんですか！」と翔一は身を起こす。

「あれですか？ ガス鉄砲ですよ。弾丸《たま》が出るわけじゃない。タイマーで鳴らすとですよ、稲を刈り取るまで。鳥威《おど》しに。なーん、すぐ慣れますばい」と高良が説明した。

いくつものカーブを器用にお美貴さんは運転する。すでに道幅は細くなり、遂《つい》に舗装が切れて砂利《じゃり》道となった。雨や山水によって道路がえぐれているところでもあるのだろうか、激しくバウンドすることがある。

それでも高度を上げていくと、下界とは明らかに異なるのどかな風景に変わる。町の近くにあったアコウの巨木群は、このあたりになるとまったく姿を消した。代わりに斜面の草原では初夏の花々が咲き乱れている。黄色、白、紫。翔一が名も知らぬ山野草の花々たちだ。そして、場所によっては、眼下に藍《あい》よりも遥《はる》かに青い天草灘が水平線の彼方《かなた》まで広がっているのが見える。

そのあたりまで高度を上げると、もう人家の気配はない。

「ええっ。こんな場所に人が住むところなんてあるんですか？」

「住んでます。人間というのは、どんなところでも住んでるもんですよ。ここも同じですよ」

「お年寄りばかり住んでいるんでしょ。生活に必要な品とか、どうするんです。下まで買いに行くなら、一日がかりでしょ。電気は通ってるんですか？」

「電気は……ないなぁ。煮炊《にた》きはガスだと思う」

「水は？　水道ですか」

「水は湧いているところがあります。そこから引いている」

翔一は、話を聞きながら住まいを想像しようとするが、なかなかジグソーパズルのピースが埋まらない。ちぐはぐな印象が拭えずにいた。

「生活用品とかは、皆で協力し合って……だねぇ。ですよね、館長」

「ああ、そうだねぇ」と高良。「お美貴さんも、頼まれたら週の規定日以外でも買物を届けたり、新聞配達の兄ちゃんも新聞を届けに行きがてら届けたり」

「新聞配達の?」

「ええ」

翔一は、この島の自然発生的な押し付けではない互助習慣に少し感心していた。

「とにかく、年寄りが多いですからねぇ、この島は。住人の半分以上が年金受給者ですからねぇ。しかも、夫婦とも老人だったり、独居老人が多いから。皆で見られる面倒は見てやらなきゃ」

高良は当然のことだ、というような口ぶりだった。

「じゃあ、この島の人たちは、あまり悩みみたいなものはないんでしょうね。若い方からお年寄りまで、皆、幸福そうにのんびりとやっているようだし」

心底羨《うらや》ましく思って翔一はそう言った。だが、意外にも二人は口を閉じ、窓外の風景に目を移した。

高良が、思い出したように口を開いた。

「都会の人の目で見っと、そんなに私たちは気楽そうに見えますかねぇ。私たちには、翔一さんのごたる人々のほうが、便利で気楽で、何の悩みもなかごつ見えますばい。ほら、よく言うでしょ。世の中には、何の悩みもなか人はおらんて。見かけは幸福そうでも、外からはわからん悩みを持ってるて。あれですよ、あれ」

「はあ」

そうとしか返せないのが翔一は情けなかった。

お美貴さんの運転する軽乗用車が止まった。

「さ、ここからは歩きです。もう、下の棚だから。おステさんは、下の棚と上ん棚の間だから」

翔一は正直、あまり山歩きには自信がない。少し不安がよぎる。

どのくらい山歩きをしなければならないのだろうか？　息が切れはしないだろうか？

それにしても、こんな自動車も入らないような場所に、どうして人が住んだりするのだろうか？　それも老人が……。

そんな翔一の心配が顔に出ていたのだろうか？　お美貴さんが「そんなに遠い距離じゃないけん。心配せんで」と言う。

その先に、お触れ書きでも貼《は》り出しそうな掲示板のような板が立っていた。雨に濡《ぬ》れないように軒《のき》までついている。かなり古いものだ。板の上には、鳥の巣箱のようなものが数個取り付けられていた。それを見て、高良が頷《うなず》いた。

「ほう。皆、元気ばいねえ」

「何ですか？　これ」

「あ。ここに、新聞を入れるんです。それから郵便物も。二回に一回は、ここじゃなく自宅まで、手渡して回りますけどねぇ。今朝が新聞は配達日だったけん。取りにみえてるということですよ」

高良はそう説明した。壱里島は本土の新聞が遅れて届く。この下の棚では、それを二日分ずつまとめて配達するということも知った。ここに住む人々は、この寄り合い郵便受けの場所まで新聞を取りに来るということなのだ。元気であれば……。

その角地を過ぎると、急に道が細くなる。道の両脇には雑草が繁《しげ》る。翔一は、マムシでもいないのかと、身をすくめながら歩いた。

「ほら、あそこです。見えました」とお美貴さんが右前方を指す。

坂でまだ全体像はわからないが、棚田の畦《あぜ》の上に屋根が見える。

着いた！　と翔一は思う。同時に意外だった。このような場所に建っている古い民家であれば、当然、藁葺《わらぶ》き屋根の家だと思い込んでいた。それが、平屋ではあるが瓦《かわら》屋根の家だったのだ。

坂を登ると、数軒の家の全体像を知ることができた。どの家も大家族の家のように大きい。

「あれっ」

お美貴さんが立ち止まった。

「どうしたの」

高良が訊ねると、お美貴さんは大きく首を振った。

「ん、んん。なんでもないよ。目の錯覚だったみたい」

そう彼女は言ったが、翔一にはそうは思えなかった。

「おステ婆さんの家は、どれですか」とお美貴さんに訊ねる。

「一番、右の家です」

その家の横あたりで、実は翔一も何か見えたような気がしたのだ。

人間ほどの大きさのギラギラと輝く銀色のものが。いや、銀色だけではなく、漆黒《しっこく》の闇のような影をも伴っているものが。

それがぐにゃりと縮《ちぢ》んで視界から消えた。初めから何もなかったかのように。自分一人でそれを見ていたら、お美貴さんと同じように目の錯覚だと思ってしまったかもしれない。

いったい何だったのだろう、おステ婆さんの家の横で見えたものは。

翔一は、そのことを今はあえて口にはしなかった。今はまだ、お美貴さんの言うとおり、目の錯覚かもしれないのだから。

6

不思議なものを見てしまったが、翔一はその正体に思い当たるものはなかった。ただ、なんとなく邪悪なものではないということだけは感じていた。

いったい、あれは何だったのだろう。もし実在のものだとしたら、獣ではないし、人でもない。でかい水銀が生きているといえばぴったりくるような。銀色の人ほどの大きさのものが急速に縮んで雑草の中に溶け込んでしまったようだった。

唐突に、学生の頃、友人から聞いた「くねくね」の話を翔一は思い出していた。

あの話に登場する「くねくね」という化け物も田舎《いなか》の田んぼなどに出現するということではなかったか?

都市伝説として語り継がれている話では、真夏の田んぼで白いものが、くねくねと全身を動かしているのを見かけたとき、もしその正体がいったい何なのかと考えると気がふれてしまうというものだった。「くねくね」を見たら「何も見なかった」ことにするしかないのだそうだ。

お美貴さんの反応も、その伝説に従ったものではなかったのか。つまり、目撃してしまったものの、「何も見なかった」ということにしたかったのではなかったか。

不定形で蠢《うごめ》いていたものが、もし「くねくね」であれば、とっくに気がふれてしまっているはずだ。いまだに正常を保っているのであれば、あれは「くねくね」とは別ものということになる。似て非なるものということか。翔一はそんなことを考えていた。

瓦葺きではあるが、建坪の広そうな家が数軒並んでいた。その一番手前の家に三人は向かった。昔は大人数の家族がこの家に住んでいたのだろうと思われる大きな家だ。

なにか懐かしい雰囲気がその家にはあった。家の横を清流が走っている。両足で跨《また》ぐことのできるほどの川幅だ。そこで洗いものもできそうだし、野菜がいくつか浮かんでいるのは冷蔵庫代わりに冷やされているものらしい。庭先の日当たりのよい場所には猫の額ほどの畑が作られていた。キュウリ、ナス、ピーマン、トマト、それにネギ類だということがわかる。その間で、鳩《はと》たちがせわしなく首を動かしまわり、何やらついばんでいる。

庭の隅に、小さな小屋が建てられているのが見える。トイレらしい。畑の近くにあることを考えると、その糞尿を肥料として使っていたのかもしれない。

すべてが何十年もタイムスリップして過去へ飛んだような代物なのだった。

軒下の泥の上に産み落とされたばかりのタマゴを一つ見つけて、翔一はなんだか嬉しくなってしまった。

「おステさーん。いらっしゃるかなあ」

玄関のところから、高良が中を覗き込むようにして叫んだ。

「おステさーん。お客さんも、一緒よぉ」

お美貴さんも手伝うように声をかける。縁側にあたる部分には雨戸がひかれていて、そこからは中の様子の見当がつかない。

「いつも、雨戸は昼間も閉じたままなんですか?」と翔一がお美貴さんに訊ねた。

「最近は、そうですねぇ。夜になったら閉めないかんけん、野良に昼間出といたら閉めっぱなしでもよかろうて、言っとられたことがあります」

「じゃ、野良仕事に……田のほうに出ておられるんですかねぇ」

そう翔一が言うと、「はあい」と声がした。中にいるようだ。

しばらくの間がある。それから、内部で何かが閉まる音がして、玄関に一番近い雨戸が一つ、突然開いた。内部は薄暗い。続いてもう一つ、その隣の雨戸も滑る。そしてもう一度、「はあーい」

やっと老婆が姿を現わした。上はベージュの服。下はもんぺを身につけている。小柄な老婆だ。目は窪《くぼ》んでいるし、顔は皺《しわ》だらけだが、意外なことにあまり老け込んだ印象がない。それがなぜか、翔一にはすぐにわかった。老婆の背筋がぴんと伸びていること。声に力がこもっていること。動きに緩慢さが見られないこと。それらのせいだろう。

「あらあ。お美貴さんが、館長さん連れてきた。こりゃあ、何かご馳走《ちそう》用意せないかんなあ」とおステ婆《ばあ》さんは言う。

「いやあ、突然だから、おかまいなく。前は昼間は雨戸は開けてたんじゃ？　大丈夫かね」

「おお。大丈夫。どうせ、夜は閉めるんで。今日は、揃《そろ》うていったい何事だぁ？」

高良が翔一を指で差した。

「こちらが、東京からのお客さん。おステさんの話を聞きたい言うんで、連れてきた」

「私ん話を聞きたいいて、わざわざ東京から？　ほおー。なんと物好き至極《しごく》ですなあー。何の話があるかのお」

おステ婆さんは何も思い当たる節《ふし》がないというように、不思議そうに頭を傾げた。

そこでいったんおステ婆さんは裏に引っ込む。高良とお美貴さんが「おステさん。何もかまわんでえー」と叫ぶが、「なあんにもかまうことせんからあー」と声が返ってくる。

戻ってくると縁側に座布団を置き、お茶と漬物を出してくれた。

「なあにもないでー」

丁寧な接待だと翔一は感心するが、当たり前のこととおステ婆さんは考えているようだ。

翔一はとりあえず持参した土産を渡す。

「お客さんが見えとるんで、ここでええかね」〝ここ〟というのは、縁側のことらしい。

「お客さんって？」お美貴さんが訊ねた。

「この間も来とったろう。お美貴さんがケアで来ちょったとき」

「いいえ。そのときはおステさん、何も言わんかった」

「そうかのう、言わんかったか。少し惚《ぼ》けてきとるから、言い忘れたかも」

勧められるままに三人は縁側に腰を下ろした。遠くでキツツキが樹《き》を叩いている音が響いている。なんとものどかだ。一定の高度があるので風も心地よい。翔一は出されたキュウリの浅漬けを口にした。懐かしい味だ。

「で、何だったかね」と問われて、高良が慌てて翔一を紹介した。

「ほー。えー男じゃあ。あと四十若けりゃ、旦那になってもらったなあ」と翔一のことを評した。

「あ、あの。それは、どうも」と翔一はへどもどする。「あの、物産館で販売している〝おもしろたわし〟の話を聞きたくて、ここまでお邪魔したのですが」と続けて言った。

「〝おもしろたわし〟ですかあ？　何ですか、それえ」

おステ婆さんは素っ頓狂な声を上げた。翔一は、ぽかんと口を開く。慌ててお美貴さんがフォローした。

「ああ。おステさんは、あのアクリル編みみたいな品に、〝おもしろたわし〟という名前が付けられて売られていること知らないんですよ。

おステさーん、私に預けたやつのことですよ。その噂《うわさ》が、東京にまで届いて、話を聞きに来られたってわけ。わかりますかあ」

それを聞いて、おステ婆さんは納得したようで、しきりに頷いていた。

「ああ、はあ、〝おもしろたわし〟ですかあ。はあ」

「どうやって、作ってるのか、知りたくて、ここまで訪ねてきたんです。材料やら、作り方やら」

そう翔一が言うと、おステ婆さんは困ったような表情を浮かべた。話がちゃんと伝わってはなさそうだし、照れているようにも見える。

「まだ作っておられるんでしょう？」

翔一が確認すると黙って頷いた。

「今も、奥で作られてますがぁ」

「えっ？　作ってる途中だったんですか？」

おステ婆さんは無言のまま頷く。翔一は畳みかけるように続けた。「作っているところを見せていただくわけにはいきませんか？」

「それは、ちょっと」

おステ婆さんは明らかに困っていると翔一は判断した。厚かましいお願いだったのだろうか。門外不出の秘伝のノウハウを、東京から来たという正体もよくわからない人物に訊《たず》ねられて、簡単に教えるほど甘くはないと考えるのが当然ではないか。名物料理のレシピだって、マル秘ではなかったか。

「私が作っているんじゃないんですよ。うちのお客さんが作ってるんでねぇ」

今度は、三人が同時に「ええっ」と呻《うめ》くような声を上げた。

「おステさんが作ってるんじゃないの？」

「私じゃない。いつの頃かのう、うちに訪ねてきたのは。それからずっと、奥に住んでるで。アレは、奥で作って、売ってくださいと言うんでなあ。で、作るとこは、絶対に見んでくださいって言われてるからのう」

縁側に腰を下ろした三人は打ち合わせたように、奥の襖《ふすま》を見た。

誰かがいる？

しかし何の気配も伝わってこない。

「それ、どこの人？　今まで、何度も訪ねてきてるけど、おステさんしかいなかったでしょう。他に誰かいるなんて、言わなかったじゃない」

「だって、お美貴さん、そんなこと訊かなかったから」

お美貴さんもおステ婆さんも、お互い呆《あき》れたような口調だ。その問答を聞いていて、翔一は脱力しそうになる。

「親戚《しんせき》の人かな。おステさんの親戚っておったかなあ」と高良も首をひねる。

「親戚じゃあなか。しばらく前から、うちに訪ねてみえとると。何か、前に困っとるのを助けてもらったで、お礼に来た言うてなあ。お礼はよかぁ、うちでゆっくりするなら、いつまででもゆっくりすればよかぁ、言うたら、それからだよ。奥の部屋でなんか、こつこつ作っていて、朝夕の食事のときだけ、顔を見せる。あれも、お客さんが作ったもんだから」

翔一は無意識のうちに眉《まゆ》をひそめていたらしい。どうも話は紆余曲折《うよきょくせつ》を続けている。〝おもしろたわし〟を作ったのがおステ婆さんではないということはわかったが、では作っているのはいったい誰なのか。

「お茶、おいしいっすか？」と、突然おステ婆さんが訊ねる。慌てて翔一はお茶を口に含む。漬物は口にしていたものの、お茶は飲んでいなかったのだ。

番茶かと思ったら、違った。微《かす》かな甘味と濃いめの茶の香りがある。えっと翔一は驚く。旨味《うまみ》まで伴っていた。

「美味《おい》しいです。まるで玉露《ぎょくろ》か特殊なお茶みたいで」と伝えたが、それでも褒《ほ》め足りないと思えた。おステ婆さんは嬉しそうに笑い、ポットを出して覗かせた。

そこにあったのは湯に浸《ひた》った〝おもしろたわし〟だった。こんな使い方があるとは翔一は知らなかった。〝たわし〟を浸した湯でお茶を淹《い》れればうまくなるのだ。このノウハウだけで、また〝おもしろたわし〟の売り上げは何倍も変わってくるだろう。

「これ、こうやって使うものなんですかなあ?」と高良が驚きを隠せずに訊ねた。

「いやあ、いろいろ使い方はあるで。たまたまお茶がうまくなったんでなぁ」

仕事を離れても、この〝おもしろたわし〟を作った人物に会いたいと思う。翔一はおステ婆さんに言った。

「そのお客さんに会わせてもらえませんか? 〝おもしろたわし〟の話を聞きたいのですが」

「無理だなあ」と即答された。

「どうしてですか?」

「今も部屋で、あれを作っているから。約束だからねぇ。部屋を暗くしておくってことと、作ってるときは絶対に部屋を開けんようにってことが」

「じゃあ、どうやって〝おもしろたわし〟を作るのか、ご存じないんですか」

おステ婆さんは知らないというように顔を横に振った。

「お客さんって……どんな人ですか？」

「若い……女の人」

翔一が連想したのは、日本昔話……つまり民話にあるエピソードだ。かつて助けたという女性が訪ねてきて、貴重な品物を作ってくれる。しかも、絶対に製作中の現場を覗かないようにと警告して。

「なんだか、聞いたことのある話だと思いませんか？」と翔一は、高良とお美貴さんに訊ねる。二人は大きく頷いた。

「なんか、鶴《つる》の恩返しに似ているなあ」

「ねぇ、ねぇ、おステさん。鶴の恩返しって話は知りませんか？　聞いたことない？」

お美貴さんにそう問われて、おステ婆さんは、はて？　というように天井を眺める。

それから「ああ、知っとる知っとる。その話に似とるなあと思っとったよ。織物を織るところを決して見んでくださいよと言われたのに、老夫婦が部屋を覗くと、鶴が自分の羽根で織物を織っとったと……いうことだったかなぁ」と妙に納得している。

「じゃあ、部屋を覗くと、女の人が『見たなあ～』とニタッと笑って……」と高良。

「それじゃ、ホラーじゃありませんか。鶴の恩返しでは、女性は悲しそうに鶴に戻って、飛び去っていくんですよ。鶴は助けてもらった恩返しで訪ねてきて」

「似てる。似てますねぇ。おステさん。さっき困ってるのを助けてもらったってお客さんが言ったって言うけれど、それは鶴だったの？」

お美貴さんの問いにおステ婆さんは首をひねった。心当たりはないようだ。

「さぁ、鶴は助けたことないけれど、なあ」しばらく首をひねった後に「助けたというか、どうか……上ん棚の田に行くときに、なんかわけのわからんもんが猪の罠にかかっておった。それを罠から外してやったが、あれは鶴なんかじゃ、断じてなかったなあ」

「それは何だったんですか？」

おステ婆さんは問われて腕を組んだ。しばらく後に「わからん」。

「わからん……て、鳥だったのですか？　人？　それとも獣？」

「人じゃない。獣……と言うべきなのかなあ。鳥には見えなかったが。なんか、よくはわからん。くねくねしておった」

それを聞いて、翔一はすぐに五通ステの家を訪れる途中で目撃したような気がする銀色のぐにゃぐにゃした正体不明の存在のことを思い出した。

やはり、あの不定形の銀色は目の錯覚ではなかったのか。いったい、あれは何だったのか。本当に実在しているのか。

おステ婆さんは、〝お客さん〟は奥の部屋にいるという。しかしそれでも、おステ婆さんの言う〝お客さん〟と罠から助けたくねくねしたものは、同一とは限らないではないか。不定形の銀色のものを見たのは、つい今しがただ。居た場所も異なる。

「どうやったら、その若い女性の……お客さんと会うことができるんですか？」

「部屋から出てきたら会えるがね。当たり前だが」

「いつ部屋から出てくるんですか？」

「夕方は出てるな。夕飯の用意は一緒にやるから。そのとき、作ったあれも持って出てくるよ」

「どんな人なんですか？」

「普通の、なあー。きれいな、お人形みたいな女の人だよぉ」

そう聞くと、翔一は耳を澄ました。奥の部屋に注意を向ける。高良とお美貴さんも、顔を奥の部屋に向けた。

閉じた襖の向こうがどうなっているのか。カサカサカサ。カサゴソゴソ。

注意を向けていると、そんな音が聞こえてくるような気がする。

室内に無理やり上がり込み、奥の部屋を検《あらた》めるという方法は残されているが、さすがにそれはためらってしまう。あまりにもおステ婆さんに対して礼を欠くことになるし、案内してくれた高良やお美貴さんに恥をかかせることにもなってしまう。

どうするのが一番いい方法なのか。このままここに居残りして、鶴の恩返しみたいなその客人が現われるまで、辛抱強く待つしかないのだろうか。そんなことを翔一は考えていた。

その時、遠くからぱたぱたぱたぱたという足音が近づいてきた。翔一たちは、はっと身構えた。その音は、家の外からだった。

ざざっ、と音がする。

走ってきた何かが急に縁側の前で立ち止まったのだ。

子供？

確かに子供だった。年齢は七、八歳だろうか。丸坊主頭で、濃く大きい下がり眉。獅子《しし》っ鼻《ばな》で、洟《はな》たれたままだ。顎《あご》の張ったその子は、胡散臭そうに翔一たちを睨《にら》みつけた。半ズボンに黒い児童服で肩をいからせて。

翔一は、その子とは初対面なのだが、とても初めて会った気がしなかった。

子供は両腕で新聞紙に包まれた何かを抱えていた。魚のようだった。けっこうな大きさがある。

「おステ婆ちゃん！」と子供は言った。

「おお、栖本さんとこの……」

「魚を獲《と》ったで持ってきた。晩飯に食ってくれ」と子供は、縁側に駈け寄りおステ婆さんに魚を手渡した。新聞紙が剝《は》がれて頭が見える。石鯛《いしだい》だとわかった。この子が釣ったのかと驚いた。おステ婆さんは、何の不思議もない様子で魚を受け取る。

「おフジさんは、どうかね」

「ああ。調子いい。さっき上ん棚の田の草むしりに行った」

「ほう。ほう。そんな元気なったか。いっときは、病革《あらたま》りはせんかと案じとったが、トクヨシちゃんが世話するようになって、みるみる薄紙剝がれるようになったのお。よかったなあ。トクヨシちゃんのおかげだあ」

子供は右手を鼻に当てて、少し得意そうにまた照れたように啜《すす》り上げた。それから、翔一や高良を珍しそうに見る。

「見知らん顔だのう」

「お客さんだ。東京から見えとる」

おステ婆さんがそう答えると、子供はしかつめらしく大きく頷いた。その仕草を、翔一はどこかで見たような気がしてならない。知っているはずなのだが思い出せない。そしてこんな子供を、なぜかつて見たような気持ちになるのかが、不思議でたまらなくなるのだった。

「そうかのう。お客さんか。お客さんはいいな。お客さんがある家は七代栄える」

「そうかのう。ありがとう。これはおつりだ。おフジさんと一緒に食べい」

おステ婆さんは、ためらうこともなくさっき翔一が手土産に渡した紙包みを破り、中の最中を四個取り出して渡した。

「ありがとう。これは大好物であります」

子供は気をつけして最中を受け取り、大きく深い礼をして、「では」と走り去っていった。見送ったおステ婆さんはその後ろ姿を見ながら、「あの子のおかげだ、おフジさんが元気になったんは」と言った。

「おフジさんのお孫さんかねぇ。私は初めて会ったが。いつから預かってるんだろう」

「お孫さんじゃないよ。おフジさんの子供だったろう。いつからかねぇ、あの子とおフジさんが一緒に野良に出るようになったのは、わりと最近だが。でも、だいぶ昔、トクヨシちゃんは亡くなった気がするんだがな。なんか、トクヨシが生きとったら、もう学生たい。

もう勤めとる頃たい。もう重役になった頃たいて、歳を数えるように言うとったんじゃなかったかなあ」

「またあ。亡くなった子供が生き返るはずないじゃない、おステさんたら」とお美貴さんが返すと、おステ婆さんは、「ふん」というように口をへの字に曲げた。

「それで……」と高良が話題を元に戻す。「いつ、こちらのお客さんの話を聞けるかってことなんだが。おステさん、いつですか？　出直したほうがいいのかな」

高良がそう問いかけたとき、翔一はまったく別のことを考えていた。〝おもしろたわし〟の製法調査は、栖本常務からの直接指令だ。だがもう一つ、指令を受けていたではないか。

メモ帳に書き写した名を恐る恐る覗き見る。

栖本フジ。

そのとき、電撃的にわかった。先ほど、魚を届けに来た子供のことだ。誰かに似てはいるものの、それが誰なのかわからず終《じま》いでいた。あの顎の張り方。濃く大きな下がり眉毛。獅子っ鼻。

常務に子供時代があったとすれば、あの洟たれ小僧そのままではないか。

「さっきの子供を、トクヨシちゃんと呼んでましたね。名前ですよね？」

翔一は常務のフルネームが、栖本徳芳《とくよし》ということを思い出していた。

これは何を意味するのか？

おステ婆さんが答えてくれた。「おフジさんの子供がトクヨシちゃんだった気がするんで、ついあの子のこともトクヨシちゃんと呼んだら返事してくれた。それはそれでいいだろう。おフジさんと一緒のときにトクヨシちゃんと呼んだんだから、おフジさんもそのつもりだろう」

おステ婆さんも、栖本常務の母親も、この僻地《へきち》で何十年と過ごしているのだ。老化による記憶の混乱が起こっても、彼女らにとっては何の問題もないのだろうか、とも考えてみるが、やはり尋常なことではない。

いったい何が起こっているのか。常務と同じ名前の洟たれの子供の存在は、何を意味するのだろうか。

栖本フジの家も訪ねてみるべきだろうが、野良仕事に出ていると聞くと迷ってしまう。

「翔一さんは、栖本さんとこも寄ると言っとられたでしょう。どうしますかね。ほら、様子見なきゃいかんて言っとられましたなぁ。さっきの子供の話とか、聞いとられましたか？」

「いいえ」と、翔一は首を横に振った。

それまで、首をひねっていたお美貴さんも口を開いた。

「それは、私も気になっているんですよね。おステさんの話しぶりじゃ、昨日今日来た子じゃなさそうなのに、どうなってんのかよくわかんない。私が訪ねたときには床におったんですよ、おフジさん。一昨日だったかなぁ。それが野良仕事なんて……」

そのとき、裏のほうの様子をうかがっていたおステ婆さんが首を横に振った。

「なんか、まあだ、出てくる気配がないなあ。やっぱり、出直されたほうがいいんでないかなあ」

翔一は、そう言われれば、その言葉に従わざるを得ない。

お美貴さんが何を思ったか、外へと走る。翔一はおステ婆さんに頼んだ。

「じゃあ、出直します。ひょっとすると、今度は私一人でうかがうかもしれませんが、そのときはよろしくお願いします」

「ああ、わかりました」とおステ婆さん。

「おステさんは、銀座のほうには出てこんかね。無理かね」

高良にそう言われて、おステ婆さんは皺だらけの顔をくしゃくしゃにして笑った。

「ああ。町まで出るのは面倒だなあ。壱里映劇があれば這《ほ》うても行くけどなあ」

「そだなぁ。おフジさんも、そうだなあ」

そこへお美貴さんが戻ってきた。

その会話を耳にしたとき、翔一はなぜか、正体のわからない懐かしさのようなものを感じていた。壱里映劇……。耳にしたことがあるような。

「おフジさんとこまで行ったけど、家は開けっぱなしで、やっぱり野良に出てるみたい。今日は会えないわ」

7

帰りの自動車の中で、翔一はお美貴さんに言われた。「明日は下の棚の二軒の訪問日です。一緒に来ますか?」

「明日は私、物産館を抜けられないけど、そうしたらいいですよ」と高良も言ってくれた。あまり焦る必要もないか、と翔一は思う。正直、この島でもっとのんびりできたらありがたいな、と思っているのだ。この島には翔一をきりきりと責め立てるものは何も存在しない。初めて会った人々でさえ、あれほど翔一のことを歓待してくれたではないか。余程せかされでもしない限り、もっとゆっくりとこの島での任務を果たせばいいのではないか。もちろん、もっと丁寧に仕事をやるつもりではいる。

「あ、よければぜひお願いします」

「じゃあ、明日は、もっと早い時間に出発ということになりますが。いいですよね、飲みすぎなければ」

「も、もちろんです」

「じゃ、今夜こそ、翔一さんのおごりということで」

翔一は、あっ、そうだった、と思い出すだに情けない。この義理は返しておかなければならない。

「わかりました。でも、私にはあまり酒を勧めないでください。この島の焼酎はうますぎて、どうも自分でコントロールできないようです」

「わかりました」とお美貴さんと、高良が声をハモらせて返事した。「じゃ、また、魚幸で」と。

約束をしながら翔一は、五通ステのところへ行ってはみたものの謎はかえって膨れ上がったような気がしていた。〝おもしろたわし〟を作ったのは、おステ婆さんではないということはわかった。だが、助けた〝お客さん〟が作ってくれているなんて。

お客さんとはいったい誰だ？　決して見ないでくださいなんて、鶴の恩返しか？　常務の幼い頃を連想させる子供はいったい何者なのか？　それに、数日前まで寝たきりだったらしい常務の母親、栖本フジのこともある。寝たきりだったとお美貴さんも言っていた常務の老母は、どうして急に野良仕事ができるようになったのだろうか？　疑問符だけが渦巻いていた。

「達人さんにおステさんの話をしたら、喜ぶだろうなあ」

そう高良が、ポツリと言った。何のことを言っているのか、翔一にはぴんとこない。

「達人さん……ですか？」と翔一は問い直す。

「ああ。翔一さんと同じ姓の宮口達人さんですよ。昨日、一緒に飲んだでしょうが」

そう言われるとそんな気がする。いつも笑っているような目をした男だったような。酔い潰れる寸前だったから翔一はぼんやりとしか覚えていない。だが、自分と同じ宮口という姓が一人いたことはなんとか覚えていた。

「どうしておステさんの話をすると喜ぶんですか？」

「あれっ。昨夜もその話、出たじゃありませんか」

そう言われても、翔一は紹介されたこともぼんやりとしか記憶していないのだ。「おステさん、壱里映劇があれば町まで這ってでも行くと言っていたでしょうが」

確かにそうは言っていたが……だからといってなぜ、と翔一は思いながら、「壱里映劇って……？」と訊いた。

「達人さんは壱里映劇の息子ですたい。十五年くらい前まで、壱里銀座にあった映画館ですよ。郵便局から翔一さんの泊まっとる和泉屋の前を過ぎて、突き当たりを左に曲がって十メートルくらいのとこ」

「もう、映画館じゃないんですか？」

「今は廃館されてます。客数が減ったのやらが一番の理由でしょう。おステさんとか、おフジさんとか、テレビもない下の棚の人たちにとっては、ときどき壱里映劇に観《み》に来るのが唯一の楽しみだったんですがねえ。達人さんのお父さんがずっとやってたんですが倒れられて、達人さんが島に帰ってきてしばらくは、土曜と日曜だけでしたが上映していたんですがね。フィルム借りる分も売り上げ出ないんじゃねぇ。平日は、壱里島観光協会で働いて、土日だけ壱里映劇ってことでしたが、うまくいかんかったんです。

翔一さんは昨夜、酔っぱらって、なんとかしましょうやって、盛り上がっていたではありませんか」

そんなことがあったのか？　と翔一は首をひねった。その記憶は完全に欠落している。しかし、おステ婆さんが壱里映劇と口にしたとき懐かしさを感じたのは、そのことが無意識の底に引っかかっていたということなのか？　と翔一は思う。

「じゃあ、また夕方に。今度は魚幸集合ということで」

物産館前で、翔一はお美貴さんの軽自動車を降りた。高良は物産館へ入っていき、お美貴さんの自動車はいずこへともなく走り去った。一人置き去りにされた翔一は、夕方の魚幸への集合時間を決めていなかったことに気がついた。前日と同じくらいに行けばいいということなのだろうと思うことにする。そのくらい島の生活はアバウトなのだろう。

それまでどのように過ごせばいいのか、翔一は少し不安になった。

前日も、天草市の港からあとずっと、翔一はぼんやりと過ごす時間に恵まれた。そして今日も、これから空白の時間を迎えようとしている。東京では組織の中で自分の時間を売り渡し、分刻みの行動をしてこそ働くということだと、そんな価値観を植えつけられていた翔一だ。またしても、ぽっかりと何もしない時間が訪れると、これでいいのだろうかと思ってしまうのだった。

仕方なく和泉屋へと向かう。途中、岐《ちまた》神社の前を通ると、神社の境内に朝出会った正体のわからない男がいるのが見えた。自分でも「島の人間じゃない」と言っていたし、翔一に泊まれそうな宿はないかと訊いてきた。結局、和泉屋に泊まることになったのだろうか？

顎鬚《あごひげ》の男は岐神社の境内で、カメラで写真を撮っていた。

翔一は一瞬声をかけようかと迷ったが、声をかけることはせず、その場を走り抜けた。

翔一にとって苦手な人種に見えたからだった。

そのまま翔一の足は和泉屋の前を通り過ぎた。シャッターが閉まった店や、開いていても明かりも点《つ》いていない薄暗い店が続く。塀にはホーローの看板が掛かっており、学生服や蚊取《かと》り線香、夢國焼酎が描かれていた。

突き当たりを左折した。大きな建物がある。何も予備知識を持たなければ、土蔵だろうかと思ってしまうだろう。

その建物に沿ってまたしても曲がる。するとそれが、古い昭和時代の映画館であることがわかった。軒下に提灯《ちょうちん》が並んでいて、「壱里映劇」とあるからだ。「娯楽の殿堂」とも書かれていた。前面の外壁はタイル張りで出入り口はガラスになっていた。その外観から、なんともいえない懐かしさを翔一は感じていた。建物が「昭和」の臭《にお》いを放っているからだろうか？　それだけではない気がする。ガラスにも剝げた金文字で「壱里映劇」とあり、
翔一は顔をガラスに近づけ中を覗いた。

暗いが、看板が立てかけられているのがわかる。モギリ用の台や売店も見える。まるで、映画館の遺跡のようだ。最近、人が足を踏み入れた形跡などないようだった。〝達人さん〟という人物は、ここで生活しているんだろうか、と考えてしまった。

そのときだった。

「翔一さんですかあ？」

そう声をかけられた。振り向いてわかった。思い出したのだ。この人が達人さんだと。首に白いタオルを掛けて、自転車を押していた。ジーンズにピンクのポロシャツ姿で目が笑っていた。

「あっ、達人さん」

達人は嬉しそうに、何度も頷いた。

「やはり、約束したら守ってくれるんですね。嬉しいなあ。なぜか、翔一さんって、初めて会ったときから、この人だったら信頼していいって思えちゃったんですね。やっぱり、間違いなかった。見に来てくれたんですね」

翔一には、そんな約束をした覚えはない。しかし、達人がそう言うからには何か約束したのだろう。いったい自分は何を約束したというのか。

「皆、取り壊して、表通りのパチンコ屋みたいにしたらどうだって言うんですけど、オヤジはこの壱里映劇が大好きなんです。壊せませんよ」

自転車を置いた達人は汗を拭《ふ》きながら、そう言った。

「達人さんは、何をしていたんですか？」

「ああ、次の船が着くまで時間があるでしょう。その間、暇でしょう。だから、こんなもの作ったんですよ」

　ポロシャツの胸ポケットから一枚のカードを取り出して翔一に渡した。

「何ですか、これ」

「壱里国民証ですが。作ったんですよ、うちの観光協会で。これを島に来た人たちに販売する。一枚五百円です。で、商店や町営の施設でこれを見せると特典があるというカード。ぼくが考えました。

　で、今、時間があるときに、このあたりの店を回っているんです。これ見せた観光客には、どんな特典出せますかということで。今、土産用海産物の『松《まつ》や』さんで交渉したら、海草せっけんミニを一個サービスって。それから、魚幸は、食事代の五パーセント引きって了解を得たところなんです。これから物産館に行ってこようかと思ってるんですけれど、何か気になったんで、こちらに回ってきたんですよ。やっぱり、翔一さんがいた。ムシの知らせだなぁ」

　そんなものだろうかと思いながら、手渡された〝壱里国民証〟のカードを見た。真っ赤なカードの中央に、恵比須像がある。極彩色だから〝うんぶくれびっさん〟らしい。

「一枚、ぼくも買いましょう。五百円ですか。今夜も魚幸に行く約束になっていますから」

「いやあ、お代はいいですよ。そのカードは翔一さんに上げます。他人とは思えませんから、翔一さんのこと。同じ宮口だし」と達人はいっそう目を細めて手を振った。

「わかりました。じゃ、達人さんも、今夜は魚幸においでになるといいですよ。昨夜のお返しということで」

「いや……中を見ても、よくわかりませんが。今でも、劇場は使えますか？　達人さんはここに住んでいるんですか？」

達人は大きく頷いた。

「家族がいるわけじゃないですからね。身一つだから、どこでも寝泊まりはできますよ。生まれたときから、劇場の奥です。劇場の非常口を抜けたところ。休みの日に気が向いたら、劇場内は掃除してます。一番汚れているのは外側。中は、ロビーのところに昔の看板をちょっと立てかけてますが、埃《ほこり》もありませんよ」

てっきりロックされていると思ったその劇場の入り口は、鍵《かぎ》さえ掛けられておらず、達人が開いて「どうぞ」と言うので、翔一は、その言葉に従った。

明かりがなかったことと先入観で、もっと内部は薄汚いと翔一は思ったが、そんなことはなかった。確かにモギリ用の台や売店のガラスケース、ロビーの椅子もデザインは古い。

古いというよりレトロだ。だが、今になってみれば、逆にクールな印象さえある。古きよき昭和の時代の映画館だ。シネコンとは、まったく印象が異なる。

ロビーの壁に数枚立てかけられていた看板には、「勢揃い！」という文字と、ちょん髷《まげ》の睨み顔が見えた。

「この看板の映画は、父が大好きだった映画なんですよ。ちゃんばら映画なんですがね。正月の元日には、必ずこの映画をかけていたんです。入場料を取らずにね。どれほど好きかっていうと……好きが高じて自分で映画を撮っていたくらいですから。それに、どういう手段を取ったかわからないんですが、フィルムを買い取ったほどなんですよ。昔のことなんですが、映画会社がよく売ってくれたものだと思います」

「ということは、フィルムもあるんですか？」

「あります。可燃性の……セルロイドで出来てるんですかね。今は不燃性のフィルムが主流になった――と聞いたのも、昔の話になってますかねぇ。この業界を離れたからよくわからないけれど、もうデジタル・シネマみたいな話をよく聞きますよねぇ。それだと映写するのにフィルムも要らないみたいですよね。この間まで、自動制御になっている話を聞いて凄いと思っていたけれど、もうフィルムなんて時代遅れになるんですよねえ」

売店の横にある大きな布袋の口からは、その中に銀色の円盤状の容器が積まれているの

が見えた。翔一が視線を奪われていると、

「そう。あれがフィルムです。あの積み上げてるので二本分ですね。『次郎長《じろちょう》』と、『忠臣蔵』ですよ」

そのフィルムの量に翔一は舌を巻いた。

「映写できるんですか？」

答えはすぐに返ってこなかった。達人は唇をすぼめて突き出し、眉をひそめた。

「映写機は手入れを欠かさないから、二台とも大丈夫です」

「えっ。映写機は二台もあるんですか？」

「ええ。映《うつ》していて一巻終わるごとにフィルムを替えていたら興醒《きょうざ》めでしょう。つなぎがわからないように切り替えるから、映写機は二台必要なんですよ。でも、凄く原始的な映写機です。あ、シネマスコープはＯＫですよ。上の映写室です。見ますか？」

なぜか、そのとき、映写室のイメージが翔一の心の中に湧き上がった。すべて知っている気がする。見たことがあるような。だから翔一はこう答えたのだ。

「いえ、結構です」

そう答えたら、達人は客席を見せてくれた。客席は、なるほど小さい。百五十人入るだろうか。スクリーンも、その客席のサイズに合わせて小ぢんまりしている。

客席の右前方に「非常口」と表示があり、黒幕があった。

「あの向こうがトイレ。そのトイレの先に私の家があるんです。寄ってきますか、翔一さん」

それは遠慮した。しかし、壱里映劇の全体像を把握できた気分になる。

まさしくここは、時に置き去りにされた昭和の世界だ。

翔一は礼を述べて、まだ引き留めたがる達人から逃れた。「和泉屋でなくて、うちに泊まられてもええんですし。料金は取りませんですし」と言う達人に丁寧に礼を伝えて、壱里映劇を後にしたのだった。

それから翔一は、一目散に和泉屋へ戻った。夕食の時間までしばらくゆっくりしたいと思ったのだ。

長く空白の時間を持て余すのも不安だが、やはり一人になる時間も欲しい。

お鈴さんの気配もなかったので、勝手に部屋に入った。

部屋から窓の外を眺め、大きく溜め息をつく。それから、携帯電話を出して、会社へ連絡を入れようとして、その指が止まる。

そうだった。

今日まで常務は社にいないと秘書が言っていたことを思い出したのだ。であれば、連絡を取っても無駄だ。明日、常務の母である栖本フジと会ってからのほうが常務も喜んでくれるだろうし、詳しい報告もできるはずだと思えた。そのまま携帯電話をポケットに納めた。この港の近くだけは携帯電話の通話圏内なのだが、翔一宛ての電話もメールも入ってこないのは、かなり淋《さび》しいことだ。世の中に、自分という存在を必要としている者は誰もいないのかもしれないなと、ふと思ってしまった。

一抹《いちまつ》の寂しさを感じながら、大きく伸びをしたときだった。

「こ・ん・に・ち・は」と声があり、慌てて翔一は伸ばした腕を引っ込めた。男の声だった。

廊下の襖を開きっぱなしにしていたのだ。他に誰もいないと思い込んでいたからだ。見ると男が廊下に立っていた。部屋の中の翔一に声をかけたわけだが、襖の陰に左半身を隠し、右半身だけ見せて立っている。その様子を見ただけで、風変わりなキャラクターだということがわかる。

その右半身だけで、男が誰かはわかった。

午前中に、宿はないかと訊ねてきた旅の男だった。この和泉屋を選んだらしい。

「あ。ここに泊まられるんですね」と翔一は頭を下げた。そこで、男は襖の陰から全身を見せた。次いで翔一の質問に頷き、それから、

「失礼・し・ま・す」

と部屋の中へ入ってきた。帽子を取っても、やはり胡散臭い雰囲気がある。白髪交じりの長髪は後ろで束《たば》ねて紐《ひも》で結ばれている。顎鬚に室内なのに薄い色つきの眼鏡。花柄のシャツ。職業も想像できない。ギターでも持っていたら、芸術家崩れという感じなのだろうが。

「同宿のよしみで、よろしくお願いします。挨拶にうかがいました。隣の部屋ですので」

男は紙きれを差し出す。手漉《てす》きの和紙で作った名刺らしい。

〈ライター〉と肩書きがあり、〈機敷埜風天《きしきのふうてん》〉とあった。住所は川崎《かわさき》市になっていた。

翔一は〈ライター〉なる職業の人種に知り合いはいない。〈ライター〉といえば文筆業のことだろうが、名前も聞いたことはない。どんな種類の物書きなのだろうか。

「き・しき・の・ふーてん・と読んでください」

「珍しい名前ですね。ペンネームですか」

「いいえ、本名です」

しばらく気まずい沈黙の後、思い出して翔一は自分の名刺を機敷埜に渡した。

「おっ、すごい。一流の商社ではありませんか。なんで、この島へ。ははあ、レジャーランドの開発の下調べとか」

「いえ、そんなもんじゃないんです。休みがてら、上司の家族の様子を見たりとか」

「ほえー」

機敷埜には常務からの特命については話さなかった。

「機敷埜さんはライターって……取材ですか？」

「そうです」

「小説かなんかの？」

「ちが・います」妙なところで言葉を句切る男だなと、翔一は思った。「名刺にはありませんが、パワースポット評論家と名乗ったりもしているんです。書いているものも、そちら関連の紹介が主です・ね」

「パワースポット……ですか。なんですか？　パワースポットって」

翔一は聞いたことがあるような気もするが、正確にどのようなものなのかはわからない。力の場所……とぼんやりと考える。

「うーん。セドナとかエアーズロックとかタラの丘とか、知りませんか？　聞いたことありませんか？」

「エアーズロックは聞いたことあるけれど、他は知らないです」

「そうですかあ。地球からというか、大地から、エネルギーの噴《ふ》き出す場所が、あるんですよ。癒《いや》しの力があったり、元気を高めてくれたり、それぞれスポットの効果は違うんですけれどね。日本にも、そんなパワーの強い場所があって、それを私は紹介しているんです。神社仏閣は、そんなパワーの強い場所に建てられることが多いですね」

「へえ。では、この壱里島にも、パワースポットがあるんですか?」

「あります。島全体がパワースポットみたいなものです。私、地図見た・だけで・どこに・パワースポットがあるか、だいたいわかるし、外れたことありません。この壱里島、これほど凄いパワースポットとは思いませんでした。しかも、島の中央部には、パワーの噴き出し口があると思われます。

　感じませんかあ・あ?」

「わかりません」と、正直に答えた。「しかし、そう言われればそんな気も」と答えつつ、翔一はなんとも自分がいい加減だと感じてしまう。

「で、壱里島のパワーを取材して紹介しようと思うんです。さっき、このあたりを見てまわりました。岐神社とか。あれは、フツーの神社ですね。で、あたりを歩いていると、パワーの方向がだんだんわかってくるんですよ。この島は山があるそうですね。信柄浦岳って、一〇〇〇メートルを超える山が。その根っこあたりから噴き出してきてる。それがわかるんですよ。だが、一人で行くのにはちょっと自信がない。こちらの宿のおかみさんに訊いたら、今日、宮口さんはそちらの方に出かけられたってことじゃないですか。また行かれるんじゃありませんか？　そのときに、私も同行させてもらえませんか？」

翔一は、あんぐりと口を開いた。それが翔一に近づいてきた目的なのか。

「上司の家族に会いに行くだけですから」

すると機敷埜は、メッシュのベストのポケットから地図を取り出した。国土地理院の白っぽい地図だ。壱里島の地図だとわかる。手書きの字で、色々と書き込まれていた。それを翔一の前に置いた。

「ここが下の棚です。この上の綾ん辻から上ん棚にかけて、パワーが強くなってるところがある。ここに行きたいんですよ」

そこまで機敷埜は調べをつけている。誰かれとなく訊ねてまわっているうちに、高良やお美貴さんと翔一が、今日下の棚を訪ねたことを教えてもらったにちがいないのだ。

「下の棚まででいいんですが。後は歩きでもそう距離はない。一人でも行けそうなんで。次回は、いつ行くんですか？」

翔一は嘘がつけない性格だ。思わず明日と漏《も》らすと、機敷埜は目を輝かした。それから下の棚まで同行していただけるだけでいいのでと繰り返した。

「とにかく、この壱里島を地図で感じたときのパワーの凄さといったら例をみませんよ。

私のサイコメトリーは、それほど強いほうじゃない。でも、これだけはっきりと、まじまじと感じられるってとこ・ないです」

数カ月前までは、壱里島の名前も知らなかったという。熊本あたりのパワースポットで、じっさいに波動を感じられるのは、阿蘇の押戸石《おしといし》や国造《こくぞう》神社、山都町《やまとちょう》の幣立神宮《へいたてじんぐう》ぐらいで、それもかすかなものだったという。

現在の壱里島信柄浦から突如放たれはじめたパワーは、尋常ではないということなのだ。

「で、それを機敷埜さんが紹介するんですか？　壱里島にとって、何かメリットはあるんですか？」

「あるでしょう。パワースポットを訪れて、浄化されたい、癒されたい、力を貰いたいと願う人々は、無数にいる。今、パワースポットはブームなんですよ。明治神宮の清正井《きよまさのいど》など・五時間待って並ぶほど・人が押し寄せる。そんな人々が、過疎化したこの島に押し寄せてくることになるんですよ。

この壱里島が聖地になるんですよ」

翔一は不思議な気がしてならなかった。パワースポットが何かということもさっきまで知らなかったというのに、今度は、世の中、パワースポットがブームだと聞かされることになるなんて。

この話を達人に聞かせたら、壱里島観光協会の立場として、どう反応するのだろうか？だが〝聖地〟という表現を聞くと、翔一は新・新興宗教あたりで感じるいかがわしさを感じてしまうのだ。

しかし、思い浮かんだのは達人の細い笑った目だった。

「世の中、パワースポットと噂されている場所は無数にあります。でも、ほとんどは気のせいです。〝気〟を放っていると錯覚する気のせい。パワーが潜《ひそ》むと言われてる神社も、勘違いされてるところが多いんです。本物のパワーを放つ神社と、邪《よこしま》なものを鎮《しず》めた神社。見分けがつけられない人が多いんですよ。でもね。ここは……誰でもわかる。解き放たれたパワーが迸《ほとばし》る本当のパワースポットなん・ですよ」と機敷埜は言いきった。「島の人々も感謝するはずです。じゃあ、明日、よろしくお願いします」

そう言うと、機敷埜は深々と頭を下げた。

8

「翔一さーん。宮口翔一さーん」

どこかで翔一の名前を呼ぶ声が聞こえる。

はっと、顔を上げる。目を開くと見知らぬ場所にいる。ここはどこだ、と慌てて考える。

それから、やっと気がついた。泊まっている和泉屋の部屋だ。椅子に座ってうとうとしてしまったのだ。窓の外は、赤紫色に染まっていた。

もう、そんな時間なのか。

またしても「翔一さーん」と声がした。

「はあい」慌てて答える翔一の声が裏返っていた。声は階下からだ。「すぐに行きまーす」

たた・た・たっ、と駈け下りると、土間に人影が三人見えた。

高良と達人さん、そしてお美貴さんの三人だった。

「あっ」と翔一が声を上げると、達人さんが片手を上げた。高良が、「お迎えに上がりました。魚幸の前で三人出会ったけれど、まだ翔一さんの姿が見えないということだったから。揃ってここまで来たんですよ」

まるで、小学生の遊びの誘いのようだ、と翔一は思う。

「それは、どうも」と靴を履《は》きかけたとき、もう一つ駈け下りてくる音が聞こえた。

「待ってください。待ってください」

その声は隣室に泊まっている機敷埜だった。

「私も連れていってください。飛び込みで泊まることになったから、こちらでは食事の用意ができないそう・なんです。宮口さんでしたっけ。これから食事に行くんでしょう？ご一緒させてください。いいでしょう、皆さん」

高良たち三人が顔を見合わせる。それから、達人さんが言った。

「今日は、ぼくたちは翔一さんにご馳走になることになっているんですよ。だから、翔一さんさえよければ……」

すると機敷埜は、翔一の肩を叩いて素っ頓狂な声を上げた。

「そりゃあ申し訳・ない。この借りは、必ず返しますよ。すみません」と翔一に言うや靴を履く。自分もご馳走になるつもりらしい。

「え、え、え」と翔一が首を傾《かし》げている間に、高良たち三人に自己紹介を始めていた。

情報収集のための接待ということで、経費で落とせるかな、とぼんやりその情景を眺めていると、お美貴さんから声をかけられた。

「さあ、行きまっしょ。予約は入れてますから」

魚幸までの道すがら、明日の下の棚訪問のときに、機敷埜風天がついていきたいと言っていたことをお美貴さんに耳打ちすると、「別に全然かまいませんよ。どうぞ。その人って記事で壱里島のことを紹介してくれるんでしょう？　壱里島の観光を促進してくれるんじゃないっすか」と拍子《ひょうし》抜けするくらいに前向きな答えが返ってきた。逆に翔一の目を覗き込むお美貴さんの表情は、「当たり前じゃない」と言いたそうに見えた。

達人さんと高良は機敷埜に名刺を貰ったらしく、「へえっ。ライターさんですか？　こりゃ、心強い。どちらの媒体ですかぁ」

「なんだか、壱里にいい風吹いてきているなぁ。あ、壱里国民証とか一緒にPRで書いてもらえませんか。出来たばかりなんですが」と、翔一の前方では、そんな声が聞こえていた。それに対して機敷埜はそつなく相槌《あいづち》を打っているようだった。

ほどなく魚幸に着いて、一日の経過が、この島ではのんびりゆったりと流れているようで、じつはあっという間なんだなあと思い知った。

一つの卓に五人がまとまって腰を下ろす。お美貴さんが、さっさと焼酎のロックを作り皆に配る。こりゃあ、最初にちゃんと断わっておかないと、前日と同じ末路をたどることになると考えた。

「あ。私は、今日はアルコールは控えさせていただきます。まだ、昨日の焼酎も完全に抜けたとは言えないし、明日もお美貴さんと仕事に行かなきゃならないので」

お美貴さんが、突然太い右の二の腕で翔一の細い首を絞《し》め上げた。

「なにヘナチョコ言うとると！　酒飲むときはくわーっと飲むと。私も明日一緒に行くんだから。明日を思い煩《わずら》うことなかれ！」

「はい、はい、はい。わかりました。でも、でも、手加減してくださいね」

「そんな怖いなら、最初の一杯でやめとくといいよ。最初の一杯は儀式みたいなもんだから。それだけ付き合ったら、後は誰も無理強《むりじ》いしないって。ねえ、みんな」

お美貴さんは、翔一に対してはため口以上になっているのだった。翔一にはそれも仕方がないとも思える。お美貴さんのほうが断然自分よりバイタリティに溢《あふ》れているのだから。

「ああ。宮口さんが飲む分は、不肖、私、機敷埜が引き受けます。酒に強いほうではありませんが、義を見てせざるは勇なきなり、ですよ」

そう機敷埜が皆に宣言していた。翔一は機敷埜の性格を垣間《かいま》見たような気がした。かなりお調子者のようだ。

翔一は喉《のど》が渇《かわ》いていたから最初の一杯はビールで潤《うるお》したかったのだが、流れで最初《はな》っから焼酎で宴《うたげ》に突入することになってしまった。

鉢に盛られているのはボイルされた伊勢エビをダイナミックにぶつ切りにしたものだった。それを各人が小皿に取り、マヨネーズをかけて食べる。贅沢《ぜいたく》というより、なんだかもったいない。その隣の皿にはアワビの煮物が食べやすいサイズに切られている。繊細さはかけらもない調理法だが、うまい！

すでに、それだけで美味の饗宴《きょうえん》となった。五人だけの宴会というわけではなく、一人、また一人と宴に加わるものが増えていく。「啓人さーん。来たばい」と泰司さんが、お美貴さんの隣に割り込む。寿志さんと、昨日も寿志さんと一緒にいたタオルを首に巻いたおじさんも姿を見せた。

無意識に右手がコップに伸びた。一口飲み終えて、はっとする。

しまった。ロックを思わず飲んでしまった。無意識に焼酎を飲むほど、ぴったりの肴ということだろう。

次いで、茹《ゆ》でただけの伊勢エビのぶつ切りを口にする。ぷりぷりだった。

「どうでしたかあ？」の声で、はっと我に返って翔一は顔を上げた。

達人さんが、正面でにこにこと目を細めて翔一を見ていた。

「あ、うまいです」と口の中を伊勢エビで溢れさせたまま翔一は答えた。

「いや、そうじゃなくて……。さっき、見られたでしょう。壱里映劇！　どうでしたか？　いけると思いますか？　昨夜の話みたいに」

あ、しまったと翔一は思った。達人さんは、翔一さんが酔い潰れてしまう前に、感想を聞いておこうと思っているらしい。しかし翔一は、前夜、具体的にどんなことを言ったのかもまったく記憶にない。なのに質問した達人さんは、まるで少年のように瞳をきらきらと輝かせているのだった。

翔一は困ってしまう。ずれた回答もできない。どう伝えたものか。

今、達人さんはコップを卓に置き、両手を膝《ひざ》にのせ、身を乗り出さんばかりに翔一の話を待っているのだ。

その様子に泰司さんも寿志さんも気づいたのか、会話が途切れて皆の視線が達人さんと翔一に集中した。こうなると翔一も話題をうやむやにできる自信はない。

「あれだけ完璧《かんぺき》な昔懐かしの映画館が現存しているというのが驚きでした」

壱里映劇を見た感想を正直に口にした。すると、全員がやっと凍結から解放されたかのように、溜め息混じりに会話を再開した。

「やっぱり、すぐに見に行ってくれたんだなあ」

「やはり、口ばかりじゃねぇ。ちゃんと実行が伴《ともの》うとる」

そんな会話が、翔一の耳に飛び込んでくる。そうこうしている間にも、階下から見知らぬ男が顔を見せ、宴に加わる。

「なんの話をしていたんだぁ？　まじめ腐った顔を突き合わせていたから、なにごとぞと思いますがぁ」

そこで、お美貴さんが口を挟んだ。

「あらぁ、徹玄《てつげん》さんは昨日いなかったから、わかんねえんだ。こちら東京からのお客さんで、宮口翔一さんだ。で、昨夜、達人さんが壱里映劇の話をしたんだ。なんとか復活できねぇかなぁ、って。もう無理なんだろなぁ、って。そしたら、翔一さんが、何か方法があるんじゃないですか、知恵を出し合いましょうよって。一度、壱里映劇見せてください。そう言ったんですよ。ねぇ、翔一さん」

　翔一としては驚くしかない。自分の中の別の人格が、そんなことを口にしてしまったのだろうか。

「えっ……。え、ええ」そんなこと言いましたっけ、と口にしそうになったのを慌てて噛《か》み殺した。その場にいる全員の視線が翔一に集中する。

　何か言わなければならない。

「よく、なになに映画祭というのが地方都市やら観光地の村おこしや町おこしでありますよね。ぼんやりそんなことを考えていました。この壱里島で、そんなイベントができないかなぁ、って」

　翔一は思わずそう口にした。ぼんやりとそんなことを連想したのも事実だった。しかしその場にいた島の人々は皆、眉を八時二十分の形にしていた。「はあっ？」という疑問の声が聞こえてきそうだった。

「映画祭を、この壱里銀座でやるんですかぁ？　どうやって？　どんなふうに？　あんな時代遅れの映画館でええんですか？　客が沢山《たくさん》来たら入りきれませんが」

達人さんがそう言った。彼の瞳には「？」マークが浮かんでいそうだった。もともと映画祭という発想も新聞などで仕入れた表面だけの情報でしかない。それ以上のことは翔一も答えようがなかった。

「ちょ、ちょっと思いつきを口にしてしまっただけです。もう少し考えさせてもらえませんか？」

とりあえず、そう逃げるしかなかった。達人さんは、少し残念そうに頷いていた。

「映画祭です・かぁ？」

予想もしない人物からの発言だった。そんなものに関わりがあるとは思えなかったのだが。

「私、映画も好きなんです。よく観ます・ねえ」

伊勢エビの殻と箸《はし》を両手に持った機敷埜だった。箸を置いてコップの焼酎をくいとあおる。

「よく映画観ていると、映画祭の情報とかも知る機会・あるわけ・ですよ。映画祭って・いろんなのがある・ほんと。ベルリン映画祭やらカンヌ国際映画祭とか有名で。ヴェネチアとか。でも他にも、ほんと・無数です。映画祭、そうなると、それぞれ・特徴というか、個性持ってきますね、映画祭が。

たとえば、アニメーションの映画祭とか……ファンタジーやらスリラーやらSFやらだけを集めた映画祭とか。国内だけで七十くらいは映画祭あったと思いますが。テーマのない映画祭・やっても、人は集まらないですから。

だから、壱里で映画祭・やるなら、それなりの個性をどうやって出すか、考えないと。海や島をテーマにした・映画だけやる、とか。自主制作映画の登竜門にするとか。サンダンス映画祭って、アメリカの・知ってます？　ユタ州のパークシティってリゾート地なんですけどね、そこのは自主映画のお祭り」

皆が、機敷埜の話にヘエーッと感嘆の声を上げた。翔一も驚いていた。自称パワースポット評論家だというのに、専門外のはずの映画祭のことも異様に詳しく知っているのだから。

翔一としては、正直なところ、少々面白くない。だが、それはできるだけ顔色に出ないようにと心がけた。

「機敷埜さんって言ったったっけなあ。失礼なことだが、最初あなたを見たとき、いかがわしい人かな、思うとった。服装やら外見やらで人を判断するといかんことだが。やはり、私ァ、人を見る目ないだな。こんな映画のこと詳しいインテリとは思わなんだ。なんで映画の仕事やらないでパワーなんとかの評論をやっているのかなあ」

達人さんは、身を乗り出さんばかりにそう機敷埜に話しかけるのだった。達人さんは完全に機敷埜に対して、尊敬の眼差《まなざ》しに変わっている。

「まぁ、昔はペンネームで映画のコラム書いたり、パンフレットの編集やったりもしていましたがね。早く映画観られるのは嬉しいけれど、稿料安くて、大量の仕事こなさないと、食っていけません。それに、その世界の仕事はやっている人が多いので、競争が厳しいのですわ。映画評論の本も出しましたが、部数少ない上に、売れませんでした。

それで、こちらを始めたのですよ。昔から趣味でスピリチュアル系やっていたんですが、世の流れがブームってことで、需要が多いけれどライターの数が限られていますのでねえ。それで、今は、パワースポット、ヒーリングスポット評論家を自称していますけれど、どちらのジャンルでもいいんですよ」と機敷埜は首を傾けた。

「機敷埜さんも、一度、うちの……壱里映劇を見ておいてもらえんかなあ。それで、ええアイデアあったら、よろしく、ということで。どうですか」

「あ、そりゃあいい・ですよ。まず取材を済ませてから。ゆっくり楽しみに見せていただきますが」

翔一は、昨夜も自分は達人さんにこのようにして頼み込まれたのだなと、納得する。

機敷埜のプロフェッショナルぶりが意外であり、少々悔しいが、これだけ年齢を経ているといろんな人生経験を積んできているのだろうなと思えるのだった。

しかし、機敷埜に映画イベントの件がまかせられるということで、気楽にはなれるのではないか。そう翔一は自分に言い聞かせていた。

「達人さん、いい考えだと思いますよ。機敷埜さんは、びっくりするくらい映画に詳しそうだから、もっと適切なアドバイスを頂けると思いますよ」

そう翔一が達人に告げると、機敷埜は焼酎をあおりながら、鷹揚《おうよう》に頷いてみせるのだった。

今日の翔一は、今のところ自分のペースはなんとか守れてはいるが、機敷埜はなかなかのハイペースのようだった。

ウツボの湯引きと蒲焼《かばや》きが出される。いずれも珍味で、翔一も初めて口にする味覚だった。蒲焼きは炭火で炙《あぶ》られたものか香ばしい。嚙むと旨味《うまみ》が口中に広がるが、絶妙な歯ごたえがあり、これがウツボ肉の特徴なのかとわかる。聞かされなければ、この上品な味が、蛇を思わせる外見の魚のものとは思えないほどだ。

というわけで、今日も天草灘の恵みをふんだんに使った贅《ぜい》の極みの料理ばかりなのだ。出されるままに口にしていけば、いつか制御が利《き》かなくなるだろう。

「じゃあ、翔一さんと凪天さんとお揃いになったことで、壱里映劇を復活させる方法を考えていただけると……。実現の可能性が、より大きくなると……そう考えてよろしいわけですね」

そんな声が耳に届き、翔一ははっと我に返った。そう言ったのは達人さんだ。すでに機敷埜さんではなく凪天さんだ。達人さんの中では、彼に対しての親近感が増したらしい。

翔一が顔を上げると、機敷埜の喋《しゃべ》り声が一オクターブ上がったようだ。ということは、彼もいよいよ酔いが回ったということか。

「いやあ、まず、その――壱里映劇を見せていただいてですね、方法は、その後ということにしましょうか！」

すると小声でお美貴さんが翔一に囁《ささや》いた。

「あらぁ、今の機敷埜さんって、昨夜の翔一さん、そっくりじゃない」

「ぼく……あんなだったんですか？」

「そう、そう。だから、おかしくって」

昨夜の記憶は翔一からまったく欠落しているのだが、もしお美貴さんの言うとおりだったらと考えると、機敷埜の喋りを見ているだけで、なんとも情けなくなった。

「翔一さん、どうですか！」

達人さんは翔一に話を振ってきた。

「あ、あの。私は機敷埜さんが見学した後に相談したいと思います。下手に先入観を与えてしまってはいけないから」と答えたが、それは言い訳でしかない。達人さんは純真だから、それもそうだ、というように頷いてくれていたが。

それからは、翔一は料理をひたすら食べた。そのおかげで、酔い潰れることはまぬかれたのだ。あれからも数人が宴に加わり、テーブルを囲むのは十人を超えた。

お開きになったのは、十時ちょうどだった。そのときには魚幸の大将も皆と一緒に飲んでいた。

「明日の朝、片付けるから気にしなくていいよ」と、皿を下げに来た女将が苦笑しながら言う。そこで、気になっていた勘定を翔一は済ませた。

十人で、あれだけ飲んで喰って二万円だった。安いとは聞かされていたものの、予想の半額以下だった。思わず、「こんなに安くて、大丈夫なんですか?」と翔一が漏らしたほどだった。

「なあに、儲《もう》からなくてもいいんだよ。夫婦で食ってけるだけ頂きゃあ、それでいい。みーんな交替で払って、うまーい材料入ったとき持ってきてくれて、お店でみーんなニコニコ笑ってくれて。それだけでええよ。それだけでうちの店がここにある価値があるんよ」

そうコップを干した後に魚幸の大将は言ったのだった。翔一にも「もう、壱里に住んだらどうね。空き家はいっぱい残っとるけん」と肩を叩いたのだった。

ということは、すでに自分は壱里島の人たちに認められたということか、と翔一は少し嬉しくなった。

確かに魅力的な申し出であるが、今の自分にはそこまで真剣に検討することではない。

「風天さん。風天さん」

腰を浮かした皆が取り囲んでいた。叫んでいるのは達人さんだ。

ひょっとして。

翔一の不安は当たっていた。

取り囲まれて横たわっている人物がいる。機敷埜風天だった。調子に乗って夢國ゴールドを呑《の》みすぎて、酔い潰れてしまったのだ。真っ青な顔色で、返事もできない。

「仕方ないなぁ」

「宿まで皆で運ぶかあ」

そのとき、翔一はお美貴さんと目が合った。お美貴さんが、にたりと笑う。これって、昨日のあなたの姿なのよ、と言わんばかりに。

「明日の夜は、風天さんの奢《おご》りで決まりだなぁ！」と誰かが叫んだ。

立ち上がった島の人々がいっせいに沸《わ》いた。

9

翔一は朝、宿を出るとき、機敷埜の姿が見えないので、一応儀礼的に部屋の外から、彼の名前を二回呼んだ。返事はない。

朝食を食堂で摂《と》ったときも機敷埜の姿は見えなかった。食卓の上に、お鈴さんのメモが載っていて、「小学校へ太極拳《たいきょくけん》の練習に行ってきます。朝食は勝手にお召し上がりください」と記されていた。もう一つ茶碗と箸が並んでいたから、お鈴さんに確認はできなかったが、てっきり機敷埜は前夜の酒が残っていて体を起こせずにいるのだと思っていた。だから、それ以上、機敷埜に呼びかけることは避けたのだった。

朝九時に、物産館駐車場に集合。それが、宴を始める前に昨夜、お美貴さんと交わした約束だ。

外に出ると、呆《あき》れ返るほどの陽光が待ち受けていた。壱里銀座から海の見える車道に出ると、猫が無数にたむろしている。三毛も、黒も、ブチも、白も、キジも、いろんな猫たちがたむろしていた。

岐神社のところに、魚幸の大将がいる。でかい鍋から、魚の切身を摑《つか》み出して撒《ま》いていた。それを猫たちはちゃんと学習していて、この時間に神社前に集合したということなのだ。他の時間帯には猫の姿はあまり見かけなかったから、食べ終えると姿を消してしまうのかもしれない。

「やあ、おはよう。今朝は気分よく起きられたですか?」

魚を撒く手を止めて、魚幸の大将が笑って声をかけてきた。

「おかげさんで。昨夜もおいしかったです。ありがとうございました」

大将は大きく何度も嬉しそうに頷いてくれた。そして、「信柄浦岳、行くとですかあ?」と訊ねてきた。

「いや。下の棚……というところまでですが」

なぜ、そんなことを訊ねるのだろう、と翔一は思う。

「そうですか。昨日の……ふうてーんさんが、そんなふうなこと、言いよったけーん」と、右手の人差し指を物産館の方へ向けた。翔一が目を凝《こ》らすと、なんとまだ起きていないはずの機敷埜が物産館の黒壁の横で腰を下ろし、膝《ひざ》を抱えていた。なるほど部屋の外から翔一が呼びかけても返事がないはずだ。機敷埜は使命感だけで、たぶん這《は》うようにしてここまでたどり着いたにちがいないのだ。その途中で、魚幸の大将と世間話を交わしたのだ。

途中まで同行させてくれれば……ということを言っていた。どうしても信柄浦岳へ行くということか。

酔いが抜けきっていないから朝食も入らなかったのではないか。そんな体調で、果たして信柄浦岳に登れるだろうか？

「もし、信柄浦岳に登って、不思議なこつ、わからんこつ、あったらあ」

「そんなの、あるんですかあ？」と翔一は問い返す。

「ないとは思うけどもぉ……ばってん、伝説やら、いろいろと奇妙な話が多いところだけん、……そんなときはぁ、……トメカさんに相談したらよかよぉ」

トメカさんという名は、翔一にとって聞き覚えのある名だった。

「トメカさんて、ここいらをうろうろしている電動車椅子に乗ってるお婆さんですか？」

「そうだあ。そうそう」

「なぜ、トメカさんに相談するといいんですか？」

「トメカさんとこは、前は上ん棚のまだ上に先祖代々住んどったと。今はこの近くに住んどるが、代々、まっぽすさんだからねぇ。わからんこと訊ねると教えてくれるが」

〝まっぽすさん〟という聞き馴《な》れない名前に翔一は頭をひねった。不思議なこつ、というのは、〝おもしろたわし〟のことも指すのだろうかと思う。

わからない。わからないが、とりあえず、ありがとうございますと魚幸の大将に告げて物産館の駐車場へと向かった。

なぜすぐに機敷埜がわからなかったかというと、服を着替えているからだった。黒いコットンパンツに黒ブーツ。黒いシャツに、つばの広い黒い帽子。それが今日の機敷埜の服装だった。つまり物産館の黒壁の前では、見分けのつかない保護色になっているのだ。いわゆるゴス系の服装なのだった。

「おはようございます」と機敷埜に声をかけた。機敷埜はゆるゆると立ち上がり翔一に頭を下げた。

「大丈夫ですか」と声をかけると、機敷埜は蒼白《そうはく》な顔を大きく横に振って言った。

「とにかく時間に遅れないよう・って急ぎました」

「無理に行かなくっても、体調が最優先ですよ」

「いや、そういうわけにはいきません」そこで機敷埜は両手で口を覆《おお》った。吐き気に襲われたらしい。

そのとき、見憶《みおぼ》えがある青の軽乗用車が入ってきた。そのまま広いが数台しか自動車がいない駐車場内を滑るように走り、翔一と機敷埜の前で停止した。

「ごめーん。待たせたかなあ」

お美貴さんの屈託のない声が響いた。翔一が助手席に、そして機敷埜が後部座席に乗り込んですぐに青の軽乗用車は発車した。機敷埜の横には、その日の訪問先へ届けるという日用品が山と積まれていた。確かに、介護サービスだけではなく、必需品を届けてやるというのは、お美貴さんたちがいなくてはできない貴重なことだ。

しかし、そんなことはどうでもいいというように、機敷埜は呻きを漏らす。

「風天さん。車内で吐いたりしたら、承知しないからね。即刻、私の車から降りてもらうよ」

「わ・わかってますが」と、彼は窓を全開にした。それからは荒い息遣いだけが、後部座席から聞こえる。そのせいで、お美貴さんは機敷埜に車内を汚されはしないかと気になるらしく、会話も弾《はず》まない。

陽光はうららかで、風もさらさらとして、こんなに気持ちがいいというのに。

荒い息遣いが聞こえなくなると、今度は規則的な寝息が聞こえはじめた。そして、獣が潜《ひそ》んでいるようなけたたましい音が。後部を覗かなくても、それが鼾《いびき》であることはすぐにわかる。

「翔一さんも昨日は宿酔《ふつかよ》いだったけど、翔一さんのほうが全然、品があるけーん」とお美貴さんがやっと口を開いた。

「それ、誉《ほ》められてるんですか？　ありがとうございます」

鼾が止まり、うーむと機敷埜が呻く。せっかく始まろうとしていたお美貴さんと翔一の会話が途切れる。すでに坂道を登りはじめていた。

「あーあ。心配をば・かけましたあー」と機敷埜が言った。「おかげで・完全・回復ですよ。高度は……二五五メートルですかあ」

機敷埜は腕時計を見ている。それで高度も読めるらしい。

「大丈夫ですか？」と翔一は念のために声をかけた。

「今まで瀕死《ひんし》状態でしたが、このクルマの中で熟睡できたのがよかった。パワーを感じはじめましたからねえ。近づいてますよ、パワーに。このおかげかもしれんなあ。わかるでしょ？」

そう言われても、翔一にパワーを感じることができるわけがない。どう返事をすればいいのか迷うだけだ。

「はあ、そうですか。いやー、そうかあ？」と頭をひねり、頷くくらいだ。

「私はちっともわからん」とお美貴さんが言った。

「いや、吐き気が止まった。頭痛もおさまった。体調が復活した・のは何よりもパ・ワーのおかげ・です」

そう言って、機敷埜は登り坂の前方を指差すのだった。周囲がどう考えているか、自分の発言がどのような影響を与えるのか、まったく関係ないという様子だ。自分の興味は、山の上のパワースポットだけだというように。

例の下の棚の巣箱の集まりのような郵便受けの手前で、お美貴さんの軽乗用車は停車した。そこから先は歩きということになるが、おステ婆さんのところまではそう遠くはない。

「自動車は、ここまでですよ」と振り返ってお美貴さんが言うと、すでに機敷埜は肩からバッグを吊《つ》るし、身構えていた。やる気まんまんの様子で。

「いや、大丈夫です。後は歩き・でパワーの噴き出し口を探します」と答えた機敷埜は途中まで同じ道をたどり、信柄浦岳への方向へと分岐する場所で、翔一やお美貴さんと別れることになった。

「いや、後は大丈夫です」と両掌《てのひら》を開き、山へと向けた。感じるらしい。「じゃ、ここで……行きます。帰りも乗せてください。ここいらで待ってますから」

「一時間後にはここを出発しますけん。よろしく」

「あ・なら、それより遅くなりそう・なときは・歩き・で帰ります。先に帰って・いいですが」

下りといっても、信柄浦町の壱里銀座まで十キロ以上はあるはずだった。運動不足の身には、けっこうこたえる距離ではないのか？

だが、機敷埜にとって、そんなことはどうでもいいことのようだった。

ここから歩いたら大変ですよ。そう、声をかけようと翔一が口を開きかけたときには、すでに機敷埜は二人に背を向け、すたすたと上ん棚の方向へと登りはじめていた。その向こうには、頂上付近に雲の笠《かさ》をかぶった信柄浦岳の尖峰《せんぽう》が見えるのだった。すでに機敷埜の思考の中には、翔一たちのことなぞ存在しないかのようだ。その証拠に彼は、両掌を信柄浦岳の方向に向け、ホールドアップさせられたように歩いているのだった。

「あまり気にすることも、ないんじゃない？」とお美貴さんが言う。「さぁ、とっととおステさんとこに行こうか」

そのとき、機敷埜の叫びが聞こえた。

「おおっ。凄いですぞ。これは凄い。パワーが噴き出しているのが、ばしばし伝わってきますぞぉ」

それを聞いて、翔一とお美貴さんは顔を見合わせた。何も案じることはなさそうだ。

そして、昨日、銀色のものを目撃した位置に来た。おステ婆さんの家が右手に見える。少し離れて、似たような構造の平屋がある。その中間あたりに〝あれ〟はいたのだ。

「昨日、お美貴さんは、ここで何か見ませんでしたか？」

お美貴さんは黙したまま小さく頷いた。

「何ですかね、あれ。なんだか銀色でぐにゃぐにゃしていましたよね」

翔一がそう言うと、お美貴さんは「おステさん、わけのわからんもんを助けたと言ってたなあ。あれなのかなあ。わからんが。しかし、ここいらはどんな不思議なことがあってもおかしくなかけんねぇ」

「それは、どうしてですか？」

「この島が逃れの島と呼ばれる由来は、ここいらのことから来てるの。昔、島原の乱でキリシタンの農民たちがここまで追われてきて、綾ん辻の上ん棚まで逃げてきて追いつめられたとき、信柄さんに助けてくれと願《ねご》うたら、信柄さんが助けてくれたって。追っ手には農民たちが見えんようになったって。なぜかわからんけれど。キリシタンだろうが、誰だろうが、信柄さんはわけへだてなく救うてくれると」

「願えば叶《かな》えてくれたのですか？」

「ああ、島のためになるのが、どっちかは信柄さんが見たんだろうが」

そんな彼女の足が止まった。

おステ婆さんの家だ。きれいな水が流れる小川が見える。その向こうで、若い女性が、洗濯ものを干していた。

まず翔一が思ったのは「誰？」だった。彼がお美貴さんを見ると、彼女も？の目になっている。

あれが……おステ婆さんが言っていた〝お客さん〟なのか？　若いきれいなお人形みたい……まさに、そのとおりの女性だった。

着物を着ていたら、まさしく日本昔話の世界だが、残念ながら彼女は、茶色っぽいシャツにモンペのようなものを穿《は》いていた。ちぐはぐな服装だ。あまりファッションセンスはないかもしれないと思いかけ、いや、あのセンスは時代を超越しているのかもと翔一は思い直した。

洗濯ものを干す手が止まった。未知の若い女性が、こちらを見ていた。

ひょっとしたら、背は自分より高いかもしれないと翔一は思った。痩せていた。まるでファッションモデルのような体形だ。大きな瞳で、じっと翔一たちを凝視《ぎょうし》している。

それから、鈴を鳴らすような声で言った。

「こんにちは」

思わず翔一とお美貴さんは足を止めていた。「こんにちは」とお美貴さんが返す。それから、翔一に小声で言った。「あの人に違いないわ。おステさんがお客さんと言ったのは。私は初めて会いますもん」

　そしてその横に、黒い児童服の洟たれ小僧がしゃがんでいるのも見えた。栖本フジのところにいるという、栖本常務と同じ名前のトクヨシちゃんという子ではなかったか？　トクヨシちゃんは、若い女の仕事が終わるのを辛抱強く待っているという感じに見えた。

「おステさんのお世話にまいりました」とお美貴さんが告げると、ちょうどひと仕事を終えたようで、手を休めて、こちらに大きくお辞儀をした。

「おステさんは中にいます。お美貴さんでしょう？　聞いています」

「あなたは、おステさんが言っていたお客さんね。お名前は？」

「たわ……たわ……たわっていいます」

「そうですか。たわさんっていうの」

　お美貴さんが訝《いぶか》しげに復唱する。

　翔一でさえ不自然な名前だと思っていた。訊ねられて、慌てて付けたような名前ではないか。答え方からしても、思わず口を衝《つ》いて出たようにも思える。

「あのう、あなたが、〝おもしろたわし〟を作ってる人なんですか？　あなたが、あれをどう呼んでいるかわからないんですが。アクリルたわしみたいな外観の……」

　それには答えずに、若い女は大きく頷き、踵《きびす》を返した。

「たわ……さん。たわさん」

二度翔一は呼びかけたのだが、たわという女性は振り返ることもない。代わりにたわの手を握ったトクヨシちゃんが、悪戯《いたずら》っぽい目で翔一たちを振り返っただけだ。

玄関で「こんにちは」とお美貴さんが叫ぶと、おステ婆さんの「はあーい」としっかりした声が届く。奥からおステ婆さんが姿を見せた。

翔一は驚いた。昨日も元気なお婆さんだなあという印象はあったものの、前日よりもまたいっそう、確実に精気に溢れている印象なのだ。奥からも小走りで現われたほどだ。

「まあ、まあ。よう来られました」と、おステ婆さんは右手に漬物皿と湯呑みが載った盆、左手にポットを持ってやって来た。

「今、若いきれいな女の人と会いましたよ。外で洗濯ものを干してましたが、あの人ですよね、お客さんって？」

「ああ。そうかのう。なら、そうだろう。ほら、昨日は、なんていうたかねぇ。ああ、〝おもしろたわし〟。たくさーん出来たで、朝からお客さん顔見せてるんですが」

「名前はなんていうんですか？」と翔一は念のために訊ねてみた。

「名前……はて？　名前はなんだったかねぇ。二人でいると、名前を呼ぶ必要もないもんだで。はて……ええっと……。そういやあ、名前を聞いていたかなあ」

なんともあやふやな返事になった。ひょっとしたら、名前を知らないのだろうか？

「あのう、たわさんっていうんではありませんか？」

翔一が恐る恐るそう口にすると、おステ婆さんはびっくりしたような表情になり、一つ大きく頷いた。

「たわ……さん。そう。そんな名前だったような気がするねぇ」

それが本心かどうかはわからない。本当にたわさんと聞いていたのか、それとも翔一がたわさんと言うからには、たわさんに間違いないのだと自分に暗示をかけてしまったのかもしれない。

「姓はなんというのですか？　それとも姓が、たわ、で、名は別にあるのでしょうか？」

おステ婆さんは頭をひねった。

「いや、とにかく、たわさんだから、いいんじゃないかい」

そう言われれば返す言葉もない。出された茶を翔一がお美貴さんと飲んでいると、「ほら、噂をすれば、おたわさんが来た」とおステ婆さんが言う。

廊下を縁側に向かって影が音もなく歩いてくる。逆光なのでシルエットしかわからないが、さっきのおたわさんにちがいない。どこから家の中へ入ったのだろうか？　トクヨシちゃんという子供も一緒にいたはずなのに、その姿はなかった。

縁側に近づくと、はっきりとおたわさんの表情までわかるようになった。

おステ婆さんの横まで来ると、おたわさんもぺたんと縁側に正座した。痩せてはいるが、おステ婆さんよりはひと回り大きいことがわかった。

「先ほどのお客人、よくいらっしゃいました」

座って、おたわさんはそう言った。その言い方は、まるで昔の武家の娘でもあるかのような連想をしてしまうほど品がある。年齢は二十三、四歳だろうか？　化粧っ気はないが肌が透けるように白い。眉はくっきりと濃く、二重瞼《ふたえまぶた》で大きな日本人離れした瞳だとわかる。瞳の色は深い緑色だった。森の奥の樹々のような。そして唇は紅《べに》をさしているわけではなさそうなのに鮮《あざ》やかな朱だった。

その彼女が穏やかな笑みを浮かべて、翔一を見ているのだった。翔一は急速に喉が渇くのを感じて、慌てて茶を飲み込んだのだった。

おステ婆さんが嬉しそうに双方を見較べて言った。

「おたわさんは、もちと上に住んでるんだと。島の人だと。こちらは、えと……」

翔一の名は忘れたようだ。

「宮口翔一さんだ。私は松本美貴子です。週三回、おステさんの介護しとります。でもこんな元気じゃ必要ないか。翔一さんは東京から、おたわさんに会いに来たんだ。なあ」

そう話を振られて、慌てて翔一は頷くのだった。

両手を胸に当てて首を傾げる仕草をするとまさしく、少女マンガに登場する薄幸の主人公のように見えた。何か彼女は言いたそうに見える。それは自分の気のせいだろうかと翔一は思う。

「あなたが作られる〝おもしろたわし〟。その作り方を教えていただきたくて、訪ねてきたんです、この島まで」

おたわという女性は困ったような表情を浮かべる。

「作り方……ですか？　作り方を知っても、翔一さんは作れないんですよ」と答えた。

「私も、昨日も言ったんだがな。けっして、作るところは、見ちゃいけないと言われているからって。そうだったよな。そりゃあ、当然だよなあ。珍しいものやら秘伝のもの作るときは、食べものだって作り方は明かさないもんだからねえ。あの、たわしみたいなものも作り方に秘密がいっぱいあるから、見ちゃあいかんのだろう？」

おステ婆さんは嬉しそうだった。

そりゃ、そうだろうと翔一も納得する。特殊な品であればあるほど、製法の秘伝は隠されるのが普通だ。どこの誰かもわからない奴に「作り方を教えてください」と頼まれても、おいそれとは教えられないはずだ。まず、顔を合わせただけでよしとしなければならないだろう。本当の調査はそこから始まることになるのだ。

壱里島に滞在して、おたわさんの心を開き、それから〝おもしろたわし〟の製法を伝授してもらう。慌てずに。辛抱強く。

それが、本道ではないのか？

同時に、翔一は、心の中でほっとしている自分にも気づいていた。

〝おもしろたわし〟の製法をなかなか教えてもらえないということは、つまりこの素晴らしい壱里島に、ゆっくり逗留《とうりゅう》できるということでもあるのだ。それも使命を果たすために仕方なく、かつ大手を振って。

「初めて会った私が教えてくださいと申し上げる非常識は、充分にわきまえております。私という人間を理解してもらった後で、信用できると判断されたら教えてくださいませんか？」

そう翔一は告げた。

おたわという女性は両手を膝の上に置いたまま、ゆっくりと言った。

「そんなに、かしこまられなくてもいいです。おステさんに作っているところは見ないでくださいと申したのは、別に意味があってのことじゃありませんから」

翔一は耳を疑った。

「じゃあ、なぜ？」

「私が猪罠にかかっていたのを助けてくれたのは、おステさんです。でも、おステさんが驚かないように、この姿でお礼にうかがいました。

　おステさんにお会いしたそのときに、心の中で連想しておられたのが〝鶴の恩返し〟というお話でした。だから、おステさんが不自然に思われないように真似をしました。〝鶴の恩返し〟の。だから〝おもしろたわし〟を作るのに、けっして覗かないでください、と言い添えました。でも、実際は、覗こうが覗くまいが関係ないのです」

「はあっ？」

　おたわさんは謎のようなことを言う。翔一は眉をひそめるしかない。おたわさんは続けた。

「覗かないでくださいと伝えたほうが、おステさんにはわかりやすい。そんな予測があったから申し上げたんです。どこででも作れます、私は……。でも翔一さんには作れません。作り方を聞いても仕方がないのです」

　おたわという女性には、もったいぶったところが何もないと思えた。

「じゃあ、作るところを見せてもらえるのですか？　今からでも」

「はい。じゃ、ここで」

「えっ、ここで作れるんですか？」

　にっこりと笑い、おたわさんは大きく頷いた。特殊な編み棒を出すのだろうかと翔一は思ったが、そんなことはなかった。

代わりに、おたわさんは、両手を目の高さに上げて、両の掌を互いに向け、五指を緩く曲げた。そして「ご覧ください」と宣言した。

「あ」

目の錯覚かと思った。おたわさんの両手の指の先から、七色に光る真珠のような光沢《こうたく》の細い糸が噴き出てくるのだ。そして、両手の間で数本の糸は絡み合い、空中でくるくると回転しながら成長するように大きくなっていくのは……〝おもしろたわし〟だ。

「これは……なんという……」そこまで言って一旦言葉をなくし、数瞬後に翔一は改めて続けた。「おたわさん……あなたはいったい、何者なんです？」

しばらく答えはなかった。やがて申し訳なさそうに小首を傾げてみせただけだ。

おステ婆さんとお美貴さんに目をやる。だが、彼女たちは、そんな怪現象には興味なさそうに、一生懸命、世間話に興じていたのだった。

10

おたわさんが、自分の出自《しゅつじ》についても、正体についても黙しているのはなぜだろう。彼女が善良な人であることは、目を見ればわかる。視線を避けたりしない。そして深く澄みきっている。

彼女は、この場ではまだ答えたくないのだろうか？

名前も「たわ」と彼女は答えたが、それが本当の名前だとは翔一には思えなくなっている。

変わった名前だということも、一つにはある。それよりも、なぜそんな変わった名前を答えたのだろうと考えて、一つだけ可能性を考えついたからだった。

彼女に話しかけたとき考えていたこと。

「お名前は？」とお美貴さんが訊ねたとき、彼女は迷った末に「たわ……たわ……たわっています」と答えたのではなかったか。

あのとき、翔一は、〝おもしろたわし〟のことを考えていた。お美貴さんも、たわしを作ったのはこの人なの？　と考えていたにちがいない。

そのとき彼女は、翔一とお美貴さんの思考を読み取っていたのではないか？　だから、あんな名前を口にした……。二人に共通して「たわし」という思考があった。だから「たわ……」と答えたということだ。そう考えると、名前さえも意味はなくなる。翔一はおたわさんに訊ねた。

「これ……この〝おもしろたわし〟を、なぜおたわさんは作ろうと思われたんですか？生まれつき、指先で作れたんですか？」

「なぜ作ろうと思ったかって……。おステさんが、見せてくれたんです。これ……古くなってるからって」

「おお、そうだった。そうだった」とおステ婆さんが口を挟んだ。「おたわさんが、家に来たとき、何か困ったこととかお手伝いしたらいいこととか、ございませんか？って言ったんだよなあ。そのとき、ちょうど水回りの仕事をしていて、前に頂いていたアクリルたわしが傷《いた》んできて、そろそろ替えどきかなあって話をしたさ。そしたら、作ってくれたんだなぁ。なんちゅうか……その〝おもしろたわし〟。一つでよかったんだが、思いがけずたくさんこさえてくれたもんでなあ。

しかし、ああやって作るもんとは知らなんだよお。あれなら、簡単そうだで、私にも作れそうな気がするよ」

そう言って、おステ婆さんは笑い声を上げた。確かに簡単そうにおたわさんは目の前で〝おもしろたわし〟を作ったが、他の者には決して真似のできるものではないことだけははっきりした。

お美貴さんの視線に翔一は気がついた。首をやや傾げて黙っていた。口を少し尖《とが》らせて何かが変だ、と疑っている日だった。

お美貴さんが立ち上がった。

「おステさん。洗濯とか、風呂掃除とか、やっておこうか？」

そうだ。お美貴さんは、通いのホームヘルパーとして今日は来ているのだ。それを翔一は思い出した。そのまま、お美貴さんは奥へと歩いていった。だが、すぐに戻ってくる。

「あーれ、あれ。ほんと、何もやることがないよ。風呂もぴかぴかだし、掃除もいき届いているよ。何もやる必要がない。ひょっとして、おたわさんがやったの？」と言った。

「暇のときに、一緒にやったさ、ねえ」とおステ婆さんが言うと、おたわさんも微笑《ほほえ》んで小さく頷くのだった。

翔一としても、〝おもしろたわし〟が出来る現場は見せてもらえたものの、それがどんな原理で出来上がるのか、まったくレポートとして書けない状態であることに気がつく。

疑問符がいくつも生まれたにすぎないのだ。ちょうど、トリックのわからないマジックを見せられて、そのマジックのタネを明かせ！　と言われるような感じだ。それも、マジックなどではなく、人知を超えた出来事のようにしか思えないことについて。

「あの、すみません。話をさっきの〝おもしろたわし〟に戻すのですが、私にも、練習するなり、修業を積めば、おたわさんのように〝おもしろたわし〟を作ることができるようになるでしょうか？」

そう訊ねながら翔一は、なんと馬鹿なことを言っているんだと思っていた。あんなことが練習や修業でできるはずもない。とすれば、おたわさんは、人間ではない存在ということになってしまう。

しかし、どう考えても翔一には、目の前にいるのは美しい人間の女性にしか思えない。

そのとき、翔一の心をよぎったのは、例の銀色のぐねっとした正体不明の存在。あれとおたわさんが関係あるのではないかという想像だった。

ひょっとして……あの銀色の異形《いぎょう》とおたわさんが同一という可能性はないだろうか？

おたわさんが見せた奇跡を目の当《ま》たりにして、そんなことにまで翔一は思いを巡らせていた。

ただ、翔一の問いかけに、おたわさんは、形のよい細い眉を寄せて、困惑した表情を浮かべていた。

その答えを翔一は辛抱強く待った。おたわさんから答えが得られることはないという可能性も考えながら。

おたわさんが、やっと口を開きかけたときだった。

突然、おたわさんは立ち上がって外を見た。それから、何も言わずに、奥へと去ってしまった。せっかく口を開きかけたのに。何かを言おうとしたのに。

翔一の背中に「ここだと思っていた」と声がかぶさった。

翔一がそちらに目をやる。

ピーマンやキュウリがなった野菜畑の向こうで黒い影が手を振っていた。

「あれっ。機敷埜さん」

パワーの根源を探すと言って上ん棚の方向へと行った機敷埜風天だった。彼は、あれから信柄浦岳へ登っていったのではないのか？　一時間以上かかる場合は一人で壱里銀座まで歩いて帰ると宣言していたはずではなかったのか？　それとも、歩いて帰るのは大変だと気づいて、早々に翔一たちと行動を共にすることにしたのか？

機敷埜は、意気揚々《いきようよう》とステップを踏みながら、縁側へと駈け寄ってきた。

おステ婆さんも、突然庭先に出現した機敷埜風天の風体《ふうてい》にはさすがに驚いたらしい。

「驚かないでください、おステさん。私たちの知り合いです。今、信柄浦岳の方を歩きに行ってたんですよ。変な人じゃありません」

そう翔一はおステ婆さんを安心させるために言ったが、全身黒装束《くろしょうぞく》の機敷埜は、見かけだけで充分に〝変な人〟なのだった。

「すごいよ・すご・い！」

そう叫びながら小走りに野菜畑を回り込んで、機敷埜は縁側に近づいてくるのだった。

「どうしたの？　信柄浦岳に登るんじゃなかったの？　山頂まで極めるなら、こんなに早く下りては来られないはずなのに。山登り、ばてちゃったのかね」

お美貴さんは、機敷埜に対しては嫌味たっぷりにそう言うのだった。しかし、機敷埜には、他人からの皮肉や嫌味にダメージを受けるような感性は欠落しているのだろう。まったくこたえた様子はない。

「見つけましたよ。見つけ・た。こんなに近いと・思わなかった」

そうまくしたてる。お美貴さんがおステ婆さんに耳打ちしていた。機敷埜について、より詳細な人物情報を伝えているのだろう。おステ婆さんはしきりに頷いていた。

「機敷埜さん、何が、どうしたんです？　信柄浦岳に登らなくても、よかったということなんですか？」

翔一が問い返すと、激しく機敷埜は首を縦に振った。

「掌をかざしながら、パワーが噴き出ている位置を確認しながら登りましたよ。この上に、棚田になっているところがある」

「上ん棚のことね」とお美貴さんが説明を入れた。

「さあ。なんていうのかは知らん・です。その棚田横の畦道《あぜみち》を伝うんだ。すると岩壁の場所に出た。その岩壁の間に登山道があるんだが、そこには行く必要がなかった。左肩から左の頬《ほお》にかけて、びしばし・感じたのですがね。そこで、登るのをやめたのですよ。で岩壁に沿って、ずーっと歩いてみた。そしたら、岩壁の手前に、苔《こけ》がびっしりついた石が無数に積まれていた。

パワーが、もう信じられんように中空に放射されとる。わかりますか？」

わかりますか？　というのは、おステ婆さんに対して発された問いだった。そのパワーの放射口に心当たりはあるか、と訊ねているのだ。

「その放射口の手前の田に直径三メートルくらいの岩の球が転がってる。天然であんな完璧な球形は考えられないから、人工の球だ・と思うんだけれども。

で、岩壁のとこには、何か・でかい穴・があるんですわ」

両手で輪を描くようなジェスチャーが加わり、機敷埜がいかに興奮しているかが伝わってくる。

「あそこ、なんか祀《まつ》られとるんですなあ。穴の底が・深あくて、まっ暗で・わからんですが」

それから、いくつかの紙片をポケットから取り出した。それを掌に載せる。

「こんなん・が、積まれとる石の・間にいっぱい挟まれており・ましたわ」と、得意そうに皆に示した。

反応を示したのは、おステ婆さんだった。

「わ！」そう驚いた声を上げて素速い動きで立ち上がると、機敷埜の手の上の紙片を奪い取った。

「な、何するんだ」

「何さらすんじゃ」

同じ台詞《せりふ》を、機敷埜とおステ婆さんが同時に漏らしていた。

パワースポットのエネルギーには反応しても人の心の機微には鈍《にぶ》いと思われる機敷埜にも、さすがに状況を悟ることができたのは、それからすぐ後のことだった。

「そりゃあ、私が、万太郎さんに出したもんだがね」

「え」

万太郎さんというのが、五通ステの亡くなったご主人の名前だということが、お美貴さんの解説で機敷埜にも翔一にもわかった。同時に、おステ婆さんがまくしたてた理由も。

つまり、亡くなったご主人に伝えたいことが出来ると、短い手紙を書いて積み石の間に供えていたということだ。それを機敷埜が持ってきたのだから、おステ婆さんも怒るはずである。

「あっ、そういうことだったん・すかあ。それ・どうもすまないこと・しました。すみません」

幸い、機敷埜が素直に謝ると、みるみるおステ婆さんの怒りは治まったようだ。

ただ、「中は読んだんかい？」と言っていたから、気にはなったらしい。翔一は、きっと、秘密の日記を盗み読みされたような気持ちなんだろうな、と想像していた。

「もち・ろん、中は見て・ません」と機敷埜は答えたが、怪しいものだ。だが、それで、おステ婆さんの興奮も完全に鎮まったようだ。

それで、機敷埜も縁側に腰を下ろした。

「さっきも言ったけど、なんか・苔むした積み石の向こうには、岩壁がずっと続いていて、一カ所だけ、奥・の見えない穴があるんですよねえ。田に転がっている球形の石のちょうど向こうになるんですが……何が祀ってあったんです・か？」

おステ婆さんは改めて腰を下ろし、機敷埜に茶を淹《い》れながら言った。

「何が祀ってあるって……。昔から祀ってあるけんど、信柄さんと言うからなあ。何にも書いてねえっしょう。万太郎さんは守り神さ、いるんだ、なんて言ってましたがぁ。田ぁ、守ってくれるし、島守ってくれるし。だから、ここへ嫁へ来てから見とったけど、ずっと万太郎さんは、信柄浦の神さんを大事にしてたから。いつも、野良仕事するときは、その前にお参りしていた」

信柄という神さまの名前なのだろうか、と翔一は思った。山の名前が一部入った呼び名ということになる。

「でも、嫁に来たときには、田にある丸い岩は、崖《がけ》の岩壁のところに嵌《は》まっていたがねぇ」

翔一には〝田にある丸い岩〟と言われても、想像するだけで、その大きさも形状もうまくイメージできない。

「じゃあ、あのでっかい・球形の岩・どうやって・あそこに？」

「さあ。いつからだかなあ。割と最近だなあ。崖のところから、あそこに移ったのは……。気がついたら、田の上に転がり落ちとったのう」

「割と最近？　あそこには、何しに？」と機敷埜は改めて問い返す。

「ああ。万太郎さんは、気分がすぐれんときや、考え事がまとまらんときは、信柄さんに相談するいうて、出かけとって。帰りが遅うて、心配して迎えに行くと、万太郎さん、崖に嵌まっていたあの丸い岩に頭くっつけて眠りこけとったなあ。でも揺らして起こすと、あーすっきりした、言うとったなぁ。いや、本当に効くよなあ。あの近くで野良やっとると、なんか、いつも気持ちがすっきりするで。もやもや考えて野良に行っても、帰るときは、なんか、こう考えて生きてけば、ちゃんとなれるというのがわかるちゅうか。

そんなのやら感じとってな、万太郎さんが頼っとったのなら、あのあたりに万太郎さんの気配があるような気がして。だから、万太郎さんに相談するつもりで迷うたことやら、もやもややらあったら、手紙に書いて置いておくと、野良の帰りは、えらいスッキリしとるんでなあ」

機敷埜は、おステ婆さんが言うのを腕組みして頷きながら聞いていた。それから独り言のように「やはり、前から、あそこは、パワーが溢れていたんだなあ。社地《やしろち》というか」

翔一には、聞き慣れない言葉だった。

「なんですか？　それ……やしろち……って」

「あ・あ。パワーが噴き出る場所・のことを言うな。神が降ってくる場所……とか……神を祝った場所……とか……」

そう聞いたところで、翔一にはぴんとくるものではなかった。

それまで、興味がなさそうだったお美貴さんにも思い当たることがあったらしい。

「そういえば、仕事や日頃のむしゃくしゃがあっても、この下の棚まで来て、おステさんやらおフジさんやらのとこのお世話して帰るときには、私も気分がよくなっているものね。

そんなことで落ち込んでても仕方ないよって、元気貰って帰ってた気がする。それが、上ん棚のパワーだったんかねぇ」そう感心する。

機敷埜が、なぜだかあたりをしきりと見まわしていることに気づく。

「どうかしたんですか?」

「いや・ここ。さっきの岩壁のパワーの噴き出し口を離れた・あと、最初・お美貴さんの自動車のとこ帰ったのよ。そしたら、こっちから。岩壁のパワーと・同じくらいパワー感じた。掌を向けて、歩いてきたら、この家に来た。皆、揃っていた・ので驚きました」

「この家の方からパワーを感じたんですか?」

翔一が訊ねると、「そう、そう」と頷いた。

「今もですか?」

機敷埜は、黙して首をひねった。感じなくなったようだ。それから両手の掌を広げて、あたりにかざす。ゆっくりと移動させる手が止まった。「あ。こち・ら、何がありますか?」と言う。

「おフジさんとこだよ」と、おステ婆さんが言った。機敷埜は了解したというように頷く。

「こちらから、パワーが噴き出すのがわかる」

それから、機敷埜は掌を何度もその方向にかざしていたが、「消えたぁ」と言って首をひねった。

「そうだ。今日は栖本のおフジさんとこにも巡回しなきゃあいかんかった。こんなにのんびりしてるわけにはいかんかった」とお美貴さんが立ち上がった。

翔一は迷う。まだ、おたわさんが戻ってこないのだ。機敷埜が現われる寸前にいなくなったから、もうそろそろ戻ってきてもよさそうに思えるのだが。

しかし……。

機敷埜が現われる寸前におたわさんが席を外したのは偶然ではないのかもしれない。機敷埜がおステ婆さんの家のほうにパワーを感じてやって来たのは、おたわさんが、それまでここにいたからではないのか。

「おたわさんは、戻ってきますか？」と翔一が訊ねると、おステ婆さんは背中と首を伸ばし、奥の方をうかがう。

「さあのう。あの人が、何を考えて何を始めるかは、よくわからん。でも、嫌なことはされん。あの人が何をしようとしているかを考えても、仕方がないことだけんに。戻ってこようと気が向いたら、戻ってくるのと違うんかねえ」そう評した。

「じゃあ、今日は、もう会えないかもしれないというんですか？」

「そりゃあ、わからないねぇ。帰ったかもしれないし、またすぐ戻ってくるかもしれないし」

おステ婆さんは、おたわさんの行動に関しては、まったく予測がつかないらしい。ということは、待っていてもおたわさんから〝おもしろたわし〟についての情報が得られるかどころか、彼女が帰ってくるかどうかもわからないことになる。

と、すれば……お美貴さんが栖本フジさんを訪ねるのであれば、先に一緒に訪ねていって、栖本常務からの依頼を果たしておくことも大事ではないのか。

そんな考えも浮かぶ。

そうしておけば、まだ壱里島から慌てて帰る必要もないのではないか。そんなずるい連想も、ちらと脳裏《のうり》をよぎった。

「おフジさんとこへ行きます」と立ち上がったお美貴さんに、「あ、じゃあ、私も一緒に、行きます」と翔一も立ち上がった。おステ婆さんに、帰りに、また寄るかもしれない旨《むね》を伝えて。

「ええ。ああ。そりゃあ、いつでもかまやせんで」とおステ婆さんは送り出してくれた。

話の流れから、機敷埜も栖本フジの家へついてくる気らしい。翔一とお美貴さんの後を両掌を空にかざしながら、「おかしい・ですね」と独り言を漏らしながらついてくる。

五通ステの家を出ると、数十メートル向こうに次の家が見えた。平屋の大きな農家だとわかる。そこが、栖本フジの家らしかった。

「最初来たときは、おフジさんとこは、大変だったんですよ。雨戸は全部閉まっていて、入ると家の中は臭いが大変だった。洗濯ものも洗いものも、溜まり放題だった。行くと二時間はかかってた。それが、あの子が来てから野良仕事に出るほどになってるくらいだから」

前日も、家を空けっぱなしで不在だったことを翔一は思い出した。あの子とは、トクヨシちゃんのことだ。翔一の社の栖本常務の幼年時代を彷彿《ほうふつ》させる子。

栖本フジの家も、おステ婆さんの家と構造はそっくりだった。庭の中に川が流れていないことと、小さな蔵があることが違うくらいか。蔵の壁には鶴や亀や恵比須が描かれていた。上手《うま》いのか下手なのかはよくわからないが、微笑ましくなる画風だった。確か鏝絵《こてえ》といったっけか、と翔一は思う。

和手拭《わてぬぐ》いを頭につけた老婆が、手にザルを持ち、庭の野菜を収穫していた。恰幅《かっぷく》のいい身体つきは、栖本常務の体形と驚くほど似ているのだった。ひと目で親子であることは間違いないと確信してしまっていた。ただ、足腰は驚くほどしっかりしている。八十歳は遥《はる》かに超える年齢のはずなのに。

野菜をちぎる手を止めた。老婆はこちらに気がついたらしい。

手を振ってきたので、お美貴さんも大きく手を振り、「こんにちはぁー」と返した。

おフジ婆さんは、まさに栖本常務の女性版だった。異なるのは笑顔が絶えないこと。顔の色艶《いろつや》もよく、精気に溢れていた。この間まで病にかかっていたと聞かされても信じられない。

近づいて見ると、手にしたザルの中には、トマト、キュウリ、ピーマンが一個ずつ。それにトウモロコシも一本だけ。つまり、その野菜畑から、当日の夕食分だけを穫《と》り入れていたらしい。

「やあ。今日だったかねぇ」とおフジ婆さんは言った。

「今日です、今日です」

お美貴さんが答えると、おフジ婆さんは踵を返しながら言う。

「今日だと思ってなかったから、ぜーんぶ済ませとる。お美貴さんの仕事を、なんか残しときゃよかったなぁ」

「いえいえ、おフジさんが元気になって何よりです。今日は、おフジさんに会わせたい人も一緒よ。東京から見えとると。宮口翔一さんって。おフジさんに会って元気かどうか知りたいって」

翔一は、慌ててお美貴さんの前に走り出して頭を下げた。

「宮口翔一です。東京の極紘物産という会社のものです。初めまして」

おフジ婆さんは立ち止まり、深々と頭を下げた。

「それはそれは、遠路こんな島まで、よくおいでになられました。大変でございましたでしょうに」

翔一は、そのとき「？」と思う。自分の息子が極紘物産に勤めていることは承知しているはずなのに。だとすれば、社名を耳にすれば、もう少し違う反応があって当然ではないのか？

「今日は、お美貴さんにやってもらうことは何もないんで、お茶とお漬物くらい出させてください」

「あのう」と翔一は確認しようと声をかける。

「はい？」

「極紘物産って会社は聞かれたことありませんか？」

おフジ婆さんは、ザルを胸に当て、顔を空に向けて答えた。

「ちょっと思い当たりませんねぇ」

ボケがきていて息子が行っている会社のことがわからないのだろうか。

「栖本フジさんって、他におられますか？　下の棚に……」

「下の棚の栖本フジいうたら、私だけですばい」

「なら、ご存じゃないですか？　栖本フジさんて、うちの会社の栖本常務のお母さまになられるのでしょう？」

おフジ婆さんは首を傾げた。

「ジョーム。ジョーム。ねえ……」

本心から、思い当たらないようだった。

「栖本フジさんには、子供さんがおられるでしょう？　栖本徳芳さんという。それが、うちの社の常務なんです」

「ああ。トクちゃんね。トクヨシちゃん。うん。私の子、間違いないよ」

翔一はそのとき、何だか悪い予感がした。おフジ婆さんと自分が言っていることが、根源的なところで嚙み合っていない。その予感が当たっていることは、すぐに証明された。

「トクちゃーん。トクヨシちゃーん」

おフジ婆さんは、縁側から上がって呼んだ。右手で翔一たちに座るように促しながら。

三人は腰を下ろした。

そのとき、仏間の畳の上、縁側寄りに、数冊の雑誌が積まれているのが目に入った。雑誌名は「農家の光」。見たことがない雑誌だった。農家向けの情報雑誌なのだろうか。

表紙をしっかりと見た瞬間、翔一は思わず、「あっ」と声を上げた。お美貴さんを見ると、彼女も口を押さえていた。視線は、同じく「農家の光」の表紙に向いている。「農家の光」の表紙は写真ではなく人物画が描かれていた。農家の風景をバックにした美人画だった。そして、描かれていたのはなんと……。

おたわさんだったのだ。

11

「何を、お二人、愕然《がくぜん》として・おられますかね？」

茶道具を取りに上がったおフジ婆さんを待ちながら、機敷埜は、翔一とお美貴さんの驚きの理由がわからないらしく、そう訊ねる。

翔一とお美貴さんは頷き合う。

「私だけじゃないよね。翔一さんも思った？」

「思った思った」

お美貴さんは、膝で縁側に上がり、三冊の「農家の光」を手に取る。最近の三冊のようだ。四月号五月号、そして六月号。

すべて同一画家によるイラストのようだった。サクランボを摘《つ》む笑顔のおたわさん。苗を持ち田植えに備える様子のおたわさん。そして、乳牛の乳を搾《しぼ》るおたわさん。色が白く、あくまで上品だ。これは絵だが、さっきまでは生身のおたわさんを自分たちは見ていたのだ。

何かがおかしい。何がどうなったとは言えないが、異変が起こっていることだけはわかる。

「あ、こっちもパワー感じま・すねえ」

何も深く考えずに、機敷埜は家の奥に掌を向けていた。

「この本って特殊な雑誌なんですか?」翔一は、お美貴さんに「農家の光」を示した。

「いえ。私が子供の頃からよく見る雑誌ですよ。今もJAか何かが世話してくれていると思いますけど。農家向けの雑誌ですから」

「じゃ、この雑誌は、おステ婆さんとこでも買ってるんでしょうか?」

「ええ。見かけたと思いますよ」

翔一とお美貴さんが頷き合ったときに、おフジ婆さんが縁側に戻ってきた。「農家の光」の表紙を眺めている二人の様子を見ておフジ婆さんは言った。

「その女の人は、やはり思いますかねえ。似とるでしょう」

「え、ええ」と翔一は答えた。

「壱里銀座の誰かの奥さんにそっくりですたいねえ。昔からそう思っとった」

「昔から……」

「何十年前かねえ。もう亡くなったけど、この画見《え》るたび、今でも思う」

予想もしない答えに戸惑ってしまった。

おフジさんが庭に向かって叫ぶ。

「トクちゃん。トクヨシちゃーん」

機敷埜が「おっ」と呻《うめ》きながら、縁側から庭へと離れる。掌を屋内に向けたまま。

「屋内ですよ。屋内から、凄いパワー。岩壁の中から噴き出していたのと同じですよ。このお宅の中にある」

すると、子供の「はい！」という利発そうな返事が響く。

奥の襖が開き、すたすたと歩いてきたのは、さっきおステ婆さんの庭でちらと姿を見せた児童服の子供だった。さっきはおたわさんと一緒だったのに、今は一人で奥の部屋にいたらしい。トクヨシちゃんに間違いない。

鼻水を垂らしてはいるが、トクヨシちゃんはまっすぐ三人の前に歩いてきて、深々と頭を下げた。

「こんにちは」

トクヨシちゃんの外見は七、八歳だから、おフジ婆さんからすれば曾孫《ひまご》くらいの年齢にしか見えない。

おフジ婆さんは嬉しそうにニコニコと頷いて、トクヨシちゃんに言った。

「この方は東京から見えたんだが、トクヨシちゃんのことを知っとられるらしい。トクヨシちゃんは誰だかわかるかね。この……宮口翔一さんのこと」

その子は、しっかりと翔一のことを見据《みす》え、それから言った。

「さっき、おステ婆ちゃんの庭で見かけました。それから……昨日も、おステ婆ちゃんのとこに来ていた人です。ぼくが魚を持っていったときにいました」

「それだけかい？」

トクヨシちゃんは大きく頷いた。翔一を凝視《ぎょうし》したまま。

その視線の向け方が、まったく栖本常務その人としか思えないのだ。少なくとも、幼い子供の視線ではなかった。

「この人の東京の会社の偉い人が、トクヨシちゃんと同じ名前らしいよ」

「知らない」

トクヨシちゃんはおフジ婆さんに、こくんと頷いていた。それが、どうしたというように。

「で、トクヨシちゃんは、おフジさんの何にあたられるんですか？」

そう訊ねるのが、翔一としては精一杯だった。

おフジ婆さんは眼鏡を正し、胸を張って答えた。

「そりゃあ、一人息子に決まっとるで」

翔一は、ごくりと生唾《なまつば》を呑み込んでいた。機敷埜が何か言いたそうに口を開きかけたのを、お美貴さんが慌てて止める。

翔一は、改めて、トクヨシちゃんに訊ねた。

「トクヨシちゃんは、誕生日言えるかなあ」

「十月十七日です」

「何年の？」

「ちょっとわかりません」と答える。

おフジ婆さんが横から言う。「何月何日までは言えるけれど、何せ子供だからなぁ。何年生まれは、教えとらんかったなあ」

トクヨシちゃんは、もじもじしたままだった。どこにでもいる七、八歳の子供だ。

「決まっとるよねぇ。トクヨシちゃんの生まれたのは、昭和二十一年の十月十七日。よう覚えとくだぞ。太平洋戦争の終わった次の年だからね」

それを聞いて、翔一もお美貴さんも、機敷埜も凍りついていた。

話す感じも、やっていることも、おフジ婆さんにおかしなところはまったくない。

しかし、根源的なところで何かが大きくズレているのだ。だからといっておフジ婆さんの日々の生活に大きな差が出るわけではない。「どうする」という眼で、お美貴さんが翔一を見た。翔一も、これ以上、ここに留《とど》まる必要もなさそうだ。栖本常務から指示を受けたのは、母親の様子を見てきてくれないかということだけだ。

この状況をできるだけ正確に、客観的に知らせなければならない。後の判断は、栖本常務に、自分でやってもらうしかないだろう。

「まだ、わからないのか?」

翔一に栖本常務の声が聞こえた。翔一は信じられずに、その声の方向を見た。トクヨシちゃんが翔一を見ている。

栖本常務の声は、この場の他の人々には聞こえていないらしい。栖本常務の声でトクヨシちゃんは続けた。ただし唇は動いていない。

「そろそろ気づくかと思ったがな。まあ、いいか。ここいらが歯痒《はがゆ》いところだな。まどろっこしくて。だが、間違った方には行っとらんからいいか」

トクヨシちゃんは、そこでまた幼い表情に戻ったのだ。なんなのだ……！

それからお美貴さんが「失礼して……」と部屋に上がり、奥の部屋と台所を見て、すぐに引き上げてきた。

「本当にきれいになにもかも整頓《せいとん》されておる。ヘルパーの必要ありませんね。申し訳ないくらいだわ」と言いながら。

これで、おフジ婆さんのところに、それ以上いる理由がなくなったのだ。それは翔一にとって幸いだった。栖本家から失礼する理由が出来たわけだから。

壱里銀座に帰ったら、すぐに栖本常務に連絡しよう。そして判断を仰《あお》ごう。機敷埜だけが、まだ栖本家に心を残しているようだったが、三人は訪問の礼を述べて、無理に機敷埜の袖《そで》を引いて出た。

下の棚まで今日も来てみて、頭がこんがらがってしまうことに、新たに出合ってしまった。翔一が無口になったのも無理はない。おたわさんのこと。トクヨシちゃんのこと。そして、おフジ婆さんの認知症とは異なる勘違い状態。下の棚では、誰も不幸になっていない。少し不思議なことが起こっているだけだ。

それが引っ掛かる。

「翔一さん、どうする？」機敷埜と前方で話していたお美貴さんが振り返って言った。

「どうするって……何が……」

「いや、今、機敷埜さんが言っていたんだけれど、上ん棚の信柄浦岳の登山口の近くが、パワーが凄いんだって。最近、あのあたりに行ってないなら、行ってみないかって誘われたの。行きませんか？　一緒に」

そう言えば、機敷埜が、そこへ行って興奮して帰ってきたことを思い出した。この近くならば、栖本常務に報告するときの情報の一つにもなるかもしれない。それに、上ん棚のことは、皆の会話の中に出てきたのに、まだ、実際に自分の目では見ていないのだ。

「あの……遠いですか？　ここから」

「いや」と機敷埜は首を振る。「さっき別れてから、パワーの噴き出し口を観察して、皆さんと合流したではあり・ませんか。あのくらい・の時間で大丈夫です」

「じゃ、行ってみましょうか」

「はい、はい、そう来なくっちゃ。貴重な・体験ですからして」

機敷埜は、得意そうに胸を張った。もう一回、そこへ行きたいらしい。確認するように掌をかざした。「きてます。きて・ます。びんびんきて・ます」

それから、翔一に言った。

「さっきの、あの子供も、パワーを放っていたの、わかりましたか？　最初・凄い・パワーでしたから」

「トクヨシちゃんのことですよね」

「そうです。実際は、子供が質問に答えるまでが凄かった。話しだしてからは少し・パワーが落ち・ましたけれどね」

そう話しながら、翔一たちはおステ婆さんの家の前を過ぎた。おたわさんに会いに、もう一度おステ婆さんのところに立ち寄ることはやめた。そのまま上ん棚と信柄浦岳の登山道へと続く細い小道へ向かう。

そこからは、機敷埜が先頭になって歩いた。

まず、山道の両側にある六畳間ほどの広さの田が目に入った。その田の奥には段差があり、また田がある。登り続けると、またいくつかの田が目に飛び込んできた。田が何層にもなっている。

これが壱里島の棚田だということがわかった。

「ここじゃないんですか？」

「いえ。上ん棚の棚田は、ここから、また何段か続きます」とお美貴さんが答えてくれた。

「でも、さっきの話じゃあ、上ん棚まで、すぐという話だったでしょう」

翔一は少しの登り坂だけで、喘《あえ》ぎ声になってしまっていた。

「すぐ・ですよう。もう・少し・登ったら、すぐ・わかります」

すでに騙《だま》されているのだ。もう少し騙されてやろう、と翔一は自分に言い聞かせて、次の棚田の畦の高さを目指した。

この上は出臼江河《でうすえご》という高層湿地になる。その水分が岩盤の隙間から滲《にじ》み出して流れとなり、上ん棚、下の棚を潤すのだという知識はある。

這いつくばるようにして、やっと一段高い棚田の位置まで翔一は登った。

「ここです。着きましたが」

そう機敷埜は言った。荒い息を吐きながら、両手で自分の膝を押さえ、翔一は薄目を開いた。

奇観だった。

目の前には下の段よりも広い何枚もの棚田が広がっている。それだけであれば、珍しくもない田園風景だ。しかし、その向こうはどうだ。

高さ数メートルの岩の壁が左右に延々と広がっているのだった。

岩の壁の凸凹《でこぼこ》は厚い苔に覆われているところもあれば、岩壁の表面を清水が幾筋も伝っているところもある。種類のわからない蔓《つる》状の植物が走りまわっているところもある。その間に二カ所だけ岩の壁がせり出して階段状になっているところがあり、信柄浦岳の山頂を目指すには、その天然の階段を伝うしかないのだろうな、と思える。

そして、その位置から見まわすと、かなり左寄りの田の中に、直径が三メートルほどもある岩の球が転がっているのが見えていた。

「あっ！　あれ……」そうお美貴さんが呆れたような声を上げて指差す。

「そう・です。さっき・あのことを言っていたんだ」

機敷埜は、やっとわかってくれたかというように肩をすくめた。

「あの岩は、前からあそこにあったんじゃないんですか？」

「違う、違う」

お美貴さんは、そのままついてこいというように手招きして、球状の巨石に向き合うあたりの岩壁へと近づいていった。

そのあたりは、日陰になるために、壁沿いは薄暗くなっている。

「こっち、こっち来てみい」とお美貴さんが手招きした。

岩壁のそのあたりだけが、少し様子が異なっている。岩壁の手前に石積みがあるのだ。それより岩壁の方へは、立ち入らないようにされているかのようだった。

ただ、石積みの一部は壊されていた。積まれた石の破片が散らばっている。

そして岩壁には、仏なのか人なのかわからない像が彫られているのだった。祀られているのだろう。像の前には、筒が二本置かれて、野の花が活《い》けられていた。そして、まだ蓋《ふた》の開けられていない一合入りの焼酎が置かれていた。

その崖に彫られた像のすぐ横が……。

丸い穴だった。

闇《やみ》だけが、そこにある。

「あれなぁ……あれなぁ……」とお美貴さんは慌てた声を出した。「穴が壁のところに、ぽっかり開いとるだろう。深《ふこ》う開いとるだろう。あれ……。

私、ここまで来たのは、壱里に出戻って初めてだ。その前にここまで来たのは、何年前になるかな。そのときは、あの丸い田の上の巨石は、この壁の穴のところを、ぴったり塞《ふさ》いでおったとよ。誰も人の力じゃ、動かせんよ。それが、そのまま、あそこまで、動いとるなんて。何か……あの穴の向こうの力が噴き出して、岩を弾《はじ》き飛ばしとる。岩の下見てごらん。穴から巨石にかけて筋が出来たように、田の表面をえぐれとるだろう。何よりの証拠だ」

お美貴さんの言葉どおりだった。球体の巨石の一方が、地面の上を転がり滑ってこの位置まで来たというように溝のような筋になっているのだった。岩壁のすぐ下には痕跡《こんせき》はない。七、八メートル離れた位置から筋は続いていた。つまり、そこまで巨石は宙を飛び、落ちた勢いで今の位置まで転がった、と。

　凄いパワーだ。

「あそこまで、弾くなんて、何ちゅう力だろうね」

「はあー。やっぱり、そうですかねぇ」と機敷埜が相槌《あいづち》を打った。「なんとなく、わかりま・すが……。これまで、壱里島なんて、何にも・感じな・かった。ひょっとして、パワーを、私・が感じるようになったのは・この岩の封印が解か・れたからじゃ、ありませんか」

「封印だったのですか？　あの岩」

「そう考える・のが、一番自然です。だから噴き出したパワーが、わかった・のですが」

　パワーという言葉にお美貴さんは反応したのか、頷いていた。

「あ。わかる。わかります。おステさんの亡くなったご主人が、体調が悪いとき、あの岩壁の、今は穴になっているところへ行ってたと話していたのが……意味がわかる」

「さっきの、トクヨシちゃんのパワーと同じ」

　翔一も、そのとき、機敷埜の言うパワーの正体が何なのか、わかったような気がした。身体の中を温かいものが走る。頭の中で、もやもやと渦巻いていたものが、すっきりと澄んでくるような気がする。そして、栖本常務がなぜこの島に翔一を来させたのか、その意志の正体が一瞬閃光《せんこう》のように見えた気がする。

だが……まだ鮮明ではない。でも、自分の一部が、何やら覚醒《かくせい》することをうながすような……。

これが、パワースポットの効果ということなのか……？

「おフジさんの身体の調子がよくなったのも、おステさんが家事の世話の必要もなくなったというのも、このパワーのせいじゃないの？　いや、ぜったい、間違いないと思う」

「封印されていたって……。誰が封印したというんですか？　何のために？」

それが翔一の率直な疑問だった。同時に思い浮かんだのは、おたわさんという不思議な女性と、トクヨシちゃんという子供。そして、おステ婆さんの庭で昨日目撃した正体のわからない銀色のもの。そのすべてがこの岩壁の穴と関係あるのではないかということだった。

翔一の質問は誰に向けられたというものではなかったが、機敷埜が肩をすくめただけだった。

そのとき、お美貴さんが呟くように言った。

「ひょっとして、トメカさんとか、わかるかなぁ？」

その名前を聞いて翔一は、魚幸の大将から聞かされたことを思い出した。

「誰ですか・ね？　トメカ・さんって」

機敷埜は初耳のようだ。手早くお美貴さんが、トメカさんについて教えた。今は壱里銀座近くで暮らしているが、先祖はこのあたりに住んでいて、代々のまっぽすさんだと。

「まっぽすさん、ってなんで・すかいな？」

「まっぽすさんは、まっぽすさんですが。普通の人がわからないことがわかったりする。シャーマンて言えばいいか……」

そうお美貴さんは機敷埜に答えた。

「口寄せができるよ。それで教えてくれるんよ」

ここにいても、これ以上の発見はないだろう。確かに、これ以上のことを知りたければ、トメカさんに訊ねるしかないのかもしれない。

「あの・ね。お美貴さん。この・ままじゃ、パワースポットのレポート・書けないのね。そのトメカさんに会うこと・できるかなあ？」

そう機敷埜が言った。それが実現すれば、願ったりだと翔一も思う。

「どうしますか？」

今度は、お美貴さんは翔一に訊ねてきた。

「あ、お願いできれば、同行します」

「わかった。ちょっと調べてから、連れていきましょう」

やった！　というように、目を細めて機敷埜が、翔一の背を二回叩く。

三人は、急いで、壱里銀座に帰ってきた。物産館に駐車すると、トメカさんの都合を聞いてくると言って、お美貴さんは姿を消した。機敷埜の姿も見えない。どうやら物産館のお手洗いに行って、館内で引っ掛かっているようだ。

うまく頭の中の整理がつかず、しばらく、ベンチに腰を下ろして、海を眺めていた。

いったい、今日が何日なのか、何曜日なのか、翔一は考えた。

——いつだったっけ。

自分がサラリーマンをやっていて、日々会社勤めをしていたことが、何だか別の世界の夢の中の出来事のような気がする。壱里島で過ごしている今だけが真実で……。

あの穴からの風——パワーなのだろうか——を浴びてから、頭の中に渦巻いていた大きな疑問が、なんだかどうでもいいことのように思えはじめていることに翔一は気づいた。

あんな奇跡というか、オカルトというか、ミステリーを目の当たりにしたというのに……。

そこで、はっ、と思い直す。

——そうだ。栖本常務に、これまでの経過だけでも報告しておくべきだ。トクヨシちゃんとの関係も確認できるはずだし。昨日は社外だと言っていたが、今日は在社しているはずだ。携帯電話も昨日充電したからばっちり使えるし。

秘書室代表番号へと電話を入れた。

女性に常務担当の秘書に代わるように頼む。しつこく、何度も、翔一が何者かを訊ねられた。あまりにくどいので、怒鳴りたくなるのを翔一は必死でこらえた。

しばらく待たされた後、再び最初の女性が電話に出た。常務担当秘書の矢口が、他の電話の対応に追われていて、なかなか社内の電話にさえ、出られない状態なのだと言う。

「では、栖本常務に直接つないでもらえませんか？　開発課の宮口と言えば、わかっていただけると思います」

「もう一度すみません。スモト常務……ですか？」

「そうです」

それから再び、数分も翔一は電話口で待たされた。

「はい。矢口です。お待たせしました」

その声は荒い息を伴っていた。翔一は不安な気がした。

「栖本常務に報告しようと思い電話を入れました。九州の天草にいる開発課の宮口ですが」

「なんですか？」と秘書の矢口は言った。それから「スモト常務ですか……？　そんな重役はいませんよ」

翔一は、その意味がよくわからなかった。

「それ、どういうことなんですか」

「あなたはどこか他の会社と間違えているんでしょう。弊社にはスモトなる常務はおりませんが。よろしいですか？」

荒々しく通話を切られてしまった。

しばらく呆然とした後に、翔一は開発課の澤井課長に電話を入れた。

澤井課長は、すぐに電話に出てくれた。

「宮口です。いま天草の方にいます」

直接の上司に出張先から一度も連絡を入れていなかったのが後ろめたかった。だが、澤井課長の声は穏やかだった。

「おお、宮口くんか。九州の天草かあ？　穏やかだろうなあ。羨《うらや》ましい限りだなあ」

「え、ええ。すみません」

「別に謝ることはないよ。先日の退職願いは総務に回してある。受理されているから心配しなくていい」

「はあっ？」

「お、電話が入ったから、これで切らしてもらうよ。離職票とかは総務を訪ねてくれ」

退職願いが受理された？　どういうことだ？

何が何やらわからないまま、上司……いや元上司との電話も切れてしまった。

12

しばらく翔一は放心状態にあった。

ショックから立ち直れない。というよりも、何が起こっているのか、うまく把握できない。

ただ一つ、わかったことは、もう自分は極紘物産株式会社とは縁がなくなったということだ。それが、虚脱感に襲われた一番大きな理由だ。

膝が自然にがくがくと震える。貧乏揺すりというやつだろうか。両手で膝を押さえると、やっと鎮まる。大きく深呼吸すると、やっと落ち着いた。

すると、いくつかの疑問が湧《わ》いてきた。

確かに、自分は会社に退職願いを提出すべく準備していた。それは間違いない。その退職願いを出そうとした矢先に、栖本常務から特命を受けたのだ。だから、退職願いを澤井課長に出した記憶はない。

最初の疑問。それにもう一つ。

栖本常務が存在しないなんて。

それが二番目の疑問だ。

心の中は千々《ちぢ》に乱れているが、潮風が頰を撫《な》でて午後の陽光はあくまで穏やかだ。

——これから、どうしよう。

そんな迷いが湧き上がる。だが、退職願いを出す寸前だった身だ。どのみち同じ状態に置かれることになったはずだ。

ただ一つはっきりしているのは、調査を続けても、何の意味もないということだ。荷物をまとめて、次の船で引き揚げるべきだろうか？　東京へ戻り、次の働き口を見つけるために就職活動をやる。それが、最初に来る選択肢だろう。

だが果たして、東京に戻ったとしても、自分に向いた仕事がこの大不況の中で見つかるものだろうか？　退職願いを握ったままおろおろと迷っていたのも、一番大きな理由はそれだった。

それ以前に、東京の暮らしを思い出しただけで、殺伐《さつばつ》とした光景に押し潰《つぶ》されそうになるというのに。

もう一度、深呼吸しようと試みたが、出てきたのは溜め息だった。

その時、「翔一さぁーん」と名前を呼ばれた。お美貴さんと、物産館の高良が駈け寄ってくる。その後から、機敷埜が走ってくる。ぼんやりと立ち上がった翔一の変化は、皆に明らかにわかったようだった。

「どうしたの、翔一さん。下の棚でなんかあったの？　精気が抜けたようにしてから！」

物産館は今日も暇らしい。高良は翔一の顔を覗き込んで心配そうに訊《たず》ねた。「お美貴さん見てよ。翔一さんを」

「あらぁ！　どうしたの翔一さん。ちょっとの間に……気分が悪いの？　熱があると？」

その横で不思議そうに、機敷埜が首振り人形のように頷《うなず》いた。

「せっかく、トメカさんとこ連絡ついたのに。ほれ、病気じゃないなら、トメカさんとこ行くんでしょ」

翔一は、やっと蚊が鳴くような声を出した。

「も……もう、ぼくには関係ないことになったようで……この島にいる必要もなくなったようで……」

やっと、それだけ言って、再びベンチにパタリと腰を下ろした。さすがに三人は驚き、翔一を取り囲む。少しずつ自分を取り戻した翔一は経緯を話した。たった今、職を失ったことまで含めて。

「じゃあ、無職かあ、翔一さん。なんか災難だったなあ。どうするとぉ？　これから」と高良が訊ねる。

「なんも考えてません。家族がいなかったのが幸いでした。とりあえず東京に戻って、仕事口を探します」と翔一は肩を落とす。

「この島は好かんとねぇ、都会に住んどる人には……」高良は意外なことを言った。

「はあっ？　壱里島ですか？　好きですよ。東京より好きなくらいで」

「なら、ここに住んだらよかがあ」

思わず翔一は高良を見る。この島は漁業の他に、どんな産業があるというのだ。職のあてがあるとは思えないが。

「住んだらって……この島、好きですけど、仕事あるんですか？」

「うーん」と高良は口をへの字に曲げた。やはり仕事はないのか……そう考えると翔一の肩が再び落ちた。「ちょっと待って。贅沢言わんなら、今夜仕事見つかるかもしれんけん」

翔一は耳を疑った。

「この壱里島でですか？　漁師はできませんよ。農業も無理です。物産館の仕事ですか？」

「この島で……ですたい。今夜まで待ってみたら？　翔一さんに無理と思うたら言わんとだから」

そのとき、翔一は、もし本当にこの島で自分に合った仕事が見つかりさえすれば、ここで生活するのもいいかもしれないと思いはじめている自分に驚いていた。もし、本当なら……しかし、なぜ今夜なのだろう、と。

「わかりました」と翔一が答えると、ほっとしたように三人は頷いた。

「じゃあ、トメカさんとこに、行こうかい」とお美貴さんが、翔一の腕を引いた。

「ちょ、ちょっと待ってください。ぼくはもうトメカさんの話を聞いても何にもならないんですが」

翔一がそう言ってもお美貴さんはおかまいなしだ。

「もうトメカさん、待っててくれてるから。翔一さんは、確かに仕事じゃなくなったかもしらんけど、いろいろ不思議なこと見てきて心の中では気になっとるはずよ。私なんか、頭の中『?』マークだらけで、ぜひホントのこと教えてもらいたいわよ。翔一さんも、そうに決まっとる。ここで今、くよくよしていても何にもならんが。行こ、行こ」

そう言われて、翔一はそれもそうだ、と納得した。上ん棚の岩壁のところで風を浴びた後のように、少しずつショックも薄らいできた気がしはじめていた。皆と一緒にいれば気も紛《まぎ》れてくる。そして綾ん辻で見てきたさまざまな謎を、このまま見逃すことはできないという衝動にも似た好奇心も同時に湧き上がっていた。

だんだんと純粋な好奇心が強まってくるようだ。

翔一が立ち上がるのを見て、三人は笑顔を浮かべた。翔一の立ち直りに安心したのだろう。

「トメカさん、あまり待たせせんようにせんと」そう、お美貴さんが言った。不思議と翔一は心が澄んできた。

「あっ、電話したんですか?」

翔一が訊ねると、お美貴さんと高良が首を横に振る。代わりに話してくれたのは、機敷埜だった。

「物産館でトメカ・さんの連絡・先を調べようとし・たら、高良さんが近づいて・きて。さっき、トメカさんが物産館に寄った・んだそうです。その時、トメカさん・館長にこう言ったんだそうです。後で、翔ちゃんたちがあたしんとこを訪ねてくる。今日は、おるで、そう伝えろと。そうですね」

翔一は、さすがにびっくりした。

「高良さん、本当ですか?」

「ああ。二人、電話帳をめくってたから、てっきりそうかと。やっぱりそうでした」

「で、どうしてわかったんです？　予知ですか？」

「さあ……。トメカさんは、まっぽすさんだから、わかって当然じゃないですか？」

高良はそう答えた。信じがたい話だが、事実は事実だ。「とにかくトメカさんは待ってるから、急いだほうがええ」

なんだか、世の中すべてなるようになるのだ、という気が翔一にはしてきた。しばらくは皆と行動を共にしてみよう。

お美貴さんにしろ、高良にしろ、この流れの中で自分の得になることは何もないのだ。しかし、これほど熱くなってくれているではないか。

高良が指差したことで、トメカ婆さんの家が近いことがわかった。このあたりを電動車椅子で移動していたから、それほど遠いところではないだろうとは思っていたが。

高良は、物産館の三十メートルほど先のカーブを指差していた。そこは、高さ七、八メートルの崖になっていた。「あのカーブの向こう」と言って高良は歩きだす。自分も一緒に行くつもりらしい。物産館には、客はいないのだろうか。

崖は、天草特有の地層を示している。凝灰岩《ぎょうかいがん》、砂岩《さがん》、礫岩《れきがん》が剝《む》き出しに何層にもなり、崖の上には、数本の松が繁《しげ》っているのが見える。その崖のために、向こう側の風景は遮《さえぎ》られている。

カーブを回り込むと、数本のアコウの木が生《は》えていた。下の棚へ行くときも何度かその前を通ったはずなのに、民家があった記憶がなかったのは、このアコウの木のせいかと翔一は思った。

その奥に、崖に守られるように、平屋が一軒建てられていた。高良がためらうことなくアコウの木の横を通り抜けていく。崖とアコウの木に守られているというのだろうか、いかにも隠れ処《が》という風情《ふぜい》があった。これではいくら道を自動車で走っても気がつかなかったはずだと納得した。しかし、こんな日陰では、湿気に悩まされるのではないか、と翔一は心配してしまった。

アコウの木陰に翔一も見覚えのある電動車椅子が駐《と》められていた。

崖下の家は、中の様子があっけらかんとわかる。トメカ婆さんは、そこで立ち上がり手招きしていた。

「おー、よう来た。もうそろそろかと待っておったよ」

そう言いながら縁側まで歩いてくると、翔一に右手を差し出す。

「はあ?」と翔一が訊ねると、トメカ婆さんは「握手だよ、握手」

おずおずと翔一が右手を差し出すと、トメカ婆さんは嬉しそうに握り締め、そのまま口に持っていき、チュッ、チュッと何度もキスをした。翔一は振り払って逃げ出したくなるのを必死で我慢する。自分が人身御供《ひとみごくう》になったような気分だった。

しばらく、じっと手を握られ、掌《てのひら》が汗でじっとりしてきたころ、翔一はやっと解放された。

「翔一さん、モテモテね」とお美貴さんに冷やかされた。トメカ婆さんは四つの座布団を縁側に次々に並べる。

そのとき翔一は気がついた。トメカ婆さんは電動車椅子に乗っているから、てっきり足が不自由なのだとばかり思っていた。それは単なる翔一の思い込みに過ぎなかったのだ。家の中でトメカ婆さんは身軽に行動しているのだから。

「翔ちゃんには、また会うって、言うとったもんねぇ」と皺《しわ》だらけの口許《くちもと》をにやつかせながら、トメカ婆さんが言う。

「それから、少うし、私に似とる人も来とるね。まだまだ、だけどね。都会ん人」と機敷埜を見た。似とる人というのは、機敷埜がパワーを感じたりするということを言っているらしい。

翔一は、そこでやっとトメカ婆さんの部屋の様子を観察する余裕が生まれた。

家は、右奥の台所以外、一部屋だけだ。そして、その部屋の奥の壁際には祭壇がある。

何を祀ってあるのかはわからないが、白木造りの囲いの中には紙垂《かみしで》のついた玉串《たまぐし》が一対《つい》飾られている。その向こうは、崖の岩壁らしく、球状の岩が鎮座していた。大まかな形状から上ん棚の縮小版という印象を受けた。こちらには石積みはないし、上ん棚には白木の囲いはないが、なんとなく、双方は似たものがあるのだ。

「上ん棚のことを聞きに来たと？」

わかっているくせに、知らばっくれた様子で言っているように翔一には思えた。ただ、もう、誰にも知り得た真実を報告する義務はない。その点、翔一は気が楽だった。今はただ真実だけを知りたい。そう思うと素直な気持ちになれた。

「はい。よろしくお願いします」と翔一は答えた。

訪ねた四人が腰を下ろしている。トメカ婆さんは四人を見まわした。それから座る。

「都会ん人が、この島のことがわかったんは、上ん棚の社地が放たれたからだ。あの中には神の気が詰まっとる。神には、いろんなもんがある。邪《よこしま》なもんから、穢《けが》れたもんから」

「八百万《やおよろず》の神です・か？」と機敷埜が訊ねると、「そんなもんじゃねえ」と即座にトメカ婆さんは、首を横に振った。絶対神とか全知全能の神とかとも概念は異なるようだった。

翔一は、トメカ婆さんが感じる彼女にとっての神なのかとぼんやり思ったりした。

「自然には、いろんな種類の神がおる。神でなけりゃ、魑魅魍魎《ちみもうりょう》言うてもええ」

「妖怪かなあ……なんか、そんなふうに聞こえるが」とお美貴さんが首をひねりながら、そう言った。

「いや・パワーそのもの・じゃないんで・すかー？　そのほうが・よくわかる」

そう機敷埜が慌てて付け加えた。

しばらくトメカ婆さんは黙して四人を眺めていたが、ウンと大きく頷いた。そして、

「どれも違うし、どれも間違っとらん。ただ、おめぇーたちがようやることがあんだろうが。何々をどうこうすれば、これこれになる、とか、これこれいうもんは、どれそれであるとか」

翔一は、頭をひねった。「それは、〝法則性〟とか〝定義〟といったものですか？」と問いかける。

トメカ婆さんは腕組みし、天井を眺めてから答えた。

「そうだな。難しそうなこと言うとるが、間違いねえなあ。だから……定義なんか、できんのだ。法則性なんか……なーんも当てはまらん。ただ、善の力が閉じ込められとるんよ。今までは静かに、休めるときはずーっと休んどった。島の外の世の中の〝力〟は、ほとんど反対の〝力〟で溢れ返っておるからねぇ。壱里の地の底に沈み込んで、静かにしておった。それが揺り起こされよったが。みーんな、助けを求めてくる」

「なんで、壱里島の底なんですか?」翔一はそう訊ねた。だが、「何でじゃねー。なぜかは知らんが、そうなっとる。太古から、ここは逃れの島と決まっとったらしいで。だからこの地におったんだ。他所《よそ》は邪な考えだらけだでなあ」

「ほら、言ったでしょう。あの岩で・封印されてたって」と機敷埜が翔一の肩を突《つつ》く。

「そう。壱里の卵塔《らんとう》だが。わらべ唄にもあるとおり、『らんとらんとせ』で『しんがら』さんが、『ほけきょー』、つまり地下の法華経《ほっけきょう》の夢の国におられる。その夢の国の出入り口が卵塔だから」

「あの球形の苔むした岩……?」とお美貴さん。自然に上ん棚の棚田にあった巨石を連想したらしい。トメカ婆さんはしたり顔で頷いた。

「で、誰が、卵塔で・封印したんですかね?」

機敷埜がそう訊ねた。「神社みたいなものです・よね。原始的形態の……あの上ん棚の岩壁は。誰が封印したん・ですかね?」

翔一は誰が言ったんだっけ、と考えている。神社は御利益《ごりやく》のある神さまを祀り、自分たちに徳を与えてくださいと願うところと、また正反対に、人々に災いをもたらし暴れ狂う荒ぶる神を鎮めたところが存在するという。

そんなことを聞いた気がする。では、もし上ん棚の岩壁が神社だというのなら、どちらになるのだろうか？

　幸運をもたらす神？　災いをもたらす神？

　それは、今、機敷埜が発した質問で答えが得られればわかるような気がした。

「この島以外のものなら、悪《あ》しきものに違いなかろうもん。それが、信柄さんを、閉じ込めた。信柄さんは閉じ込められたけれども、何てことはないわ。静かに静かーに、壱里島の底で過ごしておったよ。これからも、ずーっと静かーに過ごすつもりだったよ」

「信柄さんて、信柄浦の信柄さんてことですか？」

「そうだ」

「で、誰かが、卵塔の封印を破ったいうことですか？」

「誰が封印破っても、信柄さんは必要ないと思えば出てこん。必要なときだ思うたら卵塔を吹き飛ばしても出てくる」

　機敷埜がしきりに頷きながら、「だいたい繋《つな》がりました」と言った。

「急に卵塔が飛んだというのは、じゃあ……？」

「信柄さんが、出てこにゃあいかんことを知ったからじゃ。高良さんにはわかっとるはずだが」

　トメカ婆さんに指差されて、それまで、横で黙って聞いていた高良が「へっ。私があ？」

と自分を指差し、仰天していた。「何で私がわかるんですかぁ」

「今夜、寄り合いに出るんだろう?」と、眉をひそめつつトメカ婆さんは訊ねる。

「今夜、寄り合いって……ああ……」

高良は、思い出したように頷いた。

翔一が連想したのは、自分が職を失った話を高良にしたときに、高良が言ったことだ。

「今夜、仕事が見つかるかもしれん」と。その寄り合いと関係があるのではないかという直感があった。

「よくトメカさんは知っとるなあ。地獄耳だなあ」

「いや、わかるだけだけん」

「どうかねぇ。うまくいけるかねぇ」と少し不安そうな声を高良は上げた。

そこで、翔一は、はっとする。思い当たった。これは確認しておく必要がある。

「あの……。一ついいですか?」

「何だがね」

「実は、下の棚のおステ婆さんのとこへ行ったときに、畑で変なものを見たんですが……。全身が銀色でギラギラしていて人の大きさくらいで、闇のような影を持っている。ゆらゆら揺れている生きもののように見えたのですが……。凄く気になっていますが……お美貴さんも見ましたよね」

お美貴さんは、そのことについて口にするのは憚《はばか》られるらしく、頷いただけだった。高良もそのときは一緒にいたはずなのだが、首をひねっていた。高良は、本当に気がついていないのかもしれなかった。

「目の錯覚ではないと思うのですが、あの奇妙な、ぎらぎらした人の大きさくらいのものは、なんだったんでしょうか？　あれが、……信柄さんなのでしょうか？」

トメカ婆さんは、膝の上に両手を重ねて、じっと翔一を見ていた。それから口を開いた。

「信柄さんは、壱里の底にいる〝力〟全体みたいなもんだし、出てきたときは、小さくもなる、分かれもする、形も変える。信柄さんだからなあ。だから、信柄さんなんだよ。決まった形はないが。信柄さんは、〝力〟だからなあ。だから、翔ちゃんが見たのは、信柄さんじゃねぇことはねえな」

なんともまどろっこしい答え方だと翔一には思えた。

「じゃ、人の形をとったりもするんかねぇ？　その、信柄さんは？」

お美貴さんが問い直すと、トメカ婆さんは何度も頷いた。

「信柄さんは、〝力〟そのものだ言うとるだろ。形は、後からついてくるだ。そうだ、と思って見れば、そう見える。人の形だと思って見れば人の形になる。そんなもんだ」

「〝力〟そのものなら、触れないの？」

「んにゃ。〝力〟の塊《かたまり》なら、触れるよ」

トメカ婆さんの言ってることには、矛盾が多いように思える。つまり、信柄さんという存在は、何でもありなのだ。言うなれば、信柄さんは、全体でもあり一部でもある。形をとることもあれば、形のないこともある。見えたりもし、見えなかったりもする。感じたり、感じなかったり。

唯一、確実なのは、これまで、壱里島の、綾ん辻の底にいたということなのだ。卵塔で塞《ふさ》がれていた出入り口は、自分の力で開いたのか、第三者の手によるものかはわからないが、信柄さんはそこから出ている……あるいは出てきた。

「下の棚のおステさんとおフジさんのとこのことは、わかるかね」そう高良が訊ねた。

「ああ、おステさんも、おフジさんも信柄さんに〝力〟を貰《もろ》うたねぇ。元気になっとるねぇ。おフジさんなぞ、病気を撥《は》ね飛ばしおったがね。あたしも、ほら、そこから……」と壁の岩を指差した。

「そこから〝力〟を頂いた気になってなぁ。足腰が元気になりましたたい。ほら、このように両手振りもできまする」

座ったままトメカ婆さんは、両手を上げ下げするのだった。

やはりトメカ婆さんの歩行が自由になったのは、つい最近になってのことなのかと翔一は思った。それも壁に祀られた岩の御利益かと、翔一は考えていた。ひょっとしたら、自分が最初に会ったときのトメカ婆さんは、電動車椅子を降りては歩けない状態だったのかもしれない。

「あの……実は」とお美貴さんが言った。

「なんですかね」

「下の棚のおステさんとおフジさんのところに、前はいなかったけれど、お客さんが来てるんです。若い女の人と子供と。その人たち、不思議なんだけど、信柄さんと関係あるんですか?」

「ああ、あれか……」と機敷埜も同意する。

「女の人には会いませんでしたが、トクちゃんは昭和二十一年生まれと言っていたなぁ。あの子がねぇ。嘘を言ってるとは思えなかったが」

翔一が尋ねるとトメカ婆さんは、悪戯っぽくニッと笑い、目を細めた。

「おステさんも、おフジさんも、色々と心に想うことがあったろう。子供さんも女の人も、別々だったりも同じだったりも決まっとらんから。決まっとらんなら、人じゃないから、信柄さんであってもおかしくねえだろ」

「トメカさんは、まっぽすさんじゃないか。以前は上ん棚に住んどったて聞いたが、それでもわからんのかねぇ」と高良が問いかけた。

それでも、トメカ婆さんにわかるのは、それが限界のようだった。首を横に振るだけだ。

「まっぽすでも、言うてええ時機というもんがある。そりゃあ、綾ん辻の方角で、〝力〟が大きくなっとるのは、確かだよ。そりゃ、間違いねぇな。でも、その〝力〟がなんのためなんかは、必要なもんにはいずれ知らせる。

ひょっとしたら、〝力〟だけは本物だが、あとは、みんな、目の迷いかもしれんでね。そう思うたら、そう見えるのかもしれんし、本当は違うもんかもしれん。若い女と子供と二人と言うたが、実は一人かもしれん。なーんにも確実なものはないんだよ。自分で、そう思うとるだけで」

つまり、トメカ婆さんは、翔一が下の棚を訪ねて見聞きしてきたことは、すべて目の錯覚だったという可能性もあると言っているのだ、と翔一の疑問は逆に大きくなってしまう。

それはないだろう。自分の眼で、はっきりと見てきたことなのだから。不思議ではあるが、おたわさんもトクヨシちゃんも、翔一にとっては実在している。

「ただ、これだけは言えるよねえ」とトメカ婆さんは、高良とお美貴さんに言い放った。

「〝力〟を感じたのは、あのとき以降だわね」

高良は、はっとしたように頷く。

「そう。〝おもしろたわし〟をお美貴さんが預かって売るようになった時期も同じだ。あのときからなんだねぇ」

その、あのときが、何を指すのか、翔一にはわからない。

13

翔一の携帯電話が鳴ったのは、和泉屋で夕食を済ませ、自分の部屋に引き揚げてからだった。

電話に出ると、予想どおり、物産館の高良だった。彼には、携帯番号を教えていた。夜に連絡するからと言われていたからだ。

「あ、翔一さん。これから、来てもらえませんか？」皆に話して了解を取ったところだと言う。

昼に言っていた翔一の就職の件らしい。高良の背後がざわめいている。一人二人の声ではなさそうだ。

「わかりました。すぐに行きます。どちらへ向かえばいいですか？」

「物産館の会議室です。物産館まで来ていただくとわかります。奥の明かりが点《つ》いているところにいますから」

何の会議なのか、翔一はまだ聞かされていない。不確実な段階で話して、翔一の期待を裏切ってはいけないから、と高良は言っていた。

慌てて宿を出ようとして、和泉屋のお鈴さんに呼び止められた。

「あっ。ちょっと出てきます」

「宮口さんは、壱里に住むことになったそうですね」

そんな話をどこで仕入れてきたのかはわからないが、お鈴さんはすでにそんな情報を持っているらしい。

「え、まだ、わからないんですが」

「『守る会』をやるんでしょう?」

「は?」

「だったら住むところ、探さなきゃいかんねぇ。今の部屋に、三食賄《まかな》いつきで、五万五千円でいいですよ」

「はぁ」

「あ、どうぞ、行ってきてください」お鈴さんが奥に引っ込んだ。

翔一は慌てて靴を履《は》き、壱里銀座の通りへと出た。銀座といえども真っ暗だ。ほとんどの店舗のシャッターが下りていた。酒とタバコの自動販売機だけが淡い光を放っていた。人が歩いている姿もない。

急ぎ足で物産館へと向かう。闇の向こうで潮が、ザザーンと打ち寄せる音だけが響いていた。

事務の仕事だろうか？　お鈴さんが「守る会」と言ったことが引っ掛かっていた。

と同時に、お鈴さんの変わり身の早さにも驚いていた。客の状況の変化を聞くやいなや、泊まり客から下宿客へと切り替えようというのだから。

確かに、高良が世話してくれようとしている仕事が自分に向いているのであれば、住まいをどこかに探さなければならない。賄いつきで一カ月五万五千円というのであれば、悪くはないのではないかと思う。食事のことも考えずに済むし。それに、この島で日々過ごすとなると、お金を使う場所もあまりなさそうだ。

暗い道だったが、すでに何度も往復しているから、何の不安もなかった。魚幸は、今日はすでに明かりが消えている。早仕舞いという日もあるらしい。

物産館に着くと、珍しや、昼間の駐車場はいつもがらんとしているのに、今夜は十数台も駐車されていた。会議室に来ている客たちのものだろう。だが、駐車場の照明は落とされていて、遠目では目立たない。会議といっても秘密裡《ひみつり》に行なわれているようだ。

物産館の買物客用の出入り口が閉まっているのを確認して、裏手にある通用口の方へと回る。そこは確かにドアが開いていた。暗いが、明かりのスイッチもわからないので、細い通路を伝うしかなかった。奥の方で薄明かりが見えた。人の声がかすかに聞こえていた。さまざまな声が入り交じって聞こえる。年のいった声。女の声。若い男の声。

「誰も住めんようになる！」という声だけがはっきりと翔一の耳に届いた。

会議は白熱しているのだろうか？　発言者はよほど興奮したのかもしれない。

誰も住めんようになる！　とは、壱里島が、ということだろうか？　だとすれば、穏やかではない。

それから、人声が途絶えた。

ドアの前に立って二回ノックをした。返事はない。

もう一度、翔一がドアを叩くと、男の声ではっきりと「はい」と声があった。

翔一は、おずおずとドアを開く。

五十平米《へいべい》弱の大広間だった。四十名ほどの老若男女《ろうにゃくなんにょ》がいっせいに入り口の翔一を注視した。慌てて頭を下げながら知った顔はないかと探す。

とりあえず、お美貴さんの顔を見つけたので少しほっとした。と同時に、「翔一さん、靴を脱いで上がって」と言われる。

黒板の方からだった。その下に長い机が置かれて、端に座っているのが、物産館の高良だった。

「はい」と翔一は頭を下げて、靴を脱いだ。入り口に近い壁際に腰を下ろした。

魚幸が閉まっていた理由もわかった。魚幸の大将と女将《おかみ》の夫婦も並んで座っていた。他にも、魚幸で紹介されたものの、はっきりと名前を覚えていない男たちもいた。消防団と言ったろうか？　商工会の青年部と言ったろうか？　見覚えがある。

しかし、皆、魚幸の酒席のときとは印象がまったく異なっていた。

そのとき、黒板に書かれた文字に気がついた。

「信柄浦町を守る会」

何から信柄浦町を守るというのだ。翔一の頭の中で疑問符が渦巻く。

机に並んで座っている男たちは、皆、口をへの字に曲げていた。

「町長リコールのステップ」とある。他にも走り書きされた「住民投票」という字も見えた。

信柄浦町といえば、壱里島全体を指すのだ。つまり、壱里島を守るべき出来事が発生しているということだ。

それが、いったい何事なのか、まだわからない。お鈴さんが「守る会」と言っていたが、何を守るのかは、ぴんと来なかった。

高良は、横の男たちと、何やらごそごそと言葉を交わしていた。高良たちは何度か頷き合い、それから、高良が皆に言った。

「先ほど、会議の冒頭でも話の出たばってん、事務局長になってもらおうと思うとる人。来てもろうた。東京の商社に勤めとって事務能力はばりばりたい。今度から壱里に住もうとしとんなさる。東京の会社辞めて、こちらに移ってきなさる。宮口翔一さんば紹介しまーす。ほ。ま。翔一さん。ちょっと立って」

やっと腰を下ろしたばかりだが、翔一は再び立ち上がり、周りの人々に頭を下げる。

再び、高良が口を開いた。

「この宮口翔一さんを事務局長に推薦しますが、いかがでしょうか？」

そう言われて、訳もわからず再び頭を下げた。事務局長というのは何をすればいいのか。それよりも、この会は何から信柄浦町を守ろうというのだろう。

本当のところ翔一は「この『守る会』は何をする会なんですか？」と問いかけたかった。しかし、せっかく事務局長という職に就《つ》けるかもしれないのに、そんなことを訊ねるわけにはいかなかった。

そんなことをすれば、新しい仕事がなかったことになってしまう可能性だってある。詳しい話は仕事が決まってから訊ねても遅くはないではないか。翔一は、そう考えることにした。

顔を上げると、拍手の音が聞こえた。見るとお美貴さんが手を叩いていた。それが合図になったようだ。拍手は、お美貴さんからその両隣、そしてまたその隣へと凄い速度で伝染し、数秒後には、翔一は割れんばかりの拍手の中にいた。どんな仕事をやらねばならないかも、月々の報酬はどの程度期待できるのかも、その仕事はいつまで続くのかも、何もわからないままに。

誰かが言っていたことを思い出していた。この島では、誰もがなんとか食っていけるからと。翔一は、誰が言ったかも覚えていないその言葉を信じるしかないだろうと思っていた。少なくとも飢《う》え死にすることはないのだろうと。

「いやあ、満場一致で決まりましたな。翔一さん！　事務局長！　じゃあ、こちらで、メモをとってもらいましょうか。後で議事録を作ってもらわんといかんけん」

明らかに高良は態度が変容していた。翔一に対して、より親しさが感じられる。翔一が身を預けた時点で家族同然と捉《とら》えたのかもしれない。

しかし、翔一は不安だ。商社にいたが、自分が事務能力に長《た》けているとは思えない。ましてや事務局長など……。

「はい」と仕方なく答えて、翔一は手招きしている高良の横へ行って座った。高良は、ボールペンとノートを渡してくれた。ノートには何も書かれていない。顔を上げて、翔一は高良を問い返すように睨んだ。

「そこから、続けていいから。頼むね。私はメモとるの苦手だから」と小声で言った。

すぐに会議が再開された。

議長で、かつ会議の司会をやっているのが「信柄浦町を守る会」の会長らしいことがわかった。顔中皺だらけの貧相な男で、松本というのだとわかる。しかし、発言者から、会長と呼ばれたり、町長と呼ばれたりする。とすると、この松本という男が信柄浦町の町長ということなのだろうか？　なぜ、町長が「守る会」の会長も兼ねているのかわからない。

いくつかの挙手があって、発言が続いた。その発言の何人かは、司会の松本町長を非難していた。どうも町の財政を悪化させた元凶が、この松本町長であるようだ。そこで、さすがに見兼ねたらしい高良は訂正を入れた。

「混乱しますので、再度言っておきます。松本会長です。もう信柄浦町の町長は松本会長ではありません」

そこで少しずつ、翔一には状況が見えはじめた。つい先日までは、この松本会長が信柄浦町の町長だったのだ。そして、現在、信柄浦町は財政健全化法の適用を受ける寸前に陥《おちい》っているらしい。

松本会長が参加者に罵《ののし》られているのは、まさにその点なのだ。その原因は、返済計画を無視した下水道整備事業にあるようだ。結果、信柄浦町は、あと数年で債務超過に陥ろうとしているのだ。下水道整備事業の見込み違いがなぜ発生したのかは、信柄浦町前町長の口から語られることはなかった。

翔一は初め、その財政危機状況から町を守るという会なのか、という理解をしていた。だが、参加者の意見を聞いていると、どうも、そうではないらしい。

町長の任期満了に伴う選挙が行なわれたのが、四月初めのことだったようだ。いつもであれば、誰も町長選に出馬する者はいないはずだった。だが、このときは、対抗馬が出現した。驚いたことに、信柄浦町の副町長が退職して町長選に打って出たのだった。

そんな経過が、あぶり出されるように少しずつわかってきた。つまり松本前町長は、結果的に飼い犬に手を咬《か》まれたことになる。

選挙戦は熾烈《しれつ》を極めたらしい。それは参加者の発言を聞いていてもわかる。いつの間にか、副町長は町議会の議員たちとシナリオを作り上げていた。その上で、副町長は対立候補として松本町長を攻撃した。いかに松本町長に先見性とバランス感覚が欠落しているかを暴きたてた。そして、町の財政が危機的状況にあるにもかかわらず、松本町長は無策のままであると。自分は、見るに見かねて出馬したのだと。

そして副町長だった対立候補は公約した。自分が町長に当選し、町の将来のプランをすべて委《ゆだ》ねてもらえるなら、町の財政も黒字に転換させてみせると。それも、たった一期で。それだけではない。信柄浦町を全国一の福祉の充実した町にしてみせる。たとえば……高齢者医療は、全額無料にする。

「それは、すごい」

ペンを持っていた翔一は、さすがに驚き、その手を止めた。全国的にも地方自治体で財政破綻《はたん》寸前という話は、よく聞く時代になった。税収も先細り。しかし、その候補者は、奇跡の改善策を考えついたらしい。

どんな秘策があるというのか。

信柄浦町の選挙戦の結果とその後の経過は、翔一が予想もしないものだった。

選挙の結果は二百三十票差だった。松本町長は、松本前町長と呼ばれることになった。かつて松本町長の右腕と言われた佐々《さ》木《き》副町長が町長になったのだ。佐々木町長は、すぐに画期的《かっきてき》な財政改善策を町議会に提示した。議会を構成する議員たちには、とっくに了解済みの改善策だったらしく、何の問題もなく、あっという間に承認された。

参加者が、その改善策に関しては具体的に言わないのが、翔一には引っ掛かった。代わりに「あの邪悪な……」とか「悪魔の取り引きのような」という表現になった。連想したのは「うまい話には必ず裏がある」ということだった。だが、翔一には、どんな裏かはわからない。

「あんな改善策だったら、佐々木を支援したりはしなかった」と吐き捨てるような意見を述べるのは、先の町長選では副町長支持派だった人物らしい。町長になってから裏切られたのだろうか、と翔一は単純に思うが、それもはっきりしない。

確認すべきだと思い、翔一はメモ用紙に走り書きした。

〈その新しい町長は、どんな改善策を出したんですか？〉

横にいる高良に見せる。高良は驚いたように大きく目を見開いた。それから、翔一からペンを受け取り、ノートに走り書きした。

〈壱里島に核燃料廃棄物の最終処分場を誘致するそうだ〉

「はあっ？」

思わず、翔一はそう声を上げてしまった。すると、信柄浦町の議会で配布されていたレジュメのコピーらしきものが、高良の手で翔一の目の前に置かれた。

翔一は、高良が何を言いたいのかまだまだ理解できずにいた。レジュメに目を走らせた。

〈日本に放射性廃棄物の最終処分施設は、存在しない。しかし、処分技術を研究する施設を提供することはわが国には望まれていることである……〉

表現が回りくどい。核燃料廃棄物の最終処分場を誘致するのではなく、廃棄物処分を研究する施設を作るという建て前らしい。その施設は、地震、火山噴火などの地殻変動が起こらない強固な土地で地下三百メートル以上の深度が必要とされるが、壱里島はその条件を満たしているようだ。

翔一は、ざわつく会議の席上で全文を熟読できたわけではない。しかし、わかる。

やはり、誘致しようとしている施設は単なる研究施設ではないようだった。研究施設として町が受け入れを認めれば、それはそのまま核燃料廃棄物処分場となる。

高良の走り書きに間違いはないのだろう。

すでに「放射性廃棄物最終処分機構」略称NDLOへ働きかけているようだった。

再び、高良がノートに走り書きする。

〈NDLOに調査させるだけで、町に二千万円が交付されるそうだ〉

そこで「信柄浦町を守る会」が何から町を守ろうとしているのか、翔一には、その全貌《ぜんぼう》がやっとわかった気がした。

初めて見る老人が手を挙げて立ち上がった。

「地下三百メートルより深くに核廃棄物を埋めたら、地上にはなーんも悪い影響はなかて聞いたけど。それでも反対すっとかなあ」

高良が、今度は小声でペンをその老人に向けて言った。「この矢田《やだ》の爺《じい》さんの甥《おい》っ子は町会議員だもの。甥っ子から、そんな話を吹き込まれとるんだなあ」

その老人に答えたのは前町長の松本会長だった。

「世界中探しても、絶対安全と言われとる核燃料廃棄物の最終処分場は、どこーにもなか。日本だけじゃなか。世界中、どこーの国にもなか。これが、どういう意味か、ちらと考えただけでようわかろう。賛成しとる連中は、金だけ集めて、自分たちは壱里島から逃げ出してしまうかもしれんよお！　そして壱里島は誰も立ち入らん死の島になってしまう。そうなってよかとね。先祖さまの眠っとるこの島をそんなしてよかわけなかろうが」

松本会長は、そう言って拳《こぶし》で目の前の机をドンと叩く。

発言した老人は仕方なく腰を下ろしたが、松本会長の話に同調したかどうかは、わからなかった。

次は、浅黒くずんぐりした中年の女だった。

「ちょっと言わせてもらっていいかねえ。今の佐々木町長のやり方は、おかしいよ。いくら町の財政が困窮《こんきゅう》しとるいうても、やっていいことと悪いことがある。いくら金の心配しなくていいといっても、信柄浦町を死の灰の捨て場にしちゃならない。研究施設が出来て、毎年、何十億ずつの金が入ってくるといっても、駄目だ。子供たちの身体にどんな影響が出るか、誰もわかんねえだ」

そこまで言うと部屋中の参加者から女に拍手が湧き起こった。

「待ちなっせ。まだ拍手するのは少《すこ》うし早かよ」女が掌であたりを払う仕草をした。すると鳴り続けていた拍手が途端に鎮まった。「とにかく、この島を放射能のゴミ捨て場には、どんなに金積まれてもさせん。壱里島は、きれいがままで守る。そこまではよか。その後たい。松本さんが、また町長になるつもりね。そうはさせんばい。信柄浦町をこんなにした元凶はあんたでしょうが。それは、はっきりしとかんといかんて思う」

すると、さっきから立ち消えていた拍手がまた復活した。松本前町長は在任中から、あまり人気がなかったことが暴露された形だ。

高良が「松本会長どうぞ」と首をすくめて言った。渋々《しぶしぶ》と松本会長は言った。

「いやあ、まいったなあ。私は、また町長に復活しようとか、そんな野心で行動しよっとじゃあなか！　自分たちが愛する壱里の島ば守りたかだけ。他のことは皆で考えるとよか」

すると、別のガッチリした老人が立ち上がった。そして、拳をふるいながら言う。

「とにかく、松本さんが会の顔になっとるのは、あんまり旗色のようなかじゃないかなぁ。図が、前町長と現町長の争いのごつなっとる。妙に生々《なまなま》しか。俺たちは、放射能のゴミ捨て場に壱里をしたくなかだけだけん。本当にこの運動を広げるなら、政治の色のついとらん人のほうが賛同は増える」

高良が翔一に小声で言った。

「私もそのほうがいいと思う。とにかく、発起人《ほっきにん》は松本会長だが、意趣返しとしか受け取られないから、運動が広がらないんじゃないかと思うとるんですよ」

翔一も、横で話を聞いただけだが同意見である。松本会長の面《つら》がまえも、どちらかといえば、悪人面なのだ。これでは、島内での運動の広がりは望めないな、と思ってしまう。

「ぼくも、そう思います」と翔一は答えた。「彼は発起人ということで、他に誰か、会長職ができる方はいないんですか？　あ、高良さんが会長を務めてもいいかと思いますが」

「私は表に出るのは苦手なんですよ。目立たぬように、って唄《うた》もあったじゃないですか。あれですよ、あれ」

そう小声で話しているうちに、松本会長と老人の言い合いになっている。

「わかった。私は会長を下りる。じゃ、誰が会長になって活動を続けるか、皆で決めればよか」

自棄《やけ》気味に、松本会長がそう宣言した。皆、押し黙る。会長はとっとと部屋を出ていく。

仕方なく、高良が皆にはかる。「あのー、どうしますか？　追って止めるなら今ですが」

「止めんでよか」

「もっと適任者はおらんと」

「高良さん！　あんたがしなっせ」

会議は収拾がつかない状態と化しつつあった。

「じゃ、会長の件は次の会議までの宿題として、次の議題にいきましょーか。どのように運動を進めていくかということで。何か意見はありませんかぁー」と高良が叫ぶ。高良の持つ紙片に、大きく「住民の署名を集める」と書かれていた。その下に「リコール」と。

高良の肚《はら》は決まっているのだ。

その時、顔を上げた翔一は、意外なものを見た。会議室の入り口の隙間から、こちらを覗いている人物。

まさか！　視線が合った。

おたわさんだ。

なんで彼女がここに……と翔一は思う。

「すみません。ちょっと出てきます」高良にそう言い残し、翔一は入り口のドアの向こうを目指した。

ドアを開き、暗がりに向かって翔一は言った。

「おたわさん。中に入れば？」

しかし、誰の姿も、そこにはなかった。

14

朝早くに翔一は目が覚めた。

特に早起きして、何をやらなければならないということもありはしないのに。すでに極紘物産の社員でもないのだから。

なのに皮肉なことに目が覚めた。

夢の記憶はない。だが、何やら眠りの中で見ていたような気はする。その証拠に脂汗《あぶらあせ》をかいていた。目を開いたときも息が荒かった。

どんな夢を見たのだろう。怖い夢だったのか？　だから、これほど寝汗をかいたのだろうか。翔一は思い出そうと試みたが、夢のかけらも思い当たりはしなかった。

昨日は、己《おのれ》の人生のジャンクションが大きく変わった日なのだ。どんな夢を見てもおかしくはない精神状態だった。

あれから、予想外のことがいくつか起こった。

翔一は、正式に「信柄浦町を守る会」の事務局長として実務に携《たずさ》わることになった。そして、会長も、松本会長の辞任により、新会長が選ばれることになった。一旦は次回会議で決定する流れになったが、その場で立候補者が現われ、満場一致で決定した。

新会長として立候補したのは、……お美貴さんだった。

高良がメモを翔一に見せた。

――美貴子さんは、松本会長の姪《めい》!

翔一は思い出した。そういえば、お美貴さんの姓も松本だったはず。それにしても、叔父姪の関係だということは、問題ないのだろうか?

そのことについては高良から、叔父の前町長がやれば心証が悪いが、姪のお美貴さんなら問題ないのだと聞いた。それも後で聞かされたことだ。その上、お美貴さんの母方の叔父は推進派の町議の一人なのだと。

しかもお美貴さんには、一度島外で生活し、グローバルな視点を持ち、教養を備えて戻ってきたというイメージがある。そして若い。ということは機動力にも優れているはずだと。推進派の町議の姪が反対運動の顔になるというのも、かえって好印象で迎えられたようだ。

それに、大まかな活動の流れは、すでにシナリオが出来ていた。信柄浦町有権者の三分の一の署名を集める。そして佐々木町長のリコール及び、NDLOの研究施設の建設反対。その上で、核燃料廃棄物処分場誘致計画を中止に追い込む。

そんなプログラムが、高良の口から淡々と明かされた。すでに高良たち執行部では練られてきた案らしかった。

議事録作成のために翔一はノートにペンを走らせたのだが、実は心の底で、さっきの出来事が頭を離れずにいた。さっきの出来事というのは、会議室の入り口付近で、おたわさんを見かけたような気がしたことだ。あのときは、確かにおたわさんを目撃したと思ったのだが、慌てて会議室の外へ行っても、その気配は微塵《みじん》も残っていなかった。

よく考えれば、あんな人里離れた山の中腹から、女一人でこんな夜遅くにやって来るというのが不自然ではないか。いかに、奇妙で不思議な女性であったとしても。

目の錯覚だったのだろうか。

いけないいけない、そんなことに気をとられていては。今日から、自分の新しい人生の一日が始まるのだ、と翔一は慌てて自分に言い聞かせる。「信柄浦町を守る会」事務局長としてのスタートなのだ。

そう言い聞かせても、またしても儚《はかな》げで色白のおたわさんの顔が翔一の心の中に浮かんだ。そして改めて思ったことが、思わず口を衝《つ》いて出た。「美しい人だ……」

そう口にしてから、翔一は自分自身に驚いていた。

前日の午前中にも翔一はおたわさんに会っていた。そのときには、彼女のことをきれいな人だとは思ったものの、それ以上の感情は何も抱かなかった。

今は、なぜか、もう一度おたわさんに会いたいという衝動がある。しかも、おたわさんのことを思い出して心に描くと、胸の鼓動が高鳴るのを感じるのだ。

そして、この感情が〝恋〟だと、翔一は気づいたのだ。かつての彼女と翔一が付き合いはじめた頃に、このような感情に襲われたことがある。それほど長く続いた感情ではなかったが。

人を恋しく思うということは、このように自分でも理由がわからないものだろうか、と翔一は思う。昨夜も恋しく思うこの気持ちが、翔一におたわさんの幻視を体験させたのだろうか？　それとも、おたわさんを幻視したことがきっかけで、翔一に恋心が芽生《めば》えたのだろうか？

そのどちらとも、翔一には判断がつかなかった。恋心が生まれるのに理由がないことだけが、はっきりとわかっただけだった。

学生時代の友人が言っていたことを思い出していた。友人の彼女は、彼の高校時代からの友人の一人だったそうである。「ある日、夢の中に彼女がなぜか出てきたんだ。それから急に妙に意識するようになった。不思議なものだよなあ」と言っていた。

ひょっとして、翔一が思い出せない夢の中にも、おたわさんが出てきたのかもしれない。それが意識下に刷り込まれていたのだろうか？

おたわさんのことを頭から消し去ろうとして、大きく頭を振って起き上がった。

その日、やらねばならないことで頭を満たして洗面所に立つ。腕時計を見ると、七時を少し回ったくらいだった。

今日から、反対運動の実行部隊になるわけだ。壱里島住民の一人一人から、署名を集めて回ることになる。有権者の数が千八百人くらいと昨日聞いた気がするから、その三分の一で、六百人。それを上回る七百人を集めることを目標にすれば、リコールは成立するということではなかったか。その後の選挙のことまで視野に入れると、現実的には九百人以上あれば、完璧に勝利を収めることになるのだと、発言者たちが主張していたことを思い出した。逆に言えば、九百人の同調者がいなければ、せっかくリコールを成立させ、再選挙に持ち込んだところで、現町長が再選される可能性もあるのだ。

どのような運命が待ちかまえているのか、翔一には見当もつかない。

それともう一つ、翔一の裡《うち》で不安定な部分がある。

とりあえず、翔一はこの壱里島で、自分の立ち位置を確保することができた。壱里島の環境を壊そうとする人々と闘う「守る会」の事務局長としての立場だ。

だが、いつまで、この仕事を続けることができるのだろうか？　半年？　一年？　永久的ということではないだろう。この運動はいずれにしても有限であるはずだし。それまでに、ここで自分のための足がかりを見つけることができるだろうか。

もちろん、ここに核廃棄物の最終処分場が出来ないということが前提だが。もし、建設がスタートしたら、翔一もさすがに壱里島に住む気は失《う》せる。

歯を磨《みが》き、小便をした。トイレの窓から、和泉屋前の通りが見渡せる。

心の中では、事務局長という実感がまだ湧いてこない。どうすれば成果を上げることができるのだろう。それに昨夜、おたわさんの姿を見たのは錯覚なんかじゃないよなあ。

そんなもやもやした考えの中でも、ちらちらとおたわさんの面影《おもかげ》を思い出してしまう。

次の瞬間、驚きのあまり、翔一の小便が止まった。

心の中の思いと、見えたものが一致してしまったのだ。

和泉屋前の石畳の通りから、トイレの窓を見上げている若い女性。

おたわさん。

彼女は、あくまで儚げで美しかった。まるで美人画のイラストのように思える。

なぜという疑問符と、再び姿を見られた悦《よろこ》びが溢れ返った。

夢なんかじゃない。失礼かもしれないが、それを承知でトイレの窓から呼びかけた。

「おたわさん！　おたわさんでしょう！」

見上げたまま、彼女は大きく一つ頷いた。

「すぐ行きます。待っててください」

そう叫んで翔一はトイレを飛び出した。部屋で寝間着を脱ぎ捨て、大慌てでズボンとシャツを身につける。頭の中が真っ白になっていた。

廊下に出て階段を駆け下りようとすると、後ろからも駆け足の音がする。それから「おはよう、翔一さん」

見ると、機敷埜も駆け下りてくる。

「あっ、おはようございます。どうしたんですか、そんなに慌てて」

「なんと、ですね。パワーが、すぐ・そこで噴き・出している。それ・で目が覚めた・もんで！」

パワーが噴き出す。しかも、すぐ近くでと聞けば、その源《みなもと》はおたわさんではないのかと嫌でも連想してしまう。

下駄を履いて、通りへと出る。さっき、おたわさんを目撃した街路灯の柱の横まで来た。おたわさんの姿は消えていた。何度もあたりを確認したが、気配はない。今日は、目の迷いだったはずはない。

「消えた」と翔一の後ろで聞こえた。機敷埜の声だ。「さっきは、このあたりであんなにパワー・を感じた・のに。気のせい・だったのかな」

彼も同じようにあたりを見まわしている。それから不思議そうに言った。「翔一さん・もパワー・感じたのかな。だから・駆け・下りてきたんでしょ?」

「いや、そういうわけじゃありません。たまたま偶然です」

機敷埜はまだ、おたわさんと会ったことはないはずだ。なぜかいつもすれ違いになっている。ひょっとして、と翔一は思う。おたわさんは、機敷埜に会いたくない理由でもあるのだろうか?

「じゃあ、何・を探していたんですか?」

「いや、知り合いを見かけたんですよ」と正直に答えた。

「知り合い……」と、機敷埜は不思議そうだった。「てっきり、近場でパワーが噴き・出したから、さすがの翔一さんでも感じた・のかなと思ったのですよ」そして、残念そうに首を振った。

「ところで、翔一さんは、この島・の住人になるんですってねえ」

「え、どうして？」

「昨日・聞き・ました。和泉屋のおかみさん、飯を・よそいながら・言ってたから」

ああ、「守る会」の事務局長になった話は、すでに昨夜から既定の事実として島の人々に伝わりはじめていたのか……と翔一は思う。すでに島内で、翔一のことを知らない人はいないのではないか。

「突然、職を失いましたからね。今のご時世だから、やれる仕事をやりますよ」

「そっかあー。島の・皆・さん、期待して・ますよー。なんか、それぞれ・因果関係・ありますよねー。そんな気ぃ・する」

そんな意味不明な言葉を言い残して、機敷埜は立ち去ろうとする。

「待ってください。因果関係って、何のですか？」と翔一が問いかけると、機敷埜は立ち止まり、振り返る。

「この壱里島のパワー。前は地図上で・ダウジング・してもわからなかった。感じま・せんでした。急に・壱里島で・パワー感じたとき・と、町長選挙前後が一致・している。あの・何てったっけ、上ん棚で岩が転がった・のも、あの・時期らしい。何か、ありますよ」そう断言した。

機敷埜は、そのまま宿に戻っていったが、翔一は諦《あきら》めきれなかった。せっかく、おたわさんを見かけたのに見失ってしまうなんて。

そのまま壱里銀座の入り口へと歩いた。おたわさんがいるとすれば、その方角なのだと確信していた。

翔一は小走りだった。

自分の胸がときめいているのがわかった。すでに、おたわさんは翔一にとって憧《あこが》れの対象だった。恋しい人を一目見たい。そんな少年のような衝動だ。

それ以上の自分の精神分析は、今の翔一にはできない。とにかく、おたわさんに会いただけだ。

「因果関係・ありますよねー」という機敷埜の言葉がエコーしていた。翔一は、壱里銀座を飛び出す。車道の向こうは堤防だ。魚幸、そして物産館の方を見る。そのまま高速船乗り場の方向に顔を向ける。

しかし、おたわさんの姿はなかった。

少なくとも、さっき和泉屋の二階のトイレから目撃したおたわさんは、気の迷いではないという確信はあった。少なくとも、あのときは、おたわさんはいたのだ。

そのとき、電撃的に、いくつかの出来事が有機的に絡み合った気がした。それには、機敷埜が言った「因果関係・ありますよねー」が引き金になったのは、間違いない。上ん棚の不思議な美女は、人間じゃない。おたわさんという名前も……翔一は気がついた。あのとき、自分が〝おもしろたわし〟という語を心の中に思い浮かべていたからだと考えたことも思い出した。

たわしのたわで、おたわさん。

そして「農家の光」の表紙絵におたわさんそっくりの女性が描かれていたこと。あれは偶然などではない。おフジ婆さんもおステ婆さんも購読している雑誌の表紙に描かれている絵が、二人の意識下に残っていたとしたら。

おたわさんなる存在は二人の心の底を読み取って、「農家の光」の表紙そっくりの女性になったのではないか。なんといっても、〝おもしろたわし〟をあんな人間離れした方法で作る人なのだから。それに、かつて壱里銀座には、彼女そっくりの女が存在したという。それは誰なのだろう。おたわさんとの関係は？

まったく想像のつかない存在だ。

何者だ？　もののけか？　何をたくらんでいる？

そこまで、堰《せき》が切れたように思考が次々に連想を続けていった。

すべては、偶然ではない！

そう結論が導き出された瞬間だった。翔一は、自分の身体を目に見えない力が包み込んだような気がした。あたりが明るくなり、正常な光景にすぐ戻った。

これが……今……身体に溢れたものが……機敷埜が言っていた「パワーが噴き出ている」のを感じるということなのか？

翔一があたりをもう一度見まわす。

おたわさんの姿は見えないが、道路の向こう側の堤防の方向だった。それも埠頭《ふとう》寄りの。小走りで道路の向こうへと渡る。通りを心配することもない。自動車が通る気配もなかった。

堤防の向こうに海の波光が見える。穏やかだ。そして、翔一が感じたパワーの正体の所在を知った。

堤防が一カ所だけ切れた位置。そこは確かうんぶくれびっさんがあった場所のはずだ。そのあたりから、温かい〝気配〟が放射されているような気がする。その堤防の切れ目を目指した。

ひょっとして、おたわさんはそこにいるのではないか、という予感があった。と同時に、そこは海の上であることもわかっている。そんな場所に、誰もいるはずがない。半《なか》ば海中に没した恵比須像があるだけだ……。

そして、堤防の切れ目に着く。

「あっ！」と翔一は思わず声を漏らした。

いた。

海面の上におたわさんが立っていた。その横には、トクヨシちゃんがいる。口をへの字に曲げて翔一を睨むように。二人とも沈まない。海の上に浮かんでいる。まるで、聖者の伝説のように。

やはり、二人は人間ではない。翔一は、そう思った。

「ぼくを呼んだのですか？　用事があったんですか？　昨夜も、物産館に来ていたでしょう。それに、さっきも和泉屋の下まで来ておられたし。なのに、消えてしまわれた……」

トクヨシちゃんは、おたわさんを見上げる。おたわさんは、大きく頷いた。

「翔一さん。この島にやっとたどり着きましたね。もうそろそろだと思っていました」

おたわさんは、そう言って深々と礼をした。

たどり着いた……そう聞き、翔一は頭をひねった。自分は〝おもしろたわし〟の正体を探れという常務の特命によって、この島に派遣されたはずなのに。

「どうして私を……。おたわさん。あなたは、人間ではないのでしょう？　いったい何なのですか？　そして、平凡な人間である私に、何の用があるというんですか」

「宮口翔一さんは平凡な人間じゃありませんよ。島を守ることができると信じている存在です」

「え、どういうことですか？　……私は壱里島に初めて来たんですよ。会社で出張指示を受けるまで、実は、この壱里島の存在も知らなかった」

そう言いながら、翔一は自分の目が信じられなかった。

おたわさんの右手とトクヨシちゃんの左手が繋がれているのだが……よく見るとわかる。おたわさんの右手とトクヨシちゃんの左手は握られているのではない。融合しているのだった。こんなことって……。

そんなことには、おたわさんは素知らぬ様子だ。

「そう。翔一さんは知らなかった。でも、もう今は、この島のために働こうという気持ちになっている。だって、翔一さんは、本来の自分がやるべきことに気がつきつつある。翔一さんは覚醒しつつあるんです。それをある時機までは、教えられない。ショ、い、イ、チさんが、言い、い、だしたことでもあるのだから」

それからおたわさんは、ねえ、というように、トクヨシちゃんを見る。トクヨシちゃんも大きく頷く。

「私が、来させたんだよ。出張命令を出してね。私が極紘物産の存在しない常務なのだよ」

　その声音《こわね》が、極紘物産の栖本常務そっくりに変化していた。少なくとも幼い子供の声ではない。翔一は、訳がわからなくなる。確かに極紘物産の常務にそっくりな子供だと思ってはいた。今の言葉が本当だとすれば、会社には存在しないと言われた栖本常務とトクヨシちゃんは、同一の存在ということだ。どう理解すればいいものか。確かに栖本常務の幼き日の体形も顔つきもかくやと思わせる。

　ただ、トクヨシちゃんの口調にも、おたわさんの口調にも、翔一に対しての悪意は存在しない。実は……と生《お》い立ちの真実を明かしてくれる両親の言葉のような感触があった。

「とても善良で波長が合い、この島を守るという使命を受け入れて果たしてくれる人。そんな条件に当てはまる人はいないのではないかと諦めかけた。そんなとき、私たちはやっと翔一さんを見つけ出したのだよ」

　そう言った後、トクヨシちゃんは顔を少し傾けてみせた。そして続けた。

「本物のトクヨシちゃんは子供の頃死んじゃったんだ。でもおフジさんは忘れられなかった。大きくなったらこうなったのではと、いつも思い出して考えていた。だから、栖本常務の姿をおフジさんの心から借りたんだ」

　それからゆっくりと顎《あご》を見せると……。

トクヨシちゃんの顔が微妙な変化を見せる。翔一は思わず「あ……」と漏らす。常務の顔に変貌《へんぼう》していく。そのような形で存在しながら、壱里島に問題が発生したとき、翔一へ働きかけ、呼び寄せる動きをしたということなのか。

「おたわさんも、トクヨシちゃんも、いったい何者なんですか？　人間じゃないんでしょう」

二人は同時に、こくんと頷いた。

「私たちは、おたわさんだったり、トクヨシちゃんだったりに分かれているように見えるけれど、実体は一つです。島の地下にいたんです。島全体が私たちだし、小さくなったりも、大きくなったりも、いろいろできる。でも、休んでました。何も問題なかったから」

そうおたわさんが言った。そしてトクヨシちゃんが口を開く。

「今は、翔一さんの力が必要なんだ。島を守るために。このままだと、壱里は無人の島になってしまう。生きものはなにも生きていけない。そう言ったよな、ショーイチ」

「それは、核廃棄物の最終処分場になるということを指しているんですか？」

二人は頷いた。

「ぼくらだけでも、核廃棄物の最終処分場建設の邪魔はできる。地下三百メートルの核廃棄物処理研究施設は困るから。でも、ぼくらにできるのは、そこまでだ。根本的な事態が解決できなければ、繰り返し、処分場誘致の話は浮上するよ」

「根本的な事態の解決って……ぼくが？」

「そう。この島は、人間にとってはとても困る、銭《ぜに》の足りない状態なんだろう？　その状態が解決されんと、どうどう巡りじゃあ。銭のことはぼくらではなんともできん」

「〝おもしろたわし〟を量産すればどうです。大ヒットしますよ」

おたわさんとトクヨシちゃんは呆れたように顔を見合わせた。それからおたわさんが言う。

「あんなものが存在するわけがないじゃないですか。幻覚を見せたに決まってるでしょう」

「幻覚……存在しない……」

それから翔一はやっと言葉が出た。

「おたわさんも、トクヨシちゃんも、いったい何なんです？　人間じゃないなら、あなたたちは」

おたわさんとトクヨシちゃんは顔を見合わせ、目を大きく見開きながら首を傾げた。答えたのは、トクヨシちゃんだった。

「なんだか、自分でもよくわからない。島、そのものかなあ。翔一さんの心の中に妖怪とか化けものとか、魑魅魍魎《ちみもうりょう》とかあるなあ。どれも、人が理解できないものを表わすよなあ。正しいとも言えんし、間違っているとも言えん。翔一さんの頭の中にある考えを読むよ。ソラリスの海みたいに巨大な生きもの？　わからないなあ。地球が生きもの？　ガイア？　わからないなあ。でも、皆が、壱里と呼んでる地の底からずうっと、トクヨシちゃんやら、おたわさんまで、全部分かれてても一つでも、ぼくたちだから。もののけ……でも、山の化けもの……でも、人間が知らない生きもの……でも、間違いない」

「山の化け……もの……魑魅《すだま》……」

思わず、翔一の口からそんな言葉が漏れた。

「すだま……すだまかあ……呼びやすいよねえ。いい感じだね」とトクヨシちゃんは、おたわさんを見上げた。

「そうね。とても響きがいいし、いい名前ね。私たちのことよね」

二人は、魑魅という呼び名が気に入ったようだった。

そのとき、「翔一さーん、そっちか・ねえ」と背中で声がする。

振り返ると、機敷埜がこちらへ走ってくる。

「じゃ、私たちは行きますね」とおたわさんが言った。

「どうしてですか？　機敷埜さんの前ではいつもいなくなる気がするんですが。何かあるんですか？」

「別に、何もありません。私たちが話したいのはショ、ー、イ、チ、さ、ん、だけだから。他の人がいると話がややこしくなるだけだから」

「また・感じるんだよ、こっちでパワーを」

おたわさんとトクヨシちゃんが魑魅であることを、翔一は実感していた。

目の前で、急速に二人は影が薄くなり、身体の向こうに海が透けて見えるようになったかと思うとかき消えてしまった。

15

首を傾げる機敷埜と翔一は和泉屋に戻った。

「また・感じたの・ですよ、パワーを。今度は・海の方で。そしたら、翔一さんがいた。不思議でならんのです」

なぜ、機敷埜がうまく目撃できないのかは、わかった。魑魅にとって機敷埜は、〝うっとうしい〟のだ。翔一はそのことには触れずに聞き流すことにした。

「機敷埜さんは、いつまで島にいるんですか？　もう、取材は終わったんじゃないんですか?」

互いに朝食の茶漬けを作りながら翔一は訊ねた。機敷埜は胡麻《ごま》をタイにまぶしながら、タイ茶漬けに。翔一は刺身にしたばかりのイカでイカ茶漬けに。

「え・え。パワースポット、ヒーリングスポットの壱里島・の取材は終わりま・した。でもね。まだ、興味深い・よね。ここが、全世界初・の核廃棄物最終処分場になろう・としてるんでしょ。パワースポット取材だけじゃ、もったいない。こりゃ・この後も、この島、ひと波乱ふた波乱あります・よね。地元密着取材しても、原稿の買い手・あまたありま す・よね。そう思いませんか。

それにここ・は生活費・安いし、いいとこです・よね。パワーが・いつも溢れているし。食うもの・うまいし。なんだか、慌てて引き上げるのが惜しいんです・よ。次はこの島に・いつ来られるか、わからんし。いいなあ、翔一さん。これから、ずっとこの島の生活でしょ。寿命・延びますよお。うまく・やったなあ」

機敷埜は、心底、この島での仕事がとりあえず決まった翔一が羨《うらや》ましくてならないようだった。

「正直、大役を仰せつかったけれど、その責任の重さはフツーじゃありませんよ。ちゃんと大役を果たせるか、かなり不安もあるわけですから」

そう口にしてから、魍魅たちが言っていたことを思い出した。島を救え、そしてこの島の財政再建の方法をも考えろ、と。それが、翔一がこの島まで招かれた一番の理由なのだ。これから、必死で動きまわらなくてはならない。そう考えると、何の目標もなく極紘物産で過ごしていた日々よりはずいぶんましな生き方が待っている気がする。

もっとおたわさんと話していたかった。もっとおたわさんの側《そば》にいたかった。この島にいれば、これからも何度もおたわさんと会える気がした。

これから先のことは、自分にはなにもわからないが、それだけで充分《じゅうぶん》だ、と翔一は思う。

「翔一さん、どう・したの？　なんか、急に・ニヤニヤして」

機敷埜にそう指摘されて、翔一は、はっと我に返った。おたわさんのことを思い出して、無意識のうちにニヤついてしまっていたらしい。

食事を済ませると、物産館を訪ねた。事務局も、どこにするかはっきりとはまだ決まっていないのだ。会議は物産館の裏の一室を使ってやったし、高良が司会らしきこともやっていたので、てっきり物産館内に事務局を置くのかと思ったら、それはうかがい知れない事情があってできないらしい。

高良と一緒に物産館を出る。すでに高良は、リコール要求と核廃棄物最終処分場誘致反対署名の用紙を準備していた。見せてもらうと四分の一くらいが趣意書になっていて、残りが四十人分の署名で埋められるようになっていた。名前と住所、そして年齢を書き込む。

「事務局は、今、私の方で当たっているから、少し待ってください。それまでやるべき活動といったら、署名を集めることですね。だから、署名をもらったら、用紙は自分で責任をもって保管しなければならない。和泉屋さんの部屋で保管しておけばいい」

そのあたりの真剣味も、あまり感じられない。やること言うことが、すべて行き当たりばったりのようだ。

「あの、ちょっといいですか？」

そう翔一は訊ねた。

「なんでしょうか？」と高良は真顔になった。

「実は、ぼくは、昨夜、物産館にうかがうまで、この壱里島でそんな計画が進行しているなんて、まったく知りませんでした。で、思ったんです。

普通、そのような危険な問題を抱えた施設が地域に建設されようとしたとき、住民たちは、立て看板やらを作りますよね。〈廃棄場建設絶対反対！〉とか〈壱里島の自然を汚染から守れ〉とか。できるだけ、外部の人々の目に触れるようなところに掲示するのではないでしょうか？ところが、そのような看板類はまったく見なかった。だから、私も昨日会議に出るまで、そんな問題があることさえまったく知らなかったんです。

反対運動を盛り上げるんだったら、そんな立て看板も絶対に効果的だと思うのですが。やらないんですか?」

翔一がそう言うと、高良は不思議そうな顔をした。

「そんな立て看板して、島外の人は誰も見ないでしょう。島内の人間は、推進派と反対派の二種類しかいないことを皆知ってる。島外の人間は今のところ二人だけだ。翔一さんと、あの変わり者の機敷埜さん。その二人のために立て看板を作ったところで、効果があるとは思えない。それが作らなかった理由その一」

そう言われればそんなものか、とも思えてくる。島の人間同士であれば、顔を合わせただけで、あいつは賛成派、こいつは反対派と、色分けされているのがわかっても不思議ではない。

「じゃあ、リコール運動の署名を集めるのも結果は見えているということですか? 賛成か反対か迷っている住民が、昨日の会議にもいるようでしたが。そんな人のためにも、立て看板はアピールの材料になる気がしますが」

強い口調で主張したわけではなかった。翔一がそう言う間、高良はなるほどというように何度も頷いていた。それから、「うーん。この島の風景を、翔一さんはどう思いました?」と訊ねてきた。

「好きです。自然が本当に素晴らしい」と翔一は答える。

「結果的には話し合ってるときに、そんな結論になったんです。これが本音ですねぇ。自分たちが一番好きな風景の中に〈何とか施設建設絶対反対〉とか、汚い文字で書いた巨大看板を置いたり、それが目に入ってくることを考えたら、壱里島の自然が穢《けが》されるのを守ろうと努力していることと大きく矛盾するのではないだろうかって。

確かに、どうしようもなくなったら、どんな手にも訴えなきゃならんときも来るかもしれませんが。そんな未来は来んでほしいもんです」

そこで、高良は大きく咳払《せきばら》いをした。「それが、理由その二」

翔一は、それを聞いてなんだか嬉しくなるのと同時に、誇らしい気がした。自分が加わることになった環境保護活動が、そんなにまで真摯《しんし》な考えでやられているとは気がつかなかった。そこまで人々は、信柄浦町を、壱里島を愛しているのかと。

そして、同時に立て看板を作るという低俗な発想をした自分が恥ずかしく思えてきた。

「わかりました、高良さん。あなた方のほうが私よりも考え方は崇高《すうこう》ですよ。恐れ入りました」

高良は肩をすくめ、頭をかいた。

「いや、そんなに感心されることじゃない。本当は反対運動というのはなりふりかまわずにやるべきものかもしれない。私たちの考え方が甘っちょろいのかもしれないけれど、何が正解かは、わからないですよ」

「要は、核廃棄物の最終処分場が島に出来なければいいってことですよね」

「そう。そうです」

そこで二人は白い歯を見せて笑った。

「達人さんが、観光協会じゃなかったらなあ。達人さんの壱里映劇ば事務局に貸してもらえるけど、まずかもんなあ」

そう高良は言った。壱里映劇の達人さんももちろん核廃棄物処分場誘致には大反対だけれど、活動は表だってできんだろうと。そう言えば、会議のときに達人さんの姿が見えなかったことを思い出す。それもそのはず、壱里島観光協会の予算は町から下りている。そうである以上、町の方針として進めている核燃料廃棄物最終処分場の誘致に、面と向かって反対を唱えることはできないらしい。

「もちろん、観光客を増やすためにも、最終処分場大反対ですよ、達人さんは。しかし、立場上、事務局は無理だなあ」

それから、思い出したように高良は手を叩く。

「そうさね、翔一さん。あとで私、暇を見つけて、観光協会の達人さんに、昨日の会議の経過ば報告に行かないかんと思うとりましたあ。まあ、行っても、達人さんは誰かから話を聞いて知っていることが多いんだけれども。ただ、今日は、翔一さんの事務局長としての初仕事ですし、就任の挨拶に行ってきたらどうですかね。で、会議のことも話してもらって、ええですか？　場所はわかりますか？」

翔一としては、それを断わる理由はなにもなかった。達人さんは、高良からも信頼されているようだ。毎夜、一緒に酒を飲んでいるのであれば、そのとき挨拶してもよさそうなものだが、高良としては、けじめのようなものらしい。

場所は、達人さんに教わっていた。信柄浦町役場横の図書館兼博物室と同じ建物内にある事務所で作業しているか、船着場の切符売り場横にいる。どちらも壱里島観光協会で、今はどちらにいるのだろう。

「この時間は、図書館のほうでしょう」と高良が言った。その方向には足を向けていないことに翔一は気がついていた。港に着いてからこれまで、行動する範囲は五通ステがいる下の棚方面ばかりで、その間を何度も往復していたことになる。

役場へは、港から壱里銀座まで直進して、さらに左方向へ行かねばならないのだ。そちらからも、山道へと向かうことはできるのだが。

ガソリンスタンドやパチンコ屋があるカーブの先になる。

「わかりました。行ってきます」

「なんなら、私も行きましょうか？」と高良は言ってくれた。そう忙しいわけでもなさそうだった。

「いや、一人で大丈夫です。せっかく仕事を世話していただいたのに、最初っから高良さんの手を煩《わずら》わせてしまっては申し訳ない。一人で行ってきますよ」

そう答えると高良は、ではおまかせしましょうというように、何度も頷いた。高良はそのまま、「じゃあ」と物産館へ戻っていく。

翔一は、大きい茶封筒を一つ持って、壱里島観光協会を目指すことにした。

パチンコ屋の前を通ると、出てきた中年女が翔一に頭を下げた。翔一も礼をする。そのとき、その女が魚幸の女将だったことを思い出した。駐車場に自動車が数台駐まっているくらいだ。あまり繁昌しているとは言えなそうだった。

その道路のカーブを過ぎると、モルタル二階建ての建物と、手前にプレハブが見える。モルタル二階建ては、その大きさから信柄浦町役場と思われた。その手前のプレハブの建造物が図書館兼博物室のようだった。役場の周囲には、ヤシ科の背丈の高い植物が植えられている。堤防側の道路沿いには不規則にアコウの木が植えられていた。

ふっとそのとき、町役場にも挨拶へ行ってみようかという悪戯心《いたずらごころ》が翔一の内部で湧いたのがおかしかった。町役場へ入って「このたび、核燃料廃棄物処理場誘致反対、『信柄浦町を守る会』の事務局長として働くことになりました宮口翔一です。よろしくお願いします」と叫ぶ自分の姿を想像したのだ。

プレハブの横に数台の自転車がある。そのうちの一台に翔一は見憶《みおぼ》えがあり、安心した。宮口達人さんの自転車だ。今はここにいるようだ。もっとも不在だったら船着場の方へ行ってみようと思っていたし、どちらにしてもあまり時間的にロスがあるとは思えなかったが。

プレハブには「図書館」と札が下がっていた。内部にはいくつか仕切りがあり、図書館と博物室、観光協会の三区画に分かれているらしい。その仕切りも、簡単な衝立《ついたて》で隔《へだ》てられているだけで、部屋になっているわけではない。「こんにちはー」と入っていく。内部は静かだった。しばらく後に、「はい」と女性の声がする。五十代の水色の事務服の女性が顔を見せ、もう一度「はい」と言った。

「達人さんに、宮口さんにお会いしたいんですが」と言うと、女性は頷き、「達人さん」と呼んだ。

左の衝立の向こうから、達人さんが顔を見せた。翔一の顔を見て、一瞬で表情を綻《ほころ》ばせた。

「聞いとるよ。聞きましたよ、事務局長さん。いやあ、よかったですねぇ」

やはり、と翔一は思う。すでに達人さんの耳にも入っているのだ。

「ヒサコさーん」と達人さんが呼ぶ。さっきの水色の事務服の中年女性が顔を出した。今は鼻眼鏡をしていた。両手で三冊の本を抱えていたから、図書館の司書なのだろう。仕事に戻ったところを再び呼ばれて、口をへの字にして何者？　というように、ヒサコさんは翔一を睨んだ。

「ほら、『守る会』の、この人が事務局長。姓は私と同じで宮口。翔一さん」

すると、ヒサコさんは、あーというように目を細めた。「そりゃあ、しっかり、頑張ってよ」

達人さんは目ざとく、翔一の茶封筒を見た。

「それは署名用紙？」

そうです、と答えると、達人さんは「ヒサコさーん。一枚持っていって、家で署名集めてきてください。ヒサコさんの名前はいいから」

「あっ。リコールのね。あい、あい、合点《がってん》」

ヒサコさんが手を差し出すので、封筒の中から一枚を翔一は渡した。

「ここは職場だから、ここで話を聞くのもなんだなあ。図書館の外にベンチがあるから、そこで話しましょうか」と達人さんは言った。

もちろん翔一に異存はない。図書館のプレハブに入るとき気がついていたが、庭園に向かう格好でベンチがあった。庭園はよく手入れされていて、彩《いろど》り鮮《あざ》やかに花々が咲き乱れて潮風に揺れていた。翔一が名も知らぬ花々だった。そしてヤシ科の植物の向こうは堤防で、その先が海だ。港の向こうに水平線が広がっていた。そんな絵本のような光景の中で話したほうが気持ちがいいに決まっている。

「いいですよ」

「じゃあ、翔一さん、先に行ってて。今、久々に観光の問い合わせが来てますので、メールを打ってからすぐ行きます。正直、協会の中は座るところもないから」

「わかりました」

図書館の外に出ると、翔一は思わず右手を目の上にかざす。青空からの陽光がまぶしい。言われたベンチに足を向けて、腰を下ろした。遠くで小鳥が囀《さえず》っているのが心地よかった。少しひやりとするくらいの潮風だった。庭園の花畑はよく手入れされていて、きれいな幾何学模様に植えられている。ガーデニングの好きな人物が管理しているのだろうか。

すると、つばの広い麦藁《むぎわら》帽子をかぶったカーキ色の作業着を着た初老の男が庭園の隅にうずくまっているのに気がついた。周りの土が保護色になって、まったく目立たずにいたのだ。

うずくまっていたわけではなかった。男は雑草を根気よく抜いていた。やっと翔一の気配に気がついたらしく、顔を上げた。それから、翔一に「こんにちは」と声をかけた。小柄で目の大きい、人の好《よ》さそうな男だった。首に巻いたタオルで額《ひたい》の汗を拭《ふ》きながら、にこにこと笑う。翔一も「こんにちは」と挨拶を返した。すると男が言った。

「このあいだの雨で、あっという間に雑草が湧きましてなあ。大変ですたあい」

「手入れに精が出るんですねぇ」

「好きでないと、でけんですからなあ」

初老の男は目を細めた。それから立ち上がり、腰をかばうように伸ばし、うーと呻《うめ》いた。

「大丈夫ですか？」と翔一が気づかった。

「大丈夫ですわ。年齢が年齢ですからな。あまり、草むしりの姿勢はよくないとは言われているんですが、こればかりはなあ、他に方法ないですから。いや、しばらくすれば大丈夫です」と腰を叩いてみせた。それから翔一の顔をしげしげと凝視《みつ》めて、「あまり会ったことなかったかなあ。壱里の人かなあ？」

「いえ、違います」

「ああ、やっぱり、そうか。どうですか？　この島は気に入りましたか？」と目を細めた。

「ええ。初めて来たんですが、大好きになりましたよ。こちらに住むことにしました」

そう翔一は言った。すると男は納得したように何度も頷く。

「はあはあ、なるほどなるほど。じゃあ、あんたが、『守る会』の事務局長をやるようになった若い方ですな。話はあ、聞きました。大変な役を引き受けられたですなあ」

自分のことは島の隅々にまで伝わっているのかと、翔一は呆れてしまう。

「よろしくお願いします」と頭を下げて、思いついた。この男も悪い人《ひと》ではない！　そう、確信できた気がしたからだ。翔一は、茶封筒から署名用の紙を一枚取り出した。

「あのー、お願いがあるんですが」

「はいはい、なんでしょうかのう」

「これに署名を頂けませんか？　私の事務局の仕事なんですが。持ち帰って、ご家族の方の署名も頂けると、ありがたいんですが」

「はあ。ちょっと見せてください」

初老の男は署名用紙を受け取り、胸のポケットから老眼鏡を出して鼻に掛けた。しげしげと、興味深そうに目を通す。読みながら言った。

「いかがですか？　署名の集まり具合は？」

「いやあ、これからなんです、集めるのは。どうでしょうか、署名にご協力頂けないでしようか？」

男は首をひねった。

「いやあ、ちょっと、私の立場では、ご協力致しかねますなあ」

「どうしてですか？　町役場の方なんですか？」

初老の男は老眼鏡を外し、何度か頷いた。

「この文書からいくと、私が、どうもリコールされる立場なんですよ。まさか、自分で自分をリコールする署名は、いくらなんでもまずいでしょう」

その瞬間、翔一の喉はからからに渇ききってしまった。その初老の男がニコニコしながら言っている意味がやっとわかったからだ。

「私って……ひょっとして、信柄浦町の町長……さんですかあ」

やっとのことでそう訊ねた。翔一は、そのまま自分の顎がすっぽり抜け落ちそうな気分だった。

「そうですよ」と男はもう一度、翔一に深々と頭を下げた。「私の顔をご存じなかったんですなあ。町長をやらせていただいている、佐々木邦正《くにまさ》といいます。よろしゅう、お願いします」

翔一は背筋を伸ばし、直立して礼を返す。

「『信柄浦町を守る会』事務局長の宮口翔一と申します。よろしく、こちらこそです」

礼をしながら翔一は、何と奇妙な状況だろうと思う。あくまでも穏やかな佐々木町長なのだ。前夜の会議で、松本町長を奸計《かんけい》にはめて陥《おとしい》れた、私利私欲の塊《かたまり》のような悪徳町長というイメージが、翔一の頭の中に刷り込まれていた。ところが、目の前にいるのは苦労人上がりの人の好さそうなおじさんにしか見えない。あまりのイメージの違いに唖然《あぜん》とするしかない。

達人さんの姿がなかなか現われない。図書館の入り口の方に目をやってわかった。達人さんは閉じた口に指を添え、建物の陰からこちらをそっと見守っていた。町長がそこにいることに気がついたらしい。このままでは、達人さんは出てくるはずがない。

翔一は、「いつも町長が、自分でガーデニングをやっておられるんですか?」と心にもないことを訊ねるしかなかった。佐々木町長は、よくぞ聞いてくれたというように答えてくれた。

「花がなければ、殺伐としてしまいますからな。これは、公費じゃないんですわ。私個人の寄付だと思えばいい。町には、そんな余裕はありませんからねぇ。それに、庭いじりのたしなみがある者は他におらんから」といかにも嬉しそうに。

だが、翔一は、この場にこれ以上留まることが苦しかった。とにかく居たたまれない。

「いい時間を過ごせました。そろそろ失礼します」

翔一は立ち去ろうとする。

「ああ、宮口翔一さん。また会うような気がしますね」佐々木町長がタオルで自分の顔をあおぎながら、そう告げた。

「そ……そうですね」

翔一としては、そう答えるのが精一杯だった。

「そんなに、この島に核燃料廃棄物処分場を作ることは悪、なんですかね？」

突然、佐々木町長は切り出した。翔一は黙っていた。まだ理論武装も出来ていないのだから。

「町の現状は、ご存じでしょう。これまでの町長のやり方は、〝どうにかなる〟です。展望もなにもなしに、赤字だけを垂れ流してきた。壱里島の名物や特産品を売り出すなど、積極的な振興策も採《と》らず、すべてが中途半端だった。だから人口は減少を続けるばかり。何か手を打たないと、早晩、行政サービスは何もやれなくなります。自分たちで自分たちの首を絞めたんです。このままだと、無人島の廃墟《はいきょ》になるしかなかったんです。

だから、私は唯一思いついたこの方法を選択するしかなかった。誰が、この島を無人島に……忘れられた島にしたいものですか。だったら他に、こんな方法があると呈示していただきたい。反対のための反対じゃ、島は生き残れないんです。その生き残る方法を、逆に提案していただきたい。色々考えて、私は行動に出たんです。いいアイデアがあれば耳を貸します。しかし、もうあまり時間はないんですが」

そこで佐々木町長は、翔一の反応を待った。反論には受けて立つ。そんな気概があった。

この町長は悪意の人ではない。それだけが、翔一にはわかった。

やがて町長は、翔一の反論が何もないことに失望したようだった。町長は、バケツに柄《ひ》杓《しゃく》やスコップを入れ、「じゃあ、失礼しますよ。そろそろ調査の人と会わなきゃならんので」と、翔一の前から立ち去っていくのだった。

16

その夜、翔一は、高良に魚幸に呼び出された。顔を出すと、「信柄浦町を守る会」会長に新任ほやほやのお美貴さんもいた。

「翔一さん、町役場に行ってきたんだってえ」とお美貴さんが、悪戯っぽく言った。

翔一が腰を下ろすと、すぐに高良が一升瓶《いっしょうびん》を差し出す。コップに焼酎を注いでもらいながら頷く。

「ええ。佐々木町長にも会いました。話までしてしまいました」そう正直に答えた。

「どうだった」とお美貴さん。

「まさか、あの人が町長とは思いませんでした。作業着姿で一人で園芸をなさってました。人の好さそうなおじさんで、悪い人には見えませんでしたよ」

高良もお美貴さんも、そりゃあそうだ、と頷く。

「町長もね、真面目だし、人間的にはすごくヨカ人よ。そりゃあ、町議のほうに、ずる賢くて私利私欲にまみれた人が多いわ。でも、あの人の目指してる方向と手段は、私たちの考えとは違うと。そりゃあ、ヨカ人だけども、頑固だもんねぇ」

翔一は、改めて思ってしまう。世の中には本当の悪人というのは存在しないのかもしれない。人は本質的には善意で行動するのだが、ほんの少しずつ価値基準がずれてしまったまま行動してしまう。それが結果として、最悪の場合、国際紛争のような形に発展してしまうのではないか。一人ずつを見れば、本当にいい人なのに。

「私たちは、とにかく壱里島を穢したくない。そのために粛々《しゅくしゅく》と行動するだけですたい」

高良が言った。

「そう言えば、今日調査の人と会うって、町長が言ってました。それって……」

「ＮＤＬＯ……放射性廃棄物最終処分機構から派遣された調査団です。今朝から調査に入ってるんです」

それは、先刻から承知しているという様子で、高良が言った。朝はそんなこと、何も言ってなかったのだが。

襖《ふすま》が開いて「よう、やっとるね」と上がり込んできたのは観光協会の達人さんと、前にタイを持ち込んでくれた漁師をやっているという寿志さんの二人だった。達人さんは、相変わらず明るい口調で、軽口を叩きながらなのだが、漁師の寿志さんは眉をひそめ、顔は蒼《あお》かった。見事に二人は対照的なのだ。

「なーん。この寿志さんの漁船ば、三日間、チャーターしてあるとよ。NDLOに。で、今日は午後から調査だったと。だから、知っとるんです」

高良がそう言ってコップを干すと、寿志さんは渋々頷いた。

「調査といっても、予備調査ですよ。本格的な調査に入るときは、向こうでちゃんとした調査船を出すらしい。そう言うとった。で、今日からは予備調査。それで私が雇われたと」

そう寿志さんは言った。NDLOの調査団は五人。彼らの話を立ち聞きしたというか、小耳に挟んだ限りでの寿志さんの情報だった。

信柄浦町役場からの処分場建設の打診も、さすがに住民がいる東部から南部にかけての地域は枠外ということになっているらしい。島の北部から西部にかけては、切り立った岩場の連続であり、原野のまま残されている。農地としての利用もまったくなく、土地も信柄浦町の所有となっている。そこを町は処分場として提供しようという考えらしい。

そんな話を聞くと、それも一つの見識かと翔一は思った。処分場は住民たちの日常からはマスキングされた場所に存在するようになるということか。だが、自分たちの住まいの裏っ側《かわ》にそんな施設が出来ているとわかっていれば、自分ならいい気はしないものだと翔一は思う。

佐々木町長の考え方は、違うのだろうか。違うからこそ今回の予備調査ということになったのだろうけれど。

調査はもちろん候補地の選定が目的で、選定基準は廃棄物運搬船が接岸できる場所、そして地下処分場が建設できる場所。その上で、できるだけ壱里島の地形を考え、建設コストが安くつく場所、ということだったそうだ。

これも、直接、寿志さんが訊ねたことではない。ＮＤＬＯの調査員たちの会話を盗み聞きした話を、寿志さんが組み立てたものらしい。

寿志さんも、壱里島に処分場を作る怖さはお美貴さんに言い聞かされているという。だから、調査団の仕事に協力するのは諜報《ちょうほう》活動を行なうためだそうである。その結果がこうしてもたらされているのだ。それに、正直言って、漁をするよりも寿志さんにとってはいい稼ぎになるらしい。

「島の北部あるいは西部の地下に処分場を作るって聞いたら、もう駄目。気分が悪くなる。俺がタイを釣るのは、ほとんど北西の岩場の間だからなあ。放射能ダイってわけよ。そう思うと、うんざりだあ」

そう漏《も》らした。そのせいで、寿志さんは浮かぬ顔をしているのかと思った。

だが、そうではないらしい。

「じゃあ、明日も調査で案内するんだな、島の北西部を」

そう高良が問いかけると、寿志さんは中空をしばし睨んでから首を横に振り、「まだわかんない」と言ったのだった。

「まだわかんないって、明日の予定とか決まってるんじゃないのか?」

「いや、明日の打ち合わせは、何もできないままだ」

高良とお美貴さんが顔を見合わせ、寿志さんが状況を説明してくれるのを待つ。翔一が

「調査ってどんなものだったんですか? なにかあったんですか」と訊ねた。

「なにかあったかって……いや、わかんね」

「一緒だったんでしょう?」

寿志さんは、大きく頷き深呼吸すると、昼間の出来事を順を追って話してくれた。話の途中で、三人が質問を入れたりすると話が後戻りしたりするので、黙って話を聞きながら、何度も頭の中で再構成しなければならない。その出来事を時系列で追っていくと、以下のようになる。

昼過ぎに、寿志さんは町役場からの依頼で自分の漁船で待機していた。すると企画課の課長と佐々木町長がマイクロバスでＮＤＬＯの五人を連れてきた。二人がＮＤＬＯの職員で、三人がＮＤＬＯが雇った測量会社の人間ではないかと思えたとのことだ。あくまでも、寿志さんの直感によるものだが。

寿志さんの船に乗り込んだのは六人。マイクロバスは町長が町役場へ乗って帰ったという。漁船にはＮＤＬＯの五人と田中《たなか》企画課長、そして寿志さんには見当もつかない測量機材も運び込まれたという。

田中課長とは、すでに打ち合わせが済んでいた。接岸できるとすれば〝ガラカブの座〟しかないと伝えてあった。そこからなら、漁船から船板をかければ陸へ上がることも可能だと思われた。その時刻の潮ならば、船の位置と板をかける岸の高さもほぼ同じになるはずだったし。ガラカブの座の上は、周囲の岩に囲まれるような形で、小学校の運動場ほどの平地が拡《ひろ》がっている。今は黒松やアコウの樹木などが自生して藪《やぶ》のようになっているが、そんな樹木を刈り取ってしまえば、地下施設を作る土地としてはいちばん適しているのではないか、というのが田中課長の意見である。

漁船に乗ってガラカブの座から見た陸は、まるで密林だったらしい。一人ずつ渡してやりながら、よくこんな藪の中へ入っていくものだと、寿志さんは呆れたという。

当初は、測量も、ということだったらしいが、あまりの密林ぶりに、測量前の伐採が必要だということになったらしい。そのため、予備調査に入るための調査という形で、田中課長に率《ひき》いられてＮＤＬＯの職員たちは上陸したのだと聞いた。

寿志さんは、次の指示があるまで漁船に留まることになり、その付近に錨《いかり》を下ろし、漁をして時間を潰していたという。

六人は上陸したものの、そんな事情だから高価《たか》そうな観測装置類は漁船に残されたままだった。

寿志さんは岸から離れ、しばらく船からの一本釣りでタイを釣っていた。カワハギ、ウマヅラ、トラフグ、そしてカサゴと順調に釣れるので退屈はしなかったらしい。本来は引き潮のときは魚の食い込みが悪くなるのだが、このときは幸いなことに、水揚げも落ちなかったという。ガラカブというのが、このあたりの呼び名でカサゴのことを指すのだと、翔一は知った。

寿志さんは、そのままガラカブの座で釣りを続けていた。いつ調査の連中から呼ばれても接岸できるように、と。もとより寿志さんは、それ以上の調査の監視ができる立場ではない。呼ばれるまで、海上で待機を命じられていたのだから。

それでも大物が釣り上がるたびに、接岸する位置を確認していたという。

「調査の連中を岸に降ろしたときは潮が満ちていて、船からでも密林の様子がちゃんと見えたんだ。もう、藪ばかりでしたが。田中課長が鉈《なた》で藪をはらいながら、続く皆も藪こぎして。

俺なら勘弁してもらいたいなあ。蝮《まむし》が出てきても不思議じゃなか」

そんな場所に入っていった連中が、いくら待ってもうんともすんとも言ってこない。だんだん潮が引き、接岸して彼らを降ろした位置が船から見上げなくてはならないようになってくる。定期的に携帯電話で連絡を入れると言っていた田中課長からも、何の連絡も入らない。

まあこれは当然だと、寿志さんは言った。そのあたりは、携帯電話は圏外なのだそうだ。しかし、寿志さんは、あえてそのことを指摘はしなかったという。「雇い主が言うことが絶対だから」と。

寿志さんは、タイを一匹釣り上げては、岸を見る。ウマヅラを釣っては、岸を見る。カサゴを釣り上げては、岸を見る。そんなことを繰り返していると、引き潮のせいで、数メートルもの崖を見上げる格好になってしまっていた。

今、帰ってくると、連中は苦労するだろうなあ、上陸したときとは違って、崖の斜面を伝って下りてこなくてはならないのだから。

そんなことを考えながら、こんなところで放射性廃棄物の荷降ろしをできるものだろうか、と心配もしたという。

そうこうするうちに、寿志さんは、目の錯覚、あるいは幻覚のようなものを見たという。

無事に調査の連中が船に戻ってきたのならば、それをこうして口にすることもなかっただろうと思うが、あんなことが起こっては、ただ単に幻覚だったとは言えない気がするのだと。

それは、寿志さんが、まさに一メートル近い大ダイを釣り上げたときのことだったそうな。寿志さんでも、それほどの大物を釣り上げるということは滅多にあることではないらしい。

その時、誰かがじっと自分を見ているような視線を背中に感じたのだと寿志さんは言った。しかし、その視線の主を探そうとは思うものの、水面まで浮かんできた巨大なタイに注意をはらわねばならなかったのだと。今にも糸を切ってしまいそうなサイズなだけに、そのまま釣り上げるのは無理だと判断して、たも網で、やっとのことで船まで上げることができたそうだ。船倉の生簀《いけす》に大ダイを落とし込んでから、ようやく自分を凝視している存在を探しはじめたらしい。

そのときには、調査の連中を降ろした岸辺だった場所は、崖の上になっていたそうだ。

その崖の上の方から視線を感じたので、初めはてっきり調査の誰かが戻ってきたものとばかり思ったという。

餌《えさ》をつけた釣り糸を再び沈めながら崖の上を見上げると、視線の主がいた、と寿志さんは言った。

「調査の人たちじゃなかったの？」

「連中は皆、男だからなあ。ちょうど、崖の上に陽があってなあ。逆光で、とにかくまぶしかった。

崖の上に立っていたよ。ほっそりして。女性みたいに見えたなあ。あそこには、誰も住んでいないはずだけど。だから、てっきり目の錯覚かなと思ったんだよ。もっとよく見ようと二、三度瞬《まばた》きしてみたら……消えていたんだなあ。と同時に、タイを釣り上げているとき感じていた視線は、きれいさっぱりと消えていたんだ。こう言えばやはり気のせいか、幻覚かと思うだろう。しかし、それから、一時間くらい経《た》ってからだった」

そこで寿志さんは、ぶるるっと大きな身体を震わせたのだった。

「田中課長が叫んだんだ。それを合図に、調査の連中が逃げるように這《は》い下りてきた。皆が一緒ではなくばらばらでいたようで、一人ずつ船に乗り込んだ。時間差で。全員が姿を現わすのに三十分ほどもかかった。田中課長はかろうじてまともだったが、他の連中はどんな目に遭《あ》ったのかわからない。乗り込んだときには、蒼白い唇を激しく震わせて目を見開いている者や、船に乗り込んだ途端に胎児のように甲板の上に身体を丸めてしまい身動きしない者。誰をとっても、まともじゃなかった。

田中さんに訊ねたよ。何があったんだって。そしたら、田中さんは目玉をひっくり返したような顔をしてから言ったよ。さっきの地震に気がつかなかったのか！　ってね」

そこで、寿志さんは言葉を切った。お美貴さんと高良は顔を見合わせる。それから首を傾げる。もちろん翔一にも、そんな地震に心当たりはなかった。

その日、翔一は、一度も地面の揺れに気づかなかった。島の裏側で地震が起こったというのであれば、同じ島内だ、少なくともかすかな揺れくらいは感じたはずなのに。

お美貴さんが首を横に振り、こちらでは、そんなことは起こっていないと伝える。

「どのくらいの揺れだったのですか？」

「地震計の簡易版は設置したと言っていたけど、マグニチュード……いくつだっけ」

観測装置類は持ち込んでいなかったと言っていたと思ったが、地震計だけは据えられたようだ。

「とにかくひどい地震だったと、田中さんは言い張った」

その言い方は、あたかも他人事《ひとごと》のようだと、翔一には聞こえた。近くの海の上にいて、ひどい地震なら津波の心配とかなかったのですか、と訊ねてみたかったが、寿志さんにもぴんとこない話だったのだろう。

「地震が起きたというのは、調査の連中の言ってることだから。こちらは海の上の船の中にいたわけだから、わからなかった」

一人ずつが漂うように船に戻ってきて、蒼い顔をしてへたり込む。たどたどしく怖い怖いと呟き続ける者もいれば、一言も喋《しゃべ》れずがちがちと歯を鳴らし続ける者もいたという。

調査の連中は、唯一持ち込んだ地震計を据えて間もなく地震に遭遇したということだった。ガラカブの座から上陸した者たちは、そこで散《ち》り散《ぢ》りになってしまい、それぞれが心神喪失状態になって上陸地点までたどり着き、田中課長がやっとのことで全員を寿志さんの船まで導いたのだという。

それが寿志さんの話のすべてだった。

「それでわかった」と達人さんは膝を叩いた。

田中課長は、夕刻、再び役場までNDLOの五人を連れてきたそうだが、すぐにその五人をマイクロバスに乗せて、佐々木町長の自宅の別棟に連れていったのだという。

「彼らは、町長が隔離《かくり》状態にしているんですね。反対派と接触しないように。というか、どこに隠れ反対派が潜《ひそ》んでいるかわかりませんからね」

だから、壱里銀座界隈《かいわい》では、まったく話題に出ないのだろう。ひょっとして天草下島からこの壱里島までも、高速船ではなくNDLOのチャーター船で乗り込んできたのかもしれない。町民の噂にのぼらないようにと。

達人さんの言う「それでわかった」は、役場の副町長室で、地震の話題がしきりに出ていたという話が飛び込んできたことを受けてのものだったらしい。

本当は、今日の調査を終えてから、これから数日の予定を詰める。そう寿志さんは聞かされていた。二日ほどで伐採作業を終える。そして整地に入り、測量。最初は四日ほどの予備調査を、一週間程に延長するかもしれないと言っていたのが……。

結局、調査の連中の乱心で、何も決まらないままだ、と。

翔一には、ぼんやりとわかった。寿志さんが崖の上に立っているのを見たという女性は、おたわさんではないのか。おたわさんは、人間じゃない。おたわさんは、この島に核廃棄物の処分場なんか作らせせないと言っていた。そう宣言したことを、壱里島の魑魅《すだま》として、実行したに過ぎないということなのだろう。やるべきことをやったというところか。

ただ、そう思いつくと、翔一は無性におたわさんに会いたくなった。

そしてふと、なぜ、翔一は自分が無性におたわさんに会いたくなったのかわかったような気がした。外に、おたわさんが来ている……。

翔一が急に立ち上がると、高良も達人さんもお美貴さんも驚いた顔をした。

「翔一さん、どうかしたのかい？」

「いや、ちょっと飲み過ぎたみたいで、潮風に当たってきます。すぐ戻ってきますから」

寿志さんの話に耳を傾けながら、夢中になって焼酎「夢國」のロックを肴《さかな》なしに続けざまに飲んでいたのは本当だ。だから、翔一はそう答えた。嘘ではなかったのだ。

「うんぶくれびっさんの方へは行かないで」とお美貴さんが言った。

「どうして？」

「あそこは、堤防が切れてるから。あそこで落ちて、溺《おぼ》れた人が何人かいるから」

わかりました、と答えて、翔一は店の外へと出る。あたりを見まわした。すでに翔一には、おたわさんがこの近くにいるという確信があった。

堤防の方で何かがちらと動いたように見えた。そこには街灯の明かりも死角になって届かない。だが、小柄な女性が立っているのが、翔一にははっきりとわかった。おたわさんにちがいない。翔一の胸がときめいた。彼女に駈け寄っていく。

やはり、おたわさんはそこにいた。暗いはずなのに、彼女の顔がはっきりとわかる。今は、おたわさんだけだ。トクヨシちゃんの姿はない。そこで気づく。おたわさんは堤防の手前の道の上にいるのではなかった。堤防の向こうに立っている。つまり、海の上にいることになる。そのままこちらへと、空中を滑るように近づいてくる。

今日は機嫌がよさそうに見える。おたわさんは笑顔だった。

やがておたわさんは、堤防をすり抜けて道路まで来てくれた。

「今日、調査の人たちと会いましたか？」

翔一が訊ねると、おたわさんは目を細めて笑った。

「会いましたよ」

「その人たちに何かしましたか？」

おたわさんは首を縦に振った。それから「でも、私だけじゃありません」

「何をやったんです」

「あの人たちの心を読みました。処分場を作る条件のようなものを、皆がぼんやり考えていたから、それに一番そぐわない条件を見せました。処分場で一番困るのは、地盤が変動して施設が壊れるような環境にあることだそうです。だから、それを……」

おたわさんがそう言いかけたとき、向こうから、堤防沿いに何かがひたひたと歩いてくるのがわかった。

着物姿だが、小柄な中年男のようだった。釣り竿《ざお》を肩に担《かつ》いでいた。その身体は極彩色《ごくさいしき》に塗られていた。

「ええっ！」

翔一は呆れて、そう漏らした。「あなたは」人間ではない。信じられないもの。うんぶくれびっさんが歩いてきたのだ。

「地鳴りや地震は、うんぶくれびっさんにやってもらいました」とおたわさんが笑う。すると、うんぶくれびっさんは立ち止まり、胸を張ってかん高い声で言った。

「ほんとに地震を起こしとるわけじゃあない。ガラカブの座から上がった人たちと、持っていって据えとるカラクリに、地震みたいに思わせただけだが」

「まだ、地震計はあるのでしょう」

「おお。カラクリは、今も地震と思って知らせ続けとるよ」

「それだけですか?」翔一には納得がいかなかった。「じゃあなぜ、調査団の人たちは心神喪失状態に陥ったのですか?」

「私はなにもしていません。でも、……みんなで」とおたわさんは唄うような言い方をする。

どん。

地響きがした。

それだけで終わらず、自分の胸あたりが響き続けるのがわかる。「おたわさん。これってなんですか？」

「心配しないでいいんですよ」とおたわさんが言った。で、その視線は岐神社《ちまた》の方を見ている。そして、どん！

「うわっ」

何かが近づいてくる。翔一の胸ほどの高さのあるそれは、両手でも抱えきれないほどの太さの……男性の陽物だ。

その男性自身が跳ねくりながら、おたわさんと翔一が立っている場所へやって来るのだった。

翔一は、それが岐神社に祀られ飾られていた木製の巨大彫物であったことを思い出した。

しかし……。

木彫りとはいえ、男性のいちもつを象《かたど》った巨大なものがジャンプしながら近づいてくる様《さま》は、異様な迫力に満ちている。思わず、翔一はたじろぎそうだった。しかも、木彫りのくせに、着地したとき、ぐにゃりと弾力性があることを示すのだった。

いちもつは、うんぶくれびっさんの隣に立った。

「それぞれ、手分けしてだけれど」とおたわさんが言うと、いちもつもうんぶくれびっさんも、そうだそうだと頷いた。

「手分けして、何をやったというの……？」

後退《あとずさ》りすると、翔一の背に堤防のコンクリートが当たる。

「何をやったというより、人って、それぞれ嫌いなものや、怖いものが違うでしょう。やってはいけないことをしたら、その人にとって一番怖いものや厭《いや》なものを見せてあげるの。私も、人が一番大好きなもの、見たいものを見せてあげることができるし、その反対のこともできるのよ」

翔一は、うんぶくれびっさんといちもつに目を奪われたままだ。

「じゃ、今の光景も、見せられているということ？」

このうんぶくれびっさんや岐神社のおかざりは……ぼくにとっての怖いものということ？　おたわさんは、ぼくの見たいものだってことは認めるけれど」

「これはもののたとえ。うんぶくれびっさんや、珍宝《ちんぽう》さんが動くのを見たらわかりやすいだろうと思って見せただけですよ。こんなふうに見えるはずのない、あの人たちにとっては信じられないほど怖いものを見せてあげたということ。うんぶくれびっさんも、珍宝さんも、東京の栖本常務と同じなんですよ。ショーイチさんの心の中でだけ見えているんです。みーんな、私も魑魅の一部なんですから」

すると、いちもつとうんぶくれびっさんは用事は済んだか、とでも言いたげに、海と岐神社の方へ、今度はしずしずと戻っていった。

「だから心配はありません。さて、ショーイチさんは、この島を守る方法を考えてくれましたか？」

「えっ」話は急に、翔一へと振られる。「いや、まだそこまで、頭は回っていませんよ」

そう答えつつ、おたわさんたち魑魅から託された、翔一の役割として壱里島で何をやっていくべきか考えねばならなかったことを思い出し、後ろめたい気持ちになった。

そしてそんな翔一の答えを聞くと、これほど哀しい表情ができるのだろうかというほど、おたわさんはつらさを表現してみせた。

思わず翔一は目を伏せてしまった。おずおずと顔を上げると、すでにおたわさんの姿も気配も、あたりからまったく消え去ってしまっていた。

17

それから数日間、翔一が何をやっていたかというと、高良からバイクを借りてリコールの署名を集めて回っていた。高良から渡された選挙人名簿と地図を頼りに、一軒ずつ、署名を集めて回る。

最初は他所者《よそもの》である自分が一軒ずつ回るというのは抵抗が大きかった。しかし、この島の人々の人間性がなせる業《わざ》なのか、訪問活動は歓迎された。一人住まいの老人は、人恋しいのか翔一を座敷に上げ、茶や漬物を出して話を聞いてくれた。核廃棄物処分場建設について賛成か反対か言ってくれはしない。しかし署名を乞《こ》うと簡単にサインしてくれた。そして晩飯を食って帰れと言ってくれるのだった。だから、一日に署名の数は数人ずつしか集まらない。しかし、今の段階で、事務局長として他にやるべきことが、翔一には思いつかなかった。

飛び込みで署名の主旨説明をやる。すると、いつの間にか世間話へと変わる。そして時間が過ぎていく。

翔一にはこれまでに、これほど平和で穏やかな時間はなかったと思えたものだ。同じような署名活動を東京でやっていたらと考えると、ぞっとする。扉は閉じられたままだろう。見知らぬ男がいくら意味のある署名を求めてきたところで、「けっこうです。お引き取りください」と門前ばらいされるのが関の山なのだ。

集落の入り口にバイクを停める。農作業の老人が手を休めて翔一の素姓《すじょう》を訊ねてくる。それに対して、できるだけ丁寧にわかりやすく答える。誠意をもって敬意をはらいながら。すると、少なくとも老人は農作物を持たせてくれる。興が乗ると、自分がその集落の案内役を買って出てくれるのだ。

そのようなときは、集落の十数名分の署名を一度に集めることができる。ただし、集落では宴会が開かれることになる。座敷の床《とこ》の間《ま》の前に翔一は座らされ、「夢國」が湯呑み茶碗に注がれると飲み干さねばならない。

酔いを醒まして壱里銀座の和泉屋へ戻ってくるのだが、完全にアルコールが抜けきっているのかどうかは、翔一には甚《はなは》だ自信はなかった。

そんな日々が続いた。

毎日が穏やか。島の人々と出会うことも楽しい。宿のほうの心配もない。お鈴さんからも、「守る会」の人たちのカンパを余分に頂いているし、ほとんど食費はかかっていないのだから気にしないようにと言われていた。お願いするときは早目早目に伝えるからと。

そんなお鈴さんの背後には、いつも大欠伸《おおあくび》して縁側で頭を掻《か》いている機敷埜の姿も見える。縁側で、彼が広げているのは、怪しげなパワースポットのガイド本だったりノートパソコンだったり、どこから持ってきたのかわからない古い映画雑誌だったり。ときどきは、どういう風の吹きまわしか、「翔一・さん。また署・名集めか・ね。一緒に行こうかな。とり・あえずの原稿・送ったから」と同行してくることもある。

そんなときは、機敷埜もおとなしいものである。静かに、翔一の後方に控えて相槌を打っているだけである。しかしながら、酒がふるまわれる段になると遠慮なく酒宴に加わり、いつの間にか傍役《わきやく》であるはずの彼が酒宴の中心にいたりするのだ。

そんな署名集めのときは、おたわさんに会うことはない。機敷埜は、やっぱりうっとうしいのだろうか、と翔一は思ったりする。

「機敷埜さんは、いつまでこの島にいるんですか？」

「ううん。記事のネタ・仕入れたらすぐ引き上げ・ようと思ってここ・来たのですがねぇ。パワーは他所と違って、段違いなのですよねぇ。パワースポットといっても、こんな凄い・とこ、日本中にも、いや、世界見まわしても・ないですが。ここ離れる・の、なんか・もったいない。それに食いもの安いしうまいし気候いいし人いいし。離れたくない・んですわ」

そう答えるのだった。そして、それが本音《ほんね》なのだということが、翔一にもわかりすぎるほどわかっていた。

だが、彼には、この壱里島に核廃棄物最終処分場が出来ることがいけないとか、島のためにどうだという意見は何もないように見える。即物的というか、他人事と考えているというのか。だから、逆に言えば、翔一にとっては機敷埜がついてきていても何も気兼ねする必要がない。ただし、機敷埜と二人連れだとバイクで回れないから、近場にしか行けないということになってしまう。徒歩で片道一時間のお散歩コースくらいか。

少し高台に登ったところに松林があって、下草も少なく木陰に恵まれた場所がある。眼下には天草灘の藍《あい》の海が広がって、景観も素晴らしい。その近くを通ると、必ず寄っていこうと機敷埜は主張する。そこは彼の好きな場所らしい。加えて、そこは、斜面に天然の石積みがあり、その隙間からもパワーが噴き出しているということだった。そこに機敷埜を置いて、翔一は一人で先を急ぐこともあった。

また、ときどき翔一はおたわさんに会いたくなることがある。おステ婆さんのところへ行けば確実に会えるのだろうが、そうもいかない。翔一にも「守る会」の事務局長としての任務があるし、おステ婆さんのところへ理由もなく通うわけにはいかない。

だが、おたわさんに会いたいと恋い焦《こ》がれていると、よくしたもので、彼女は束《つか》の間《ま》でも翔一の視界の中に姿を現わしてくれるのだ。建物の陰から。アコウの大樹の枝の上から。堤防の向こうの磯の岩の上から。

ほんの一瞬だけ。

あれ以来、おたわさんは笑顔を見せてくれたことはない。理由は、翔一にもわかっている。まだ魍魅たちが自分に期待している力を、翔一が発揮していないからだ。そのことを思い出すと、おたわさんに対して申し訳ない気持ちでいっぱいになるのだ。無言で責められているような。

日々が経過していく。少しずつではあるが、佐々木町長リコールの署名は集まっていく。

そんなある日、高良と達人さんから、驚くべき話を聞くことになった。

「核廃棄物処分場の誘致計画は中止になった」

翔一が物産館へ寄ったときのことだ。昼下がりだというのに、達人さんが高良と話し込んでいたのだ。

一瞬、翔一は耳を疑った。

「は？　なんですって？」それが翔一の、精一杯の反応だった。あまりに唐突に聞かされたからだ。達人さんが町役場で聞いて、飛んで高良のところへ知らせに来たらしい。

「さっきＮＤＬＯから正式に返事があったらしい。調査の結果、地質条件が、核廃棄物最終処分場として、不適切だという結論になった。よって、壱里島に核廃棄物処分施設は作られない。

私たちの勝利です。調査協力費の二千万円は町に入ってくるらしい」

「あっ……そうですか。なぜ……不適切な地質なんですか？」

翔一はそう質問したが、経過については二人ともよくわからないらしい。首を捻《ひね》って言った。

「そういえば、寿志さんが調査団をガラカブの座の上に案内した話の後、なにも話題が出なかったなあ。調査を継続したのであれば、寿志さんから何らかの報告があってしかるべきだが、何もなかったし。調査団が島からいつ引き上げたという話も、とうとう聞いていない」

「調査団がいつ壱里にやって来ていたかということも、はなっから聞いていなかったでしょう」

「そりゃそうだ」

そんなやりとりが交わされた。どうしてそんな結論になったことを達人さんが知ったかというと、さっき企画課の田中課長の部下が図書館に立ち寄って、一大事とばかりに話してくれたのだそうだ。

調査の人々は、数日間も心神喪失状態が続いたそうだ。その後、いつの間にやら島から引き上げた。

ただ、ガラカブの座から上陸したときに据えられた簡易地震計はそのままになっているということだった。地下の不規則震動を計器は無数に観測し、今も伝えてきているらしい。そのデータだけでも、充分に処分場建設にはリスクが多すぎることが読み取れるのだそうだ。

「正式な処分場として初めて建設されるところは、世界的にも注目を集めやすいからでしょう。となれば、小さな瑕《きず》も許されない。完璧な処分場としてスタートさせねばなりませんからねえ。

企画課の若いもんの話だと、簡易地震計が異常数値を知らせ続けていることと、調査団の一方的な報告の結果だと言ってましたがねえ」

「できないとなると、佐々木町長は公約違反ということか。町の公的サービスは、今の債務超過状態が解消されないとなればゼロになるなあ。となれば……どう思う」

「人格的には、前の松本町長より、今の佐々木町長のほうがまともだと思うんですよね。核廃棄物の件だけだからなあ、あの人の問題は」

なぜ、ガラカブの座の崖の上に放置された地震計が異常値を告げ続けるのかという不思議は、二人にとってはどうでもいいことのようで、議論の対象にもなっていない。

「あっ、それから、企画課の田中課長は体調がよくないようで、療養のための休職申請が出ているって言ってましたねえ」

そう達人さんは付け加えた。田中課長といえば、ＮＤＬＯの調査の人々をガラカブの座に案内した人である。寿志さんから、他の調査員と比べるとまだましな状態だったと聞いていたが、ショック症状を引きずっているということか。

「まだショック状態が続いているということなのですか？」

「いやあ」と達人さんは首を傾げた。「ふだん自宅にいるときはなんともなくまともだということなんだけれど、町役場へ行こうとすると、腹痛があったり脂汗《あぶらあせ》が止まらなくなったりということらしいですよ」

「そりゃあ、不登校というか……そう、出社拒否。引きこもり状態だということですかね」

それを聞いて、翔一は少しほっとした。とりあえず田中課長の生命《いのち》に差し障《さわ》りのある状態というわけではなさそうだ。本人にとってはつらい症状なのかもしれないが。おたわさんたちの仕業ならと思うと、時が薬のような気がする。その症状は、核廃棄物の処分施設が正式に中止されるまで続くということだろうか。ならば、もう症状が改善されてもいいはずなのに。すでに結論は出ているというのだから。それがまだ改善されないというのは、何か他に翔一にもわからない状況が存在しているのだろうか。

「で、これから、どうしますか？」と達人さんは高良に訊ねた。

「どうしますかって。なにが」

「『信柄浦町を守る会』ですよ」

高良は、頷いて唇を尖らせた。「まずお美貴さんに……会長にはこのこと知らせないとなあ。それから、この処分場計画が正式に中止になるという発表は、町役場からはいつあるんかなあ」

「NDLOから正式な文書が届いたら、すぐに町議会で報告するらしいですよ。もう、NDLOは発送したみたいなんで、今日か明日の船で役場には届くかなあってことでした。じゃあ、それから会の支持者を招集ですね」

それを聞きながら高良はにやにやする。そのにやにやが止まらない。「議会のことを想像すると、おかしくっておかしくってたまらない。議員の連中は、あんぐり口を開いたままだろうなあ。議会に潜り込んで、そのアホ面《づら》を眺めたいな」と不謹慎なことを言った。

その翌日。

物産館会議室で集会が開かれることになったと、高良が告げた。臨時町議会がその日の午後に招集されたからだ。お美貴さんの承認も取ってあるらしい。町議会でその日、正式に処分場誘致が見送られる結果になったとのＮＤＬＯの判定結果が伝えられるということだった。文書には今後、再び検討される可能性はないとまで踏み込んで謳《うた》われていたそうである。

ひょっとして「信柄浦町を守る会」の最後の集会になるかもしれないと、和泉屋を去る前に高良は結んだ。

高良が帰った後、隣の部屋から機敷埜が顔を覗かせた。

「いやあ、無事にあなた、『守る会』は目的果たし・たんですね。おめでと・ございます」

「ええ。少し肩の荷が下りました。事務局長の責務は果たせたかな、と思います。でも……これで島は万々歳《ばんばんざい》というわけではないと思います」と翔一は肩をすくめる。

「いや、そう心配する・ことは・ないですよ。世の中」と機敷埜は、なんの悩みもないような調子で言った。「今日・が最後なら・ば、最後の・『信柄浦町を守る会』に・出席・させてもらおうかな。いいです・かねえ？」

それを断わる理由は何もない。翔一は黙って頷いた。

その夜、翔一が物産館へ向かおうとしたとき、機敷埜の姿は見当たらなかった。翔一は久しぶりにスーツを身に着け、ネクタイを締めて和泉屋を出る。事務局長として、フォーマルな場所に出席するにあたってのエチケットだろうし、これが最後の集会になるかもしれないと思ってのことだ。

和泉屋を出て、物産館へ向かう途中、翔一は何度もおたわさんに会った。

自分の気持ちが不安定であるということもわかっていた。気持ちが揺れ続けているときは無性に誰かに会いたくなる。

その〝誰か〟が、翔一にとってはおたわさんだった。今ではおたわさんは、翔一にとって、母性を感じる理想の異性でもあった。

そのおたわさんが、あらゆる場所で翔一には見えた。

自動販売機の横。瞬きをすると消えている。上目づかいで、おたわさんは立っていたのに。

視界の左隅に気配を感じる。慌てて左を向く。おたわさんの吐息だけが、翔一には聞こえたような気がする。彼女の姿はすでにない。

そして魚幸の暖簾《のれん》の向こう。若い女性の影。おたわさんに間違いない。今度は、彼女は消えない。

思いきって声をかけてみた。

「おかげで、島は守れたみたいです。極紘物産にいたときよりも随分、人間らしい生き方ができるようになった気がします。それもおたわさんたちのおかげなんですかねぇ。でも、これから、島をいい方向に持っていくにはどうすればいいか、まだ思いつかないんですよねぇ」

おたわさんは口をすぼめて、何か翔一に言った。おたわさんの声は聞こえなかったが、それだけでもずいぶんと心が和《なご》むのがわかった。翔一は、自分に与えられた役割を果たしていないことに後ろめたさを感じていた。

だが、そのときわかった。おたわさんは、思い悩むなと翔一に呼びかけているのだと。

すぐにおたわさんの姿は消えた。

「何しているんですか？　翔一さん」と暖簾の向こうから姿を現わしたのは、魚幸の大将と女将だった。

「あ、いえ。なんでも」と答えると、大将は「そろそろ『守る会』なんでしょう。行きましょうや」と言った。この分では、町のほとんどの人たちが物産館に集まりそうだ、と翔一は思う。壱里銀座の入り口の方を見ると、そちらからも人々の気配が。皆、物産館へ向かおうとしているのだった。

それから物産館に着くまでは、おたわさんの姿を翔一が見ることはなかった。

代わりに、物産館に近づくと、どこから湧いて出たのかというように人の流れが増えていく。皆が談笑しながら歩いていた。まるで村祭りにでも出かけるようだった。

翔一は、再び視線を感じて振り返ったが、おたわさんの姿を見つけることはできなかった。だが、確かに、おたわさんが近くにいることはわかる。翔一は、視線を感じ続けているのだから。

「翔一さん、ご苦労さんだったねぇ」

声をかけられて、翔一は、はっと我に返る。

見下ろすと、かなり離れた集落の老婆四人に囲まれていた。数日前に、署名を集めに回ったところで会ったことを思い出した。

「危ないゴミ捨て場作るのが、取り止《や》めになったんだってな」

「はい、そうです」と翔一は答える。老婆たちは、今夜の集会の内容もすでに承知しているようだった。あっという間に情報は島内を駈け巡ったのだろう。

まだ開始時間の四十分程前だ。なのに、会議室の前に人溜まりが出来ていた。この人出はどうだ。

「すみません」と会議室に入ると、お美貴さんや高良、それに物産館の三宅さん夫妻が折り畳み椅子を片付けて、床の上に茣蓙《ござ》を敷いている。

「どうしたんですか？」と翔一が駈け寄る。お美貴さんが椅子を運びつつ笑う。

「今日は、なんだか、かなり集まりそうだから、椅子が足りないと思って。だから、床の上に腰を下ろしてもらうことにしたの」といかにも嬉しそうに言った。

「ぼくもやりますよ。すみません、遅く来てしまって」と慌てて翔一は、椅子運びを手伝いはじめた。

会議が始まる頃には、会議室は溢れ返らんばかりの参加者となった。簡単な打ち合わせで、司会は翔一が務め、状況報告と議事を、お美貴さんと高良が分担してやるという手筈《てはず》になった。

時間が来て、翔一が演壇の横から、「本日は皆さま、お忙しい中、多数お集まりいただきまして――」と言いかけると、みるみる拍手が起こり、それがまるで嵐のように広がった。

「ようやったぞ」

「よかったなあ」

そんな叫びも混じる。すでに会議に入るまでもない雰囲気なのだ。翔一たちが署名集めで回ったときに、辻説法のように処分場誘致の危《あや》うさを語り続けたことが、これだけの人数につながったのだということが顔ぶれを見まわしてもわかった。

場が鎮まるのを待って、お美貴さんが会長として、核廃棄物処分施設の建設が中止になった経緯の報告を行なった。時折、高良からも補足説明が加えられた。

翔一が会場を見まわす。

誰もが、お美貴さんの報告を黙って頷きながら聞いている。入り口付近に機敷埜の姿も見えた。

説明が終わり、いくつかの質問が参加者から飛んだ。どれも質問というより、執行部に対しての慰労の意味合いの発言だった。そしてそのうちのいくつかは、「守る会」の存続についての質問だったが、お美貴さんからの明言は避けられた。

質問が途切れたとき、「あのー」と挙手したのは、なんと機敷埜だった。翔一が指名すると、機敷埜が立ち上がって言った。

「ここで、佐々木町長の話・聞いてもらいたい・ですが」

会場の全員が仰天《ぎょうてん》した。入り口のドアから、佐々木町長その人が、首だけ出していた。

18

一瞬、会場の空気が凍りついたように翔一には思えた。佐々木町長が姿を見せると、時間が停止したようにすべての動きが消えたのだから。

視線が自分に集中していることが申し訳ないというように、佐々木町長は肩をすくめ、会場内へと足を踏み入れた。町長の進行方向に座っていた人たちが道を空けるので、あたかも、海が割れて出来た道を行くモーゼのようだった。町長の前に現われた通り道は、議事台の前まで続いていた。

「じゃあ、佐々木町長に入っていただきますね。いいですね」

そう機敷埜は宣言し、「どうぞ、佐々木町長」と叫ぶ。

機敷埜と町長の間にいかなる密約が存在したのか、翔一にはわかるはずもない。高良もお美貴さんも、ぽかんと口を開いていた。

「では、では、失礼いたします」

右掌で手刀のように空間を切りながら、町長はゆっくりと翔一たち執行部の方へ歩いてきた。そこで初めて、緊張の呪縛《じゅばく》から皆が解放されたようだ。ざわつきがいっせいに起こる。

「どうしますか？　高良さん」

「どうしますかって……」意表を衝《つ》かれたようで、高良も二の句が継げない。

佐々木町長は、聴衆である町民たちに向いて立った。

「皆さん、こんばんは。私、町長の佐々木です。この会が、どのような場であるかは、ちゃんと了解しております。また、この場に私は招かれざる客であることも、承知しております」

そう、唐突に呼びかける。再び私語が消えた。皆の視線が集まる。

反対派町民だらけのこの会場で、何をこれから話そうというのだという疑問が視線の正体だ。

何を話すにせよ、機敷埜が一枚噛《か》んでいることは間違いないだろう。その証拠に、町長を会場に招き入れた機敷埜は、今も入り口近くにいて、にたにた笑いを浮かべている。

「今、皆さんはＮＤＬＯからの返事の件を聞かれたと思います。当事者である私から、島の皆さんにちゃあんと状況を知らせておかなきゃいかんでしょ。

実は、放射性廃棄物最終処分施設を壱里島に誘致したらどうかと提案していただいた方がおられます。その方を介して、機構の方へ調査をお願いしたわけです」

その誘致をそそのかした奴は誰だ、と声が上がった。参加者たちがざわざわと一人の名を呟《つぶや》いているのがわかる。どうも国会議員のようだ。町長は、あえて誰だということには答えなかったが、声を上げた人物が再び、そいつには次回投票しないからな！　と叫んだので、大方は見当がついているのだろう。その後に起こったくすくす笑いが何よりの証拠だった。

鎮まったのを見はからって町長は口を開いた。

「実はまだ、ＮＤＬＯから直接の返答を公文書で町が頂いたわけではありません。しかし、ＮＤＬＯへ口利《くちき》きしていただいた先生のほうへは、一足先に返事があったそうであります。結論は処分場建設の第一号とするにはリスクが高すぎる。よって壱里島での建設は見送らせていただきたい。そのようなことでありました。第一号処分場は、否《いや》でも全世界からの注目が集まる。だから、寸分の憂いもない立地に建設する必要がある。調査団のメンバーが、高い確率で精神的抑圧を受けたとおぼしき原因不明の病状を呈している状態では、計画を進めるわけにはいかないそうであります。

後にＮＤＬＯからの正式な返答が送られてくるはずだということでありました。ですから、壱里島への放射性廃棄物最終処分施設の誘致計画は、反対運動の住民の皆さんの要望どおり撤回されたわけです。私としても調査の前までは、施設建設には最適の立地と太鼓判を押されていただけに、その連絡を受けて腰を抜かすほどのショックを受けました。

今夜、ここまでやって来たのは、他でもないんです。私の気持ちを知ってもらいたかった。そう、私の気持ちを誤解なく聞いてほしかった。正直、最終処分施設誘致の話を聞くまでは、この壱里島、この信柄浦町には何の未来も残されていなかった。あるのは、前町長が推《お》し進めた下水道事業で残された膨大な負債の返済義務だけ。人口は減少するだけ。

しかも島に残るのは老人だけで何の産業もない。希望もなかった。未来もなかった。壱里島は沈んでいくだけの島だった。だから、この処分施設誘致の話は、地獄に垂らされた一本の蜘蛛《くも》の糸に見えたんですよ、少なくとも私には。

危険性は万が一にもないと言われた。予測のデータも山のように見せられた。で、この信柄浦町には他に選択肢はなかった。施設を誘致することができれば町は天国に変わるはずだった。これまでの町の財政赤字は、単年度で消滅する。そして、毎年NDLOから入ってくる協力費で、高齢者医療も無料化できる。町営の病院も持てる。社会的弱者支援もできる。道路の整備、住民交流施設も作れる。そして、住民税は無料化できなくても、財政に余裕が生まれたら、壱里島内のみで利用できる地域通貨を全住民に交付できればと考えておりました。島民無料の温泉センターの話も選挙公約に掲げておりましたとおりです……」

島の反対側の地下に核廃棄物処分場を作って、こちら側の地下から温泉を掘るという神経はいかがなものだろうか、と翔一は思う。それが少なくとも佐々木町長の脳の中では、なんの齟齬《そご》もなく存在しているのが翔一には不思議だ。だが、そこで異議を挟んだり、野次を飛ばそうという者は会場には誰もいなかった。佐々木町長は訥々《とつとつ》と話を続けた。

「それが私の本心ですたい。本心だったですたい。一つこの場を借りて誤解を解いておきたかったことがあります。町役場の職員から聞かされたことですが、町長たちは、この信柄浦町を死の灰のゴミ捨て場にして、人一人住めんようにしてから自分は誘致で得たリベート握って島から逃げ出すつもりだ。そんな噂が流れておるらしかですね」

そこで、佐々木町長は言葉を切り、ゆっくりと会場を舐《な》めるように見まわした。舌が回りはじめて調子が出てきたのか、ネイティブな喋りも混じりはじめていた。

「そんなことは、絶対なかです」

町長が大声を出す。あまりの迫力に、聴衆のお年寄りの何人かはのけぞっていた。それを町長は皆に知ってもらいたかったということか。それからしばらく言葉が続かなかった。だが、人々は辛抱強く町長の言葉を持ち続けた。

もう一度、「そんなことは、なかです」そして「最終処分施設が誘致できて、町の財政が潤《うるお》い、福祉が充実して活性化していく島の姿を、私は自分の目で、最後まで見届けたかった。そんな私が、どうして信柄浦町から逃げ出したりするもんですか。もし、皆さんがこんな島は嫌だと出ていかれても、島民が私一人になっても、私は島のためにここで働いとります。そして、島を離れた人たちが戻ってくるのを待っとります。そんな気持ちとです」

町長の真剣さが伝わったのか、聴衆の何人かは頷きながら、タオルで目頭《めがしら》を押さえていた。

「それと、もう一つ、ここでお願いしたかことがありました。これで、最終処分施設の誘致は壊れてしまいました。私が目論《もくろ》んどった町の財政再建策は、何もなくなってしもうたわけです。皆さんが、このまま私のリコールを進めていけば、私にはもう策はなかですから、リコールはすぐに受け入れて退陣します。しかし、ですよ。それじゃ、あまりに悔しか。皆さんが、反対しとった処分場はもう出来ん。となると、私たちは他の方法で、何とか信柄浦町ば浮かび上がらせんといかん。それは、私も皆さんも同じ想いのはずです。

ここに来た、もう一つの理由です。もう、恥も外聞もなかです。私に町長辞めれ言われるなら辞めます。しかし、他の方法で、町民が一つになって今から島ば立て直さないかん。それがうまくいくまで、佐々木、もうちょっと頑張らんか。そう言われるなら、皆さんの持ってる知恵も力も貸してもらえんでしょか。それもお願いしたくて参上したんです。いかがでっしょか」

翔一は佐々木町長の潔《いさぎよ》さに敬服していた。ちら、と高良を見ると視線が合った。翔一が問いかけもしないのに、高良が囁いた。

「それが問題だったですよ。リコール成立させて町長を退陣させても、町の運営は八方塞《ふさ》がりだけん、次の町長のなりてがない。松本前町長は町の財政破綻《はたん》を招いた張本人だから人望はまったくないし」

「ということは、佐々木町長のほうが、まだましだということですか」

「最終処分施設誘致だけが佐々木町長の唯一の疵《きず》だったわけだから。人となりは、問題ない。少なくとも、そう思うけれど」と高良は言った。翔一はなるほどと思う。町役場の庭園で思いがけない出会いをしたときから、翔一には、佐々木町長は人格者のような気がしてならなかったのだ。

この状況で、もう一つ気になっていることがある。佐々木町長を招き入れた機敷埜のことだ。

どうやら、機敷埜は町長と顔見知りだったらしい。いや、行動が予測不能の機敷埜のことだ。勝手に町役場へ赴《おもむ》き、自分を売り込んできたのではないのか。話の流れで、機敷埜が町長をこの席に招いたのかもしれないと思う。

佐々木町長は、後ろめたいようでもなく、話し終わると、会場をゆっくりと見まわした。すでに、入室したときの申し訳なさそうな戸惑った気配は消えていた。

すると、部屋の隅の方から、誰かはわからないが手を叩く音が聞こえる。その拍手が合図になった。一つの拍手が二つ。二つの拍手がその数倍に増え、部屋中が拍手で溢れ返った。

この部屋にいる人々は、前回までの会議では、いかに佐々木町長を辞めさせるかという点に頭を絞っていた人々ばかりだ。もちろん、処分施設誘致をやめさせるのが最終目的だった。それが達成されたとはいえ、その町長の呼びかけに拍手で応《こた》えられるものなのだろうか？

しかし、現実に、今はすべての聴衆が、佐々木町長に惜しみない応援の拍手を送っている。

そのことが、翔一を感動させた。

——この島の人たちって馬鹿じゃないか？　いや、違う。皆が、底抜けに、イイ人なのだ。

佐々木町長は、何度も会場の人々に向かって深々と頭を下げ続けた。拍手の音が少し下火になって、やっと町長は両手を上げて、拍手をやめるようにと上下させた。

「ありがとうございます。すみません、皆さん。聞いてもらえませんか。ありがとうございます。はい」

やっと、会場が再び静かになった。

最後の拍手がワンテンポずれて鳴り、その主を目で追って翔一は驚いた。

黒い児童服の洟《はな》たれ小僧がしゃがんでいたからだ。栖本トクヨシちゃんだ。にこにこと笑みをたたえて拍手する手を止めた。

ちら、とトクヨシちゃんは翔一の顔を見た。

ということは、壱里島の魑魅《すだま》たちも、放射性廃棄物処分場誘致を諦めた佐々木町長を支持するということなのか。

しかし、おたわさんの姿はどこにも見えない。会場内を見まわしたが、トクヨシちゃんはおたわさんと一緒ではないようだ。

こんな集会の場だというのに、翔一はおたわさんに無性に会いたくなった。

おたわさんは今どこにいるのだろうか? 一度、彼女のことが心に浮かぶと無性に会いたくなる。

人間ではない存在だとわかっているのに。

そこで、閃光《せんこう》のように、〝おたわさんの魅力〟から逃れられないという連想が浮かび、気がついた。

魑魅《ちみ》の魅。〝魔の持つ不思議な力〟から、魅力という語が由来していることに。つまり、自分は魑魅の魔力の手中にすでにあるのかもしれない。

そう思っても、翔一の心には、彼を凝視するおたわさんの眼差《まなざ》しが浮かび上がってくるのだった。

「じゃ、すみません。昨日から、助言いただいて頭の中がもやもやしていたことがあります。しかし今は、そちらへ突き進んでみるしか残された道はなか、という気になっとります」

翔一は、佐々木町長の声で、はっと我に返った。

佐々木町長は、続けた。

「カンフル注射的に一番速効性のある方法は、核燃料廃棄物処分場建設による町の財政再建でした。しかし、その方法が駄目だということであれば、遅効性であっても実績を上げていく方法をとらなければならない。その方法で、最終的に島の移住者を増やし、観光客を増やし、人口を増やし、島民の、町民の平均年齢を下げ、信柄浦町を活性化させていきたい。そのために、信柄浦町の地域振興課では、外部アドバイザーの指導を仰《あお》いでいこう、そう思うとります」

その話し方は、佐々木町長が気を遣ったものであることが、翔一にもよくわかった。議会では、もっと違う話し方をするのだろう。しかし、ここでは、参加したすべての町民に理解してもらうことに主眼を置いているのだった。わかりやすい、島民たちの言葉で。

「その方は、私たちが島に住んどって当たり前と思うとった他所にはないええところを私に訴えてくれました。今日、ＮＤＬＯの誘致がダメとわかるまでは、心の中でそのことがもやもやしておりましたが、肚《はら》が決まりました。牛歩かもしれんけど他に道はなか。そして、一番大事なことですが、町役場だけじゃ、信柄浦町が変わることはできんです。金はなか。予算はとれん。でも、皆で辛抱し合って汗出し合うなら、なんとか道は開かれる……そう思うとります」

そこで、佐々木町長は言葉を切って、大きく息を吸って言った。

「皆さんにも、ここで紹介しときます。東京の地域再生コンサルタントの機敷埜風天さんです」

すると、片手を上げて立ち上がった機敷埜が一歩踏み出し、会場の四方に手を上げたまま礼を繰り返すのだった。

またしても、会場内に拍手が湧き上がった。

町民たちの目に、胡散臭《うさんくさ》そうな服装の機敷埜がどのように映《うつ》ったかはわからない。案外、〝都会から来たわけのわからない仕事の人〟というのは、魔術師に近い、理解不能でも力を持っていそうな存在なのかもしれない。だとすれば奇妙ないでたちも、機敷埜のカリスマ性を高める効果があるかもと思えてくる。

「皆さーん。機敷埜風天と申します。私、この宝箱のような壱里島の輝きを全国の人々に知らせるべく、信柄浦町の助言者としての仕事をお引き受けすることにしました。助言者という立場ですが、現実には、私、機敷埜も、走りまわりたいと思っております。それでも、私一人では、動きが限られます。皆さんの許しが得られれば、これまで『信柄浦町を守る会』の事務局長をやっておりました宮口翔一さんも、アドバイス・チームに入っていただきたいと思っております」

言葉の途中で変な区切り方をして話す、いつもの機敷埜と違うことに翔一は驚いていた。それよりも、もっと驚いたのは、寝耳に水の成り行きについてだった。

翔一が、今度はがらりと立場を変えて、まさかの信柄浦町の地域振興課、アドバイス・チームに入ることになるなんて。そんなシナリオは誰からも聞かされていなかった。

高良とお美貴さんは何か知っているのかと思って見たが、向こうも翔一のことを目をしばたたかせながら見つめ返してくるだけだった。

そして、機敷埜の自己紹介が終わると、またしても拍手。それは機敷埜に対してと同時に、唐突に発表された翔一に対してのものだったにちがいない。

その後、すぐに佐々木町長と機敷埜は、「皆さん。お邪魔しました！　よろしくお願いします」と頭を下げながら部屋を出ていく。

そんなわけで、開会の盛り上がりとは対照的に、閉会が尻すぼみになったのは致しかたない。いつもの会の幕切れには、島の危機を招こうとする佐々木町長体制への憤《いきどお》りと高揚感が伴っていたというのに。今回は、すでに「信柄浦町を守る会」の目的は達成されてしまったのだし、次回の開催予定を決める必要もないのだろう。

「とりあえず、めでたしの結末ということで、手打ちして、今日は締めにしますか！」と提案したのは、魚幸の大将だった。指名された高良が、「じゃあ、壱里締めで最後ということで」と両手を開き、構えた。

〝壱里締め〟が、この地独特の一本締めだということを翔一は知った。普通のものと較《くら》べて、少々の変形があった。「はあーっ」と魚幸の大将が言う。その発声が終わる前に、どのタイミングかわからないが、いっせいに掌を一つポンと叩くのだ。結果的に、翔一の手だけがワンテンポずれた形になった。呆気《あっけ》なく、「守る会」は、それで締められてしまったのだった。

会議室からは、潮が引くように人々が去っていった。今夜は参加者が多かったので、ほとんどが床に腰を下ろし、後方の人は立って聴いていたため、机や椅子を片付ける必要はほとんどなかったが、会長や事務局長の机や椅子を片付けると、高良が大きく溜め息をついて残った数人に頭を下げていた。

「長かったごたるけれど、あっという間だったな」

「高良さん、ご苦労さまでした。しかし、町長が現われたのには驚いた」

よ」

「けど、よかったんじゃ？　雨降って地固まるって。町長の話を聞いとって、そう思った

そう声をかけられて、高良は右手で口を押さえ、何度も頷いていた。

「あの。さっき機敷埜さんが言ってたことですが」

たまらず、翔一がお美貴さんや高良に声をかけた。思い出したように、皆の視線が翔一に集まる。

「あの、機敷埜さんが言ってたこと。ぼくが聞かされたのは、さっきが初めてなんですが」

お美貴さんが「心配せんでいいよ。そりゃあ、さっきの翔一さんの顔を見とりゃあ、一目でわかったよ。いずれにしても『信柄浦町を守る会』は解散になるけん、ちょうどいいタイミングだったじゃない」

そう言ってくれた。高良が横で頷いた。

「せっかく事務局長になってもらったけれどこうなって、翔一さんの島でのこれからの生活を考えなきゃいかんなあ、とぼんやり考えとった。これでよかったじゃあない」

ここの物事の考え方のあまりのシンプルさに、翔一は拍子《ひょうし》抜けしてしまっていた。自分が、機敷埜と通じて町長の二重スパイだったと疑われたのではないか？　そう考えたりも

したのだが、この町の人々には、そんな邪念も疑心もないように見える。

「それが嫌だったら、他を探してあげるよ。なあ、お美貴さん」

「ああ。若い人に、壱里に住んでもらうって大事だし」

そこまで言ってくれて、それを聞いて、翔一は胸が熱くなった。

そのとき、翔一は左手に妙な感触を感じて、思わず、ヒッと声を上げた。

誰かが、翔一の左手を握り締めている。

振り返ると、見上げている老婆と視線が合った。トメカ婆さんが、にたあっと笑いかけていた。

「わっ」

反射的に振り払おうとするが、トメカ婆さんの手の力は、予想外に強かった。離れない。にたにた笑いを浮かべたまま「握手だよ。握手っ」と例の調子で言う。諦めて翔一が手から力を抜くと、トメカ婆さんもやっと力を抜いた。

「あれれ。寄り合いは、もうお開きになったのかね。こりゃあ、うっかりだったなあ」

あたりを見まわして、トメカ婆さんがそう言った。

「寄り合いも、最後くらいは年寄りも顔出しとかんとまずかろうと思うて参上したが、もう終わっとったとはなあ。しかし、よかった、よかった」と首を振る。

翔一は、怪しいものだ、と思う。さまざまな出来事を言い当てる能力を持つ、まっぽすさんのはずではないか。信柄浦町の魑魅の存在さえ言い当てる老婆が、会が終わってから顔を出して、「寄り合いはお開きになったのかね」だなんて、わざとらしいではないか。

「ああ。トメカさん待たんで悪かったけど、ええほうに結着ついたよ。今、終わったとこ」

お美貴さんが言うと「もちろん。わかっとるよお」と老婆は答える。「じゃあ、失礼すっけん。ああ、夜道危なかけん、送ってくれんかねぇ」

「ああ、私、送ろうか？」とお美貴さんが答えるとトメカ婆さんが「女じゃ危なか。翔一さんがええ」とまたしても翔一の手を握った。ああ、これが目的だったのか、と翔一は少し呆れた。「あ、いいですよ。お家まで送りますよ」

トメカ婆さんの家までは数十メートルしかない。高良も、「ご苦労さまでした。翔一さん、先にどうぞ。これからのことについて相談は、暇なときにでも物産館に来てくださいな」と言ってくれた。見まわすと、片付けるものはもう何もない。あとは消灯するだけだと確認して「じゃあ、お休みなさい」とトメカ婆さんと共に物産館の外へ出た。見上げると、無数の星が落ちてくるように見える夜空だった。

トメカ婆さんは、電動車椅子に座ると低速でスタートさせる。潮が堤防に当たる音を聞きながら、翔一はその横に並んで歩いた。

「面白かったぞ」とトメカ婆さんは、突然言った。機嫌のよさそうな声で。

「なにがですか?」

「調査に来た東京の連中が、どんな目に遭《お》うたか。信柄さんが見せてくれたんじゃあ。東京から来たのは五人じゃったなあ。この間、家におったときだった。彼らが、島の北の岩場でどうなったか。腹よじって笑ったわ」

「聞きました」

「信柄さんになあ」

「はい」と答えながら、跳ねる陽物や、うんぶくれびっさん、そしておたわさんのことを思い出していた。

「そうか。今夜来たのは、本当は、翔一さんがどのくらい目覚めたか聞いとこう思ったからよ。要《い》らぬ客を追い出すのはすぐにできる。だけど、これから島が幸せになるのは、信柄さんだけじゃでけん。少うし私に似とる人と翔一さん。明日から、きばらんといかんよ。それを伝えたかった」

「トメカさんに似てる人って……誰ですかねぇ。ひょっとして、機敷埜さんですか?」

トメカ婆さんはコクリと頷く。「信柄さんも、あの人に憑《つ》いとるで」

「どういう意味ですか？」

そのとき、二人はトメカ婆さんの家に到着した。その答えは、持ち越された。

19

その夜、和泉屋に帰ったが、機敷埜がいる様子はなかった。仕方なく部屋に戻ると、お鈴さんが声をかけてきて、翔一はまだ食事を摂《と》っていないことに気がついた。

お鈴さんは、魚の煮付けとおにぎり、味噌汁を、夜食程度のものだけどと翔一の部屋へ届けてくれた。

そのとき気がついたことがある。

最初に翔一が高良の案内で、この宿、和泉屋を訪れたとき、お鈴さんは左足が少し不自由だったという記憶があった。しかし、今、食事を部屋に運んでくれたお鈴さんは、何不自由なさそうなのだ。それも翔一の部屋は二階なのだ。

「あの。だいぶ、足の調子がいいようですね」

そう翔一が声をかけると、指摘されたことが嬉しくてたまらない様子でお鈴さんは答えた。

「あらぁ。わかるですか？　宮口さんが、和泉屋に来られた頃にもかなりようなってきとったんですよ。その前は、左足を動かすのも苦になるほど痛かったと。今は、宮口さんが来られたときより、また過ごしやすうなってます。なんでかねぇ。三十代の終わり頃に、かんぽす岬の先に山菜採りに行ったときですよ。そのときですよ。崖から落ちて骨折して。そのときは外科の先生がおらんで、妙なふうに治って。それから痛みがあったとですよ。もうこりゃあ一生治らんと思うとりました。でも、こんなこともあるとですね。毎日、薄紙を剝ぐように少しずつ治っていくなんて、ねぇ」

一人で食事を摂りながら、翔一は思い出していた。トメカ婆さんが、元気になったおステ婆さんやおフジ婆さんについて、「信柄さんに〝力〟を貰《もろ》うた」と言っていたことを。お鈴さんも〝力〟を貰ったのではないか。上ん棚の岩壁から溢れ出した〝力〟が、遠く離れたここまで広がってきているのではないか……。

食事を済ませる頃には、そんな予感を抱くに至っていた。食器を階下まで下ろすと、翔一は風呂にも入らず、敷いてあった布団に潜り込んだ。

夢に出てきたのは、おたわさんだった。そういえば、「守る会」の会場に着くまで、しきりにおたわさんは姿を現わして、何かを訴えようとしていた。

「守る会」の会場では、トクヨシちゃんの姿は見えたが、おたわさんが姿を見せることはなかった。機敷埜が一方的に翔一の行方《ゆくかた》について宣言したとき、途方にくれた翔一が一番会いたかったのはおたわさんだったというのに。

あのとき、彼女は、何を言いたかったのだろう。否、彼女の気持ちが伝わらなかったと思ったからこそ、集会後にトメカ婆さんを遣《つか》わしたのではなかろうか。

——今日、機敷埜さんが現われるから、一緒に協力してください。

そういうことだったのか？

夢の中でおたわさんが翔一に呼びかける。

ショーイチさんが願う壱里島にしてください。壱里島が穏やかな島になりますように。

そう声をかけられ、必死で翔一は考える。どのような島になることが、おたわさんの言う島を救うことになるのだろう。

夢の中のおたわさんは、お願いします、と翔一に訴え続ける。

こんな女性の理想のような人から頼まれれば断わるわけにはいかない。どれだけでも〝魅〟せられてしまう。しかし、彼女は実在の女性ではないのだ。非実在の存在を好きになってしまうなんて、何と虚《むな》しい。

——お願いします。お願いします。

「そろそろ、目を覚ましませんか」

おたわさんの美しく悲しげな表情が、翔一には妖《あや》しく変貌《へんぼう》したように見えた。声もおたわさんの儚《はかな》げなものから、野太いものに変化した。

「宮口さーん。宮口翔一さーん。八時過ぎましたよー。起きましょー」

翔一の顔を覗き込んでいたのは、機敷埜風天だった。「あ」とだけ翔一は漏らす。

「用意しましょう。朝の九時半に、信柄浦町役場に宮口さんをお連れするって、約束しているんですから。遅れないように」

慌てて翔一は身を起こした。そして、直感的にわかったことがある。

機敷埜風天は、これまでの機敷埜と微妙に異なるのだ。服装は今までの機敷埜と変わらない。黒っぽい服にいくつもの光りものがついている。

ただ、まず、喋りのイントネーションが微妙に変化している。妙な言葉の区切り方がなくなった。機敷埜ではあるのだが、機敷埜と言えない部分も多い。

トメカ婆さんの言っていたことを思い出す。

――信柄さんも、あの人に憑いとるで。

信柄さんとは魑魅のことだ。たとえば……おたわさん。

だから、機敷埜がいるときは、おたわさんの姿は見えなくなるということなのだろうか？ つまり、機敷埜に憑くためのタイミングを測ったか、あるいは波長を合わせていたのか。

だから、機敷埜とおたわさんが同じ時間に同じ場所に存在しなかったのか。おたわさんが憑依《ひょうい》する途上にあったということかもしれない、と勝手に想像する。

「ぼくは、何も聞かされてなかったですよ」

とりあえず翔一は起き上がり、布団を片付けながらそう抗議したが、激しいものではない。

「いや。私も、あのときまでは町長にも話していなかったから、あの場で発表させていただいたんです。でも、昨夜のうちに町長には説明して了解は取り付けた。だから、昨夜、遅くなったんですよ」

確かに機敷埜の話し方は変化していた。服を着た翔一は試しに「おたわさん」と呼びかけてみた。

すると機敷埜は「はい？」とだけ答えた。「何ですか？」とも、「どうしたのですか？」とも訊ねてはこない。機敷埜は、じっと翔一を見ていた。いつもの機敷埜のようでもあり、おたわさんの眼差しが残っているようでもある。判断がつかなかった。

和泉屋を出て町役場へ向かう間に、機敷埜は説明した。原稿のデータを送るのに、達人さんから役場の無線ＬＡＮを使わせてもらえばいいと教わったそうだ。そのあと、役場で事情を説明する中で、自分がフリーライターで、壱里島のパワースポットを紹介するという話をしたという。

すると、役場の人々は驚き、さまざまな立場の人と話をすることになり、最終的に佐々木町長と話す機会を持ったらしい。

「リトー・ネットって知ってますかね？」

そう機敷埜は訊ねてきた。そういえば、離島である壱里島のことを調べようと、東京を出る前に検索をかけた。「熊本の島」で検索すると、「リトー・ネット」というサイトがあった。日本リトー・ネットなる財団法人が紹介する離島情報で、そこから全国の離島の求人情報、行政サービスの紹介、特産品などを知ることができるのだ。

「名前は知ってます」

「そこでは、壱里島については、信柄浦町役場の情報しか載せられていないんですよ。人口やら、町の鳥、町の木、面積くらい。地方自治体の紹介だけでそっけない。全国に島の存在をアピールする気持ちがあるんですか、と。そのときは売り言葉に買い言葉で無責任に申し上げた。ついでに、信柄浦岳を中心とするヒーリングパワーの存在をアピールしてはどうですって、発破《はっぱ》をかけたんですよ。そのときは、廃棄物処分場建設のことがあったから、頷いてはもらえたが、それほど真剣には捉《とら》えてなかったんじゃないかなあ。

ところが昨日の朝、また役場の無線LANを使わせてもらいに行ったら、急に皆が熱くなって、とんとん拍子に話が転がりはじめたのですよ」

町役場が近づくと、プレハブから達人さんと中年女性が手を振りながら飛び出してきた。女性は司書のヒサコさんと言ったか。

「なんか面白いこと始めますかね？」と達人さんは、笑顔を浮かべた。機敷埜と翔一が、町に協力して新しいことをやりはじめるということがすでに伝わっていて、それに皆が期待しているということがわかった。

二人は、達人さんに手を振り返す。

町役場へ到着すると、職員が駆け寄ってきて二階の会議室へと通された。そこへ佐々木町長と副町長、総務部長、地域振興課長、そしてスタッフが二人。

会議室の窓から、深い藍色《あいいろ》の海が見えた。窓の左から右まで水平線が走っている。その上に透けるような雲一つない青い空。そして近くの空を数羽の鷗《かもめ》が滑るように舞っているのが見えた。

素晴らしい、と翔一は思う。こんな光景を見ていたら、会議は上《うわ》の空《そら》になってしまいそうだ。

極紘物産に在職していたときに、一番嫌だったのが会議の時間だった。営業課のときは販売実績が上がらない言い訳に頭を巡らし、開発課のときは企画の詰めの甘さや需要予測の甘さを責められた。外の風景などまったく見えない密室に近い閉鎖空間で。あれが、自分にとっての会議だった気がする。発言を求められても口下手であるがゆえに、思いの十分の一も伝えられないし、舞い上がってしまって碌《ろく》な考えも出てこない。いつも時計を気にしていた。あと、どのくらいで苦役が終わるのかと。

町役場の人々から自己紹介があった。機敷埜にとっても、数名は初対面だったらしい。

機敷埜が自己紹介を終え「じゃ次は宮口翔一さんに」と振られたとき、翔一の喉は瞬時でからからに喝いてしまい、忌《い》まわしい極紘物産の会議の記憶が蘇《よみがえ》った。

そのとき、窓の外に水平線と青空が見えた。

不思議なことに気持ちが急速に落ち着いてくるのがわかった。深呼吸を無意識にやっていたことに気がつく。

「『信柄浦町を守る会』で事務局長を務めさせていただいておりました宮口翔一と申します。壱里島にも多い名字ではありますが、この島に足を踏み入れたのは初めてのことです。かつては、東京に本社のある商社に勤務しておりましたが、壱里島に惚《ほ》れ込み、移り住んで来ました」

そこで地域振興課のスタッフが、翔一に拍手をしたことに驚いた。

「いや、まだ、移り住んで来て、自分もこれから何をしようかと考えあぐねていたところです。昨夜、機敷埜さんから突然のご提案を頂き、自分で役に立つものならばと参上しましたが、まだ正直言って何のお役に立てるのか具体的なイメージはありません」

いつの間にか極紘物産を退職扱いになったことは告げなかった。得なことは何もないだろうし。ただ、遠くの青い空を見ながら話すと、自然に自分の気持ちを解放できると思えることが嬉しかった。

今回は拍手こそなかったが、役場の参加者が、頷きながら頼もしげに翔一を見ていることに気がついた。期待されている。応えなければならない。そんな思いがふつふつと湧くのを感じていた。こんな想いは久しく感じたことがなかった。

「さて、ここで、私たちと信柄浦町の共通認識を確認しておくべきですよね。最終的には信柄浦町を健全な財政状態の町、あるいは島にするための知恵と汗を出し合おう……そんなことでよろしいでしょうか？」

そう切り出したのは、機敷埜だった。

「そうですな。魅力ある島づくりというか、最終的には信柄浦町、壱里島に人が集まってくれることでしょう。そして島が活性化して人口が増え、島を出ていった若者たちがまた帰ってくる。お嫁さん子供を連れて。そして都会の人々が、壱里島の暮らしに憧《あこが》れて移ってくる。そんな繰り返しで信柄浦町が活性化していく。最終的に町の財政がよくなるのは、太陽がどんどん真上に昇って影が短くなるようなもんだろうなあと思いますが、どうですかなぁ」

佐々木町長は、夢を見るように言った。今度は、機敷埜も翔一も頷くほうだった。ゴールの姿は、正しいとわかる。しかし、どのようにして、というビジョンが、この島には数十年間欠けていたのだ。

その欠けていたものをどう埋めるかといえば、容易ではないと思えるし、どのような方法になるのか、翔一にも具体案は当然ない。

しかし、着地点は見える。即効性の高い方法があるかどうかはわからないが、ビジョンは共有できた。

「じゃあ、コピーをお願いしていたレジュメを配っていただいてよろしいですか？」

地域振興課の田川《たがわ》という課長がホチキスで留めた紙を配る。機敷埜がパソコンで打ち出した壱里島に関わるレポートらしい。

「今、配ったものは、これから順次、中央の書籍や雑誌に掲載される壱里島の情報です。ご覧になってください。さまざまな読者層にアピールできるように、掲載誌に合わせて、文体もテーマも変えてあります」

紙片の左下には掲載予定の雑誌やムック名が記されている。雑誌は週刊誌から一般文芸誌、オカルト誌、旅行雑誌、ニューエイジ専門誌まで多岐に亘《わた》っていることが、そちらの情報には疎《うと》い翔一にも、ぼんやりとわかる。

見出しもそれぞれ異なる。「西海道《さいかいどう》逃れの島に癒《いや》しを求めて」というタイトルは週刊誌向けの記事のようだ。船から撮ったらしい壱里銀座のひなびた光景や、岐神社《ちまた》は奇景の道祖神としてうんぶくれびっさんと並んで紹介されていた。岐神社の被写体には無数の猫たちも含まれていた。そしてトメカ婆さんの健康そうな陽に灼《や》けた笑顔。魚幸のイシダイと伊勢エビの活けづくりとウニ丼のページも。

「それは、週刊誌のグラビアの最後のページで紹介されます。これにはあまりパワースポットという表現は出てきません」

次の記事、その次の記事と眺めていく。

「凄いパワースポット発見。それは九州の離れ小島」

ライター名は機敷埜風天ではなく、風水研究家・華照漢《かしょうかん》となっている。

「この華照漢というのは誰ですか？」と翔一が訊ねた。他には思い当たらないが、念のために。機敷埜は恥ずかしげもなく肩を少しすくめ、右手の人差し指で自分の顔を指差した。

「風水や占いの専門誌もあるのですよ。本屋だけでなく、コンビニでも売っている。私が思うに、読者というものは興味を持ったらさまざまな方向からデータを集めようとする傾向があります。そのときに、読者はできるだけ異なる方向から語られる意見を判断材料に選びます。とすれば、同一人物が書いたものであれば、どうしても同じ傾向のものだと判断されてしまいますからね。まあ、じつを言いますと、別にそんな主旨だけではなく、ふだんから掲載誌によって私はペンネームを使い分けているんです。あ、もちろん風水術も香港《ホンコン》仕込みで、ちゃんとやれますよ」

確かに機敷埜が言ったとおり、最初の週刊誌用は、ライター名は載っていない。占い本には華照漢という怪しさ爆発の名。そして、「日本のヒーリングスポット最新版」で、初めて機敷埜風天の名が使われていた。それは毎年発行されるパワースポットの厳選年鑑といったものだそうな。

機敷埜は、この本の壱里島の部分だけを担当するのだと言った。

それには、小さな文字で、びっしりと機敷埜が壱里島のパワーの存在を知った経緯から、壱里島パワーに関する解説、交通機関、宿泊施設、名産と網羅されている。信柄浦町という地域を知るにもわかりやすい。パワースポットを感じる島という視点が中心に据えられてはいるが、壱里島巡りのための観光ガイドとしても、立派に使える記述になっていると翔一は思った。

「これは、素晴らしいと思います。この一年は年鑑で壱里島のことが紹介されるのですね」

「ええ。しかし、来年度版が出るにしても、この壱里島の評判が浸透してくれば、内容に若干の修正を加えた改訂版になるのではないかと思います」

「すると、うまくいくと、毎年この島が本で紹介される……。どのくらい見込めるでしょうか、観光客は」

「それは、この壱里島の現状を踏まえた上でないと、一概には言えんでしょう。逆にこの一年間、島を訪れる観光客のデータをお取りになるといい。ですから、どんな僻地《へきち》だろうが、パワースポットであるだけで、誰も訪れないという日はないらしいです。一般的には、スポットに憧れた女性が友人に話し、誘い合わせて訪れる。気に入れば何度もリピートする。一組が二名から五名として……」

役場の振興課の若いスタッフが、指を折りながら、隣のスタッフに「すごかですよ。うまくいけば年間かなりの人たちがこの島に集まりますよ。他の雑誌やらにも載るんだから」と小声ながら弾《はず》んだ調子で耳打ちした。

次のオカルト雑誌「エニグマ」も機敷埜の名で執筆されていたが、これには翔一も仰天した。「老いと病が逃げ出す島があった」とある。そこでは、信柄浦岳のヒーリングパワーによって老人たちは若返り、病知らずになっているというレポートだ。コピーによるモノクロ写真だったが、それが誰なのか、すぐにわかった。数年前の病弱な頃の写真と現在の写真。五通ステと栖本フジの姿だった。かつての写真は、いつの間にどうやって手に入れたものかはわからないが、間違いはないと思えた。

記事は、この雑誌の場合は割とシンプルだ。しかし、煽《あお》るような書き方は、他の雑誌の比ではない。それぞれの雑誌に独特な伝え方の違いがあるのだろう。

卵塔と呼ばれる独特の巨石がこの島には存在するが、その地下からパワーに溢れた気が噴出しはじめた。そのパワーに触れた住人たちは、このとおり病知らずに。

「科学的根拠もデータもなしに事実だけ書けるのが、この『エニグマ』のいいところなんですよ」と翔一の考えを見透かすように、機敷埜が言った。

「これ……おステ婆さんとおフジ婆さんでしょう。本人たちに写真を掲載する了解は取ってあるのですか？」

翔一は思わずそう訊ねた。きっとこのページの前後には、エイリアンとの第三種接近遭遇や、終末予言の新たな証拠について述べられているのだろうし。

「いやぁ、そりゃあ雑誌に全国向けで写真が載れば、この方たちも喜ばれるでしょう」と佐々木町長が言ったことで、打ち切りになった。

他にも、いくつかの企画があった。テレビ媒体に知り合いの編集者を通じて話してもらったら、近々取材に来てくれるということだ。魑魅たちが、機敷埜を見込んで取り憑いたというのは、まさに目が高かったというべきなのかと翔一は隣で感心する。機敷埜だけの実力なのか？　おたわさんが憑依したことで発揮された力なのか。

それに較べて、自分には何ができるのだろう……。

翔一はそう思った。営業職としても開発職としてもいずれも中途半端だった。そんな自分を守り人として招くなんて、魑魅は人選を誤ったとしか思えない。せっかく機敷埜が推薦してくれたが、それに応えられるかどうか。

「ところで、宮口さん」

翔一は、はっと顔を上げる。副町長が翔一に笑いかけていた。

「はいっ」と翔一は思わず背筋を伸ばす。

「機敷埜さんから首都圏へのアピール方法は色々と呈示していただきましたが、宮口さんの目から見て、島の状況で改善すべき点や気づかれたことなど、ございますか？」

来たっ、と思う。翔一は、もう一度、窓の外に視線を送った。相変わらず透けるような青空がある。隣の機敷埜を見る。

彼にダブって、おたわさんの顔が見えた。

　すると、翔一の全身から緊張が抜ける。同時に無意識のうちに、舌が回りはじめた。自分でも驚きながら、

「地域おこしについて具体的な勉強をしたわけではありません。しかし、この壱里島に足を踏み入れたときに、ぼんやりと連想していたことがあります。それを、まず申し上げたいと思います。そのときは旅行者の立場ですが、医療はどうなのか？　病気をしたらどうなるのか？　そして、地域の人々とうまく馴染《なじ》めるのだろうか？　中に入ってみなければわからない地域の習慣があるのではないか？　そんな連想がありました。そして、外部の人間である自分が、島に永住するにはと考えると、以上の他に、ここでどんな仕事ができるのか？　子供に教育を受けさせることができるのか？　住まいは確保できるのか？　無数の不安が湧いてきます。その一つ一つについて、つきっきりで不安解消に努めてやらねばいけない。すごく地味なんですが……」

　翔一がぼんやりと思っていたことがすべて、明確な言葉になって流れはじめた。

　それがきっかけになって、頷いて聞いていた役場の人々と、とりあえずの合意が生まれた。地域振興課を外部サポートする「信柄浦町移住者支援センター」を立ち上げることが、まず決定したのだった。

　そのとき、突然に翔一の内部から衝動が湧きおこった。口をついて出るのを止められな

い。

「さて、起爆剤にイベントをこの島でやりましょう。ちゃんばら映画祭ってどうですか？」

20

翔一の提案に、その場にいた町役場の人々はきょとんとしたままだ。佐々木町長など、その意味を理解しようと何度も翔一の言ったことを口の中で呟いていた。

副町長は、佐々木町長と翔一を見較べながら、おずおずと口を開いた。

「ちゃんばらって、あの……」と言いつつ、両手で構えて見えない剣を振りまわすような仕草をした。「ちゃんばらですか？」

「そうです、ちゃんばら映画祭。前から〝映画祭〟というアイデアをぼんやり考えていましたが、それを元に膨《ふく》らませました」と自信をもって翔一は頷いて返事をした。

「なんだか唐突に聞こえるのですが、何でこの壱里島で、ちゃんばらなのですか？　パワースポットやらと、なにか関係があるのですか？　時代劇が」と副町長は続けた。

そのとき、翔一が感じた不思議なこと。おたわさんの影のような存在が、背中を押してくれている気がしたのだ。

と、すると。翔一は思う。確か以前、宮口達人さんから壱里映劇のことを相談されたとき、その場しのぎで〝映画祭〟というアイデアを口にしたことを思い出していた。あのとき、すでに始まっていたのかもしれない。この唐突な、ちゃんばら映画祭の提案は思いつきの考えではなく、魑魅《すだま》たちの考えも加わっているのではないか？　そんな連想もはたらいてしまう。

確かに達人さんから、壱里映劇を再開できれば、という願いを、翔一も機敷埜も聞かされていた。しかし、ちゃんばら映画祭とは……。

「これ、ひそかに信柄浦町の人たちから集めたアンケートですが」

機敷埜が紙束を取り出して机の上に置いた。翔一はそれを見て、一瞬ぎょっとした。数日前まで翔一自身が島内を駈けずり回って集めていた、佐々木町長のリコールを求める署名用紙なのだった。間違いない。

だが……その紙束に目を凝《こ》らすと……。書いてあることが違う。

——われわれは、壱里映劇の復活を願います。

大きな文字は、そう書かれていた。そこが町長リコールの署名とは異なる。用紙のレイアウトはまったく同じなのに。そして、趣意が書かれた後に署名が続く。

ひょっとして、自分が集めていた町長リコールの署名は、最初っから壱里映劇復活のためのものだったのかもしれない、と翔一には思えていた。狐《きつね》に化かされていたというか、まさに魑魅の仕業ではないか。

「機敷埜さん、その署名は？」と翔一が思わず問いかけると、感極《かんきわ》まったように機敷埜は翔一の背中をポンポンと叩く。

「そうだな。翔一さん、よく骨を折ってもらったなあ。私も、翔一さんと同じことを思っていました。何も前もって話し合っていなかったのに。想いは響き合うってことだなあ」

やはり、そうだ、と翔一は思う。それ以上何も言えない。

驚いたのは、町民の署名だけではなく、添え書きもあることだ。

――もう一度、壱里映劇でちゃんばら観《み》てえなぁ。夫も、ちゃんばら大好きだったし。

署名は五通ステとあった。〝おもしろたわし〟の話を訊きに行ったとき、壱里映劇があれば這ってでも町に出るけどなあと言っていたことを、翔一は思い出した。

機敷埜は続けた。

「この壱里島に来て島の人々と話をしていると、皆さんがちゃんばらが大好き、もう一度、壱里映劇で、ちゃんばらを観たいというのが共通した願いであることがわかりました。信柄浦町の活性化をパワースポットで、というのはあくまで壱里島の外から見たときの魅力であり、島内の皆さんにとっては自分が住んでいる場所がパワースポットであろうとなかろうと、ぴんとこないと思うのです。だから、島内の人々が願う壱里映劇再開のイベントと、そのエッセンスが何かということで、私も考えたのです。

正直、壱里映劇を毎日やっていくには維持費がかかりすぎますが、年に一回の壱里島ちゃんばら映画祭の開催で、島の方々の気持ちが前向きになれるのであれば、それだけでイベントの価値はあると思いませんか。

それに、全国に映画祭は無数にありますが、ちゃんばら映画に焦点を当てた映画祭は極めて珍しいのではないかと思えます。年輩者に、ちゃんばら映画のファンは一定数は必ず存在します。一方で歴女《れきじょ》と呼ばれるようなブームが若い女性の中で起こったことなどを考えると、若者の間で時代劇やちゃんばら劇が見直される可能性も大いにあります。だから、爆発的な集客は望めないかもしれませんが、この映画祭をきっかけとして、九州の孤島の存在を知ってもらえればよいのではないでしょうか。そして毎年、来島者数を積み増せば、信柄浦町の人口増に必ずつながると思います」

「あのう。この町にできることでしょうか。早い話、カネの問題ですが。今でも切り詰めるだけ切り詰めている。正直、金を注《つ》ぎ込んで、毎年少しずつ移住者の積み増しを待つ余裕はないんですがなあ」

ちゃんばら映画祭については賛成でも、お金の問題が残る……これまでに聞いた話からでも、翔一にも、この町がいかに困窮《こんきゅう》しているかわかる。しかし、翔一の内部では、映画祭はぜひ実現させなければと叫んでいた。

「なあに、金の心配はいらないですよ。今年の秋……。壱里映劇を会場ということで。信柄浦町は後援ということで。主催は、町の実行委員会が自主的にやるということになります。ほら、これだけ盛り上がってきていますから。スポンサーも何とか探せると思います」

　するとそう言って、機敷埜が先ほどの署名の紙束をちらつかせた。

　町長、副町長、地域振興課の全員が顔を見合わせる。彼らにとっても住民の意思が最優先するのだということは、その表情を見ていてもわかる。恐る恐るという様子で、佐々木町長が頷いた。

　それが、意思表示ということになった。

「ただ、壱里島観光協会の宮口達人さんだけには、壱里映劇の息子さんとして、実行委員会に全面的に協力していただかねばなりません。町役場には、それで了承いただけますでしょうか」

　そのときには結論が出るには至らなかったが、すぐに、達人さんの全面的な協力を町としてもバックアップするという返事を貰うに至ったのだった。

翔一は、正式に信柄浦町移住者支援センターの職員に任命するという委任状を受け取った。第三セクター的な性格を持ち、もちろん翔一は町職員というわけではない。しかしこれで、機敷埜と翔一、二人の生活費で月十八万円を受け取れることになった。和泉屋に部屋代と食費を入れてもまだ残る。それで充分だった。

なによりも、毎日これほどのどかな場所で生活できるというのが最高のことなのだ。それ以上の環境は、翔一は何も望まない。

ふと、そう思えるのは、魑魅たちが自分にかけた術か何かのおかげではないかと思ったりもした。極紘物産に在職していた時代から、これほどに欲のない人間だっただろうか？こういうこともやりたい、ああいうこともやりたいと思っていなかっただろうか？他の欲望は何も思い出せなかった。

それから、実行委員会が活動することになるのだが、移住者支援センターは、町役場別棟の図書館と壱里島観光協会の間に衝立《ついたて》と机が運び込まれ、そこがセンター本部ということに決まった。もっとも、移住希望者が訪ねてきたときは、町役場の応接室を使わせてもらうし、資料は地域振興課にも揃っているのだ。それに、とりあえずの活動の重点は、ちゃんばら映画祭の準備ということになるから、達人さんとの連係をとる上では便利この上ないのだった。

ただ、映画祭を壱里映劇をメイン会場でやると決まったとき、達人さんにさえ機敷埜は何も言っていなかったのだ。話を聞かされた達人さんは口をぽかんと開き、頭を何度も振って、それから両腕を突き出し、激しく震わせながら感動を表現していた。

達人さんはそれから何度も、ちゃんばら映画祭の詳細を翔一の口から言わせたがるのだった。

その日の夜、魚幸の二階で大枠の流れが決められた。スタッフは、「信柄浦町を守る会」がそのまま横滑りする形になる。そのメンバーに信柄浦町の地域振興課も加わるのだ。開催予定は三カ月後の敬老の日から秋分の日に至る数日間。

「ええっ。ちゃんばら映画祭は、そんなに先かね。来月くらいにやってもええぞ」

実行委員会に加わったばかりの連中には、そう主張する者もいたが、三カ月後開催でさえ、分刻みのスケジュールになりそうなことは、イベントに不馴《ふな》れな翔一にも予測がつくのだった。

誰彼となく入れ替わり立ち替わりに現われる客たちに、ちゃんばら映画祭の話題は拡散していく。部屋の壁には、いつの間にか、「孤島でちゃんばら映画祭実行委員会」という正式名称と、第一回実行委員会の開催日時が、紙に書かれて貼《は》られているのだった。

そんな中で、翔一が驚いたことがあった。

その話を聞いた人々は、年齢性別を問わず目を輝かすということだ。一人たりとも、「そんな催《もよお》しはこの島では無理だ」と首を横に振る者はいないのだ。それどころか、自分がかつて観たちゃんばら映画の楽しい記憶を語りだす。特に五十代、六十代。彼らが幼い頃には、この壱里島には映画館があったのだ。そして、その記憶は失われていない。皆がよく覚えている。

翔一は、この島にDVDを貸し出す店がないことに思い当たった。レンタルショップを開いても、この島で生活できるのではないかと思い、高良たちに訊ねてみたことがある。すると高良は不思議そうな表情をした。

「映画は映画館でしょう。でかい銀幕《スクリーン》で、皆と笑いながら泣きながら観て映画でしょうが。家でニュース見る小さなテレビで映画を観て、なーんが面白かもんですか」

他にも数人に意見を求めたが、返事は同じだった。

その他共通しているのは、壱里映劇についての思い出を、皆が熱く語ることだった。自分の幼年時代に壱里映劇の銀幕で、いかにちゃんばらの薫陶《くんとう》を受けたか。

魚幸の大将も料理を持ってきたときに口を挟んだ。それも熱い口調で。

「いつも、雷蔵《らいぞう》観て帰ってきたら、岐神社で伝次郎さんたちとちゃんばらしよりましたけん。そうですかあ、ぜひ、もう一回、眠狂四郎《ねむりきょうしろう》観たかですなあ」

翔一が〝雷蔵〟という名を聞いても、ぴんとくるはずがない。翔一は映画の知識も薄いし、その世代よりもずっと若いのだから。島の人々と話していて、市川《いちかわ》雷蔵という名優の存在を知ることになった。ただ、なぜかぼんやりとイメージは受け取ることができた。

それほどに人々から圧倒的な支持を得ていた壱里映劇が、なぜ廃館されることになったのかも、翔一の中で同時に湧いた疑問だった。

それには達人さんが、たぶんこのようなことではないか、と答えてくれた。例のいつも笑っているような目のままで。

「一つはやはりテレビの普及でしょう。信柄浦町に電波がまともに入るようになったのは本土より十数年は遅かった。だからテレビが受信できるようになったのと、テレビが手に入れやすい手頃な価格に下がったのが同時で、あっという間に島内で普及してしまった。その前の週まで映劇に客が溢れていたのが、まったく入らんようになったそうですからねぇ。そんな状況がしばらく続いて、ああ、映画はもうダメばいね、と思うたそうです。そのとき、一度閉めようかと考えたらしいけれど、いろいろと粘りに粘ったそうです。少しずつ客は戻ってきたけれど、とても館を維持していくだけの客は来てくれなかった。

だから、私一人になって思ってました。常設上映館はいろいろ条件が難しかろうけれど、映画祭の形で、期間を限って上映やればなんとかならんかなあって。それはそれでええんですよ。父が残した映写機も、スクリーンもそのまま管理してますし。土曜、日曜だけはしばらくやってましたが、最盛期とは入ってくるフィルムも違う。お年寄りが観たい映画でもない。やーっと、年に一回来ていただければ幸いといった状態では、やはり商売としては映画館はやれなかったということでしょう。一時期は儲《もう》かって仕方がなかったらしいですが。好きな映画フィルムを買い込んで、元日には無料で見せていたくらいだから」

「次郎長ものと言ってましたねぇ」

そう翔一は相槌を打った。達人は目を細めて頷いた。

「そうです。清水《しみずの》次郎長ものが大好きでしたね。……。買い取ったのは『次郎長三国志』ですよ。父が自分で撮っていたのが『勢揃い！　次郎長一家』です。壱里映劇では上映に至らなかったんです」

それを聞いて、変だな、と翔一は思った。壱里映劇のロビーの壁に立てかけられていた看板には、確か、『勢揃い！』とあった気がする。自分の勘違いなのだろうかと首をひねった。

「孤島でちゃんばら映画祭実行委員会」の第一回委員会は、やはり「信柄浦町を守る会」同様に物産館奥の会議室で行なわれた。今回は、最後の「守る会」に輪をかけてごった返す盛況となった。

　実行委員会の会長は、今回は高良がやるということで根回しは終わっている。夜七時半からだというのに、七時になる前に、会場は満杯状態であった。

「翔一さん」と声がかかったので見ると、床の上に座布団を敷いて座っているのは、お美貴さんだった。手を振って「がんばって」とエールをくれる。彼女の両隣には、おステ婆さんとおフジ婆さんがちょこんと座って、翔一の顔を見るなり、にたあっと笑いかけてきた。翔一も、まさか下の棚の老婆が二人とも顔を見せているとは思いもよらなかったので、かなり驚かされた。

「お美貴さんがお連れしたの？」と訊ねると、嬉しそうに頷いた。

「ええ。訪問介護のときの話題で、このちゃんばら映画祭の話をしたの。そしたら、お二人とも目を輝かせて、『実行委員会』の寄り合いには、絶対顔を出して応援するんだって、言い張られるの。それで、私が自動車でお連れしたんです。会議が終わったら、またお二人は私が責任もってお送りしますから」

　下の棚の老婆たちまで、このイベントにそこまで熱くなるとは思いもよらなかった。

　イベントの説明は高良がやる。すでに開催日時や日程等は、基本案が機敷埜を中心に立てられていた。信柄浦町住民が楽しめるものであり、遠方からの観光客に離島である壱里島を訪れようと決意させる魅力的なプログラムであること。そんなわがままで、贅沢なイベントになるのだということを高良は説明した。

メイン会場たる壱里銀座の壱里映劇はせいぜい百五十名前後のキャパシティしかない。しかし、この郷愁を感じさせる小屋は、〝離島の映画祭〟に絶対不可欠な要素であると主張された。

さまざまな問題点と不安も島民たちから出されるが、否定的な意見ではない。いかにやれば、完璧に近いイベントとして成功させることができるか、という願いに近いものだ。意見は順序だてて出てくるものではない。住民の思いつきで、脈絡なく出てくるものなのだ。高良の素晴らしいところは、すべての意見に耳を傾け、問題点を抽出できるところだと翔一は知った。だからこそ、その人望で「守る会」でも人が集められたのかもしれないと思った。

島外からの参加者はどのくらいか予測が立つのか？　スタッフの適切な数は？　町の施設で受け入れができるのか？　映画祭はどのような内容にするのか？　上映をやるとすれば、どんな作品を上映するのか、誰が決めるのか？　観たい映画があるのだが。それより費用はどうする？

そんな質問が五月雨《さみだれ》のように放たれた。

いくつかはこの場では予想しようもなく、いくつかはかなりの時間と見識が必要になると思われた。とても限られた時間内で解決できるとは思えなかった。

そのとき、高良が選択した手法は正しかったのではなかろうか。委員会制をとろうということになったのだ。

映画祭の上映作品やプログラムを決めるプログラム委員会。

島外から壱里島へ訪れる映画祭参加者をもてなすホスピタリティ委員会。

映画祭を宣伝し、集客することに注力しようという対外的な作業に広報委員会。

そして、肝心《かんじん》の映画祭がやれるのかどうかという開催費用の問題には、機敷埜がリーダーとして加わって諸々《もろもろ》の問題まで考えようという総務委員会。

四つの委員会が、四つの車輪となって考えようということになったのだった。もちろん翔一と壱里映劇と切っても切れない達人さん、そして機敷埜は、すべての委員会に首を突っ込むことになるのだが。

ただ、映画祭の正式な名称だけは、その夜のうちに決まった。誰となく言いだしていた「孤島でちゃんばら映画祭」の頭に第一回と付けられただけである。また、誰が呼んだのかはわからないが「略して、コトちゃん・ワンだな」と。そして、町民は映画祭を「コトちゃん」と呼ぶようになるのである。

すべてが坂道を転がりはじめた石のように、翔一には思えた。考える速度よりも、転がっていく状況のほうが速く思えるのだ。

「実行委員会」の会議が終わり、翔一は自問自答する。この映画祭を開かせることが、魑魅《すだま》の目的だったのだろうか……。そこがわからない。このために、自分は壱里島に呼び寄せられたのだろうか？　確かに、言いだしっぺは自分なのだ。あのとき自分の裡《うち》から噴き出した想いを信じたい……。

夜風に当たっていると目の前に軽自動車が停止する。窓が開くとお美貴さんが顔を出した。

「翔一さぁん。今から下の棚におステさんとおフジさんを送ってくるんだけど、どうしても翔一さんに声をかけてから行くんだって」

後部座席には、ちょこんと二人の老婆が座っていた。一人は翔一に手を振っていた。

「トクヨシが一人で留守番しているから急いで帰るけれど、ちゃんばら映画祭がんばってくださいな」おフジ婆さんは、そう激励してくれた。おステ婆さんは「『勢揃い！　次郎長一家』は必ずかけてくださいな。お願いですよ」と言った。

「『次郎長三国志』じゃないんですか？　わかりました。皆と相談します」

翔一が答えると、おステ婆さんが大きく首を横に振った。「違う、違う。『勢揃い！　次郎長一家』は、まだ観てねぇ。看板まで作りおったのに」

「はあっ？」翔一はおステ婆さんの言っていることの意味が摑《つか》めなかった。

「じゃ、がんばりい」「楽しみにしとるけん」

そう言い残して、お美貴さんの軽自動車は発車したのだった。

お美貴さんたちを見送って、翔一の頭の中では、『?』マークが渦巻いていた。なんだか、なにかが食い違っているようなのだが、その正体がはっきりわからない。その一つが、『勢揃い！　次郎長一家』だった。「次郎長三国志」ではなく。

町役場のパソコンを使ってインターネットで調べたのが翌日のことだ。その日から機敷埜は、一度島を離れ、東京へ帰っていた。映画祭のスポンサー探しと上映作品の候補選択、パブリシティの協力依頼のためだった。機敷埜一人の力でスポンサーやパブリシティの問題がすんなりと解決できるかどうかは、翔一は甚《はなは》だ不安だったが、どのような結果が出るか見えてくるまでは動きようがないのだ。あれほどの大見得《おおみえ》を町の人たちに切った以上、機敷埜にも勝算はあるのだろうが。

ネット上でわかったことがある。

清水次郎長を主人公にした次郎長一家のちゃんばら作品は無数にあった。「次郎長三国志」も一本ではなく、『次郎長賣出《うりだ》す』『次郎長初旅』『次郎長と石松《いしまつ》』『勢揃い清水港』と続いていく。その東宝《とうほう》シリーズの後、「次郎長三国志」は同じマキノ雅弘《まさひろ》監督で東映《とうえい》のシリーズとして製作されていた。だが、翔一が調べる限り、『勢揃い！　次郎長一家』なるタイトルの映画は存在しないのだった。似ているタイトルなら『勢揃い清水港』が存在するのだが、微妙に異なる。いかにもありそうなタイトルに思えるのだが。

翔一は首を捻《ひね》るばかりで、納得のいく解答は得られないままだった。

移住者支援センターの仕事は、現時点ではまったくない。本格化するのは、このちゃんばら映画祭のイベントで壱里島の存在が全国に認知され、パワースポットのPR効果が浸透しはじめた後であろうと予測はされていたのだが。機敷埜が書いた記事は、これから少しずつ世間の目に触れていくことになるのだろう。

しばらく経ったある日、機敷埜から電話連絡が入った。数日間音沙汰《おとさた》がなく、翔一は少し不安になっていたところだった。メインのスポンサーが見つかったというのだ。大した額ではなく、パンフレットやポスター代だけであらかた消えてしまいそうな額ということだが、それでもないよりは全然よかった。そして、同時に上映予定作品のリストがファックスされてきた。一番心配していたのがフィルムの貸し出し料だ。これは、幸いなことにちゃんばら映画専門の放送局が後援協力ということで、配給会社が今回に限り無料で貸し出してくれるということになった。

魚幸の主人が言っていた「眠狂四郎」シリーズも数本入っていた。「丹下左膳《たんげさぜん》」「座頭《ざとう》市《いち》」のシリーズも。『宮本武蔵《みやもとむさし》』は稲垣浩《いながきひろし》監督のものが入っていた。松田定次《まつださだつぐ》監督の東映『赤穂《あこう》浪士』も。そして「新吾《しんご》十番勝負」。大川橋蔵《おおかわはしぞう》、市川雷蔵、片岡千恵蔵《かたおかちえぞう》、長谷川一夫《はせがわかずお》、中村錦之助《なかむらきんのすけ》らの主演映画、近衛十四郎《このえじゅうしろう》と大友柳太朗《おおともりゅうたろう》の対決映画三本『十兵衛《じゅうべえ》暗殺剣』『血と砂の決斗《けっとう》』『十七人の忍者』とあり、その後も翔一が知らない作品名がずらりと並んでいるのだった。それらは、貸し出し可能だからプログラム委員会に選ばせろということだった。

　町役場でそのリストを受け取り、移住者支援センターと壱里島観光協会が入っている図書館棟に帰ってみると、達人さんの姿はなかった。

「達人さんは？」

「あ。ちょっと壱里銀座の方へ行ってくるって」と司書のヒサコさんが答えた。

「じゃ、私も、ちょいと出てきます」

　確かに、観光協会としても、これから忙しくなろうとしているのだろう。本土からの客に向けて、観光資源をもっと整備しなければならないだろうし。そう翔一は考えつつ、達人さんの後を追った。

　達人さんが壱里銀座で何をやっているかというのは、途中でわかった。地域振興課の職員が、モップやバケツ、デッキブラシを持って通りを急いでいたからだ。その先には……

壱里映劇がある。その方角から人々のざわめきのようなものが聞こえてくる。まるで火事場にでも近づいたようだ。そこが壱里映劇だった。

道にはガラスケースやキャビネットや事務机のようなものが並べられていた。何人もの町民が出入りしている。女はほっかむり、男はランニングシャツ姿で。魚幸の夫婦から物産館の店員、和泉屋のお鈴さんの姿まで見えた。

皆が壱里映劇を再生しようと、大掃除しているのだ。窓を拭く者、モギリ台の周りの床にモップをかける者。外装のタイルは、すでにぴかぴかと光を放っているようだ。

「やあ、翔一さん」と声がかかる。

モップを握っていた人物を見て翔一は驚いた。

「町長」と思わず漏らす。嬉しそうに腕を止めて佐々木町長は頷いた。

「今日は公務も終わりましたから、こちらに足を延ばしました。そしたら、町の皆さんが自発的にやっておられるのを見て、なんともじっとしておれなくなりましてね。いいことです。こんなに表情を輝かせて気持ちを一つにできるなんて」と。

「そうですか」と翔一が答えると、「ああ、そうだ」と思い出したように、町長は翔一に告げた。

「実は、今日NDLOから文書で正式な返事を頂きましたよ」

「あっ、そうですか」

「文書では、信柄浦町の放射性廃棄物最終処分施設の計画を進めたいとのことでした」

「えええっ」翔一は耳を疑った。計画は撤回という連絡ではなかったのか。

一瞬、翔一は全身が強張《こわば》ったように感じた。と同時に、数秒の間、目の前が虚無の色で満たされた。ひょっとしたら気を失いかけたのかもしれない。

「それは……どういうことですか？」

「NDLOの理事が、先生に仮の結論として伝えたものを、先生は早合点《はやがてん》して中止が決定事項だと私に伝えてきたのですよ」

翔一はがたがたと身体が震えはじめるのがわかった。

「じゃあ計画は」

だが、その後の佐々木町長の言葉で、全身の緊張がゆるゆると解《と》けていく。

「ご安心ください。私一存の決断ではありますが、最終処分施設の建設は辞退しました。皆さんの気持ちはよくわかったつもりです。結論はさまざまな試行の後でも遅くはないと思えるようになったのですよ」

これは、やはり奇跡だ……と翔一は思う。

21

魑魅にかかわる出来事も、放射性廃棄物最終処分施設誘致の中止ということも、まるで夢の中の出来事のように思えていた。それに続いて聞かされること、起こっていく出来事。さまざまな出来事が、翔一の前で齣《こま》落としの映画のように目まぐるしく起こっているような気がしてならなかった。

佐々木町長の前を離れて、壱里映劇の中へ入っていく。銀幕の前に立ったとき、以前、時に置き去りにされたような映画館の中に立ったときのことを思い出した。あのときはまるで映画博物館の中にいるようなクールさは感じたが、照明の中、清掃された館内がこれほど広くモダンな感じだったとは思いもよらなかった。

そして壁際には、例の看板が立てかけてあった。

『勢揃い！　次郎長一家』

照明の中で見ているから、読み違えるはずもない。達人さんが言っていた「次郎長三国志」シリーズの看板ではないのだ。描かれている人物たちも、翔一の知っている俳優は誰もいないことがわかる。次郎長も、ネットで見た写真に写っていた小堀明男《こぼりあきお》でも鶴田浩二《つるたこうじ》でもない。苦みばしってはいるが、見知らぬ俳優が演じているのだった。

この次郎長は、一体、誰なのだろう。

ひょっとして……これは存在しない次郎長映画ではないのか？　そんな看板がなぜ？

「翔一さん、懐《なつ》かしいよ」

そう声をかけられた。振り向くと、和泉屋のお鈴さんがいつの間にか立っていた。

「その、森の石松は、私の死んだ旦那《だんな》なんですよ」

「えっ」

翔一には、お鈴さんの言っていることの意味がよく理解できなかった。看板の次郎長一家の人物が、この町の人々に描き換えられたことがあるということなのか？

「やあ、翔一さん。様子を見に来てもらえたんですね。すごいですよ、皆さんの熱意」

そこには達人さんの姿があった。ランニングシャツにオーバーオール姿で雑巾《ぞうきん》を握っていた。額《ひたい》には玉のような汗が無数に浮いていた。

そのとき、第一回の「実行委員会」の夜、おステ婆さんが言ったことが蘇った。「『勢揃い！　次郎長一家』は、まだ観てねぇ。看板まで作りおったのに」

この看板のことではないのか。

「これです。この看板です」

「あ」と達人さんは、眉《まゆ》をひそめ、雑巾を床に落とした。

「これは……ちょっと私も混乱していた。毎年正月に見せていたのは、『次郎長三国志』と『忠臣蔵』だった。この看板は、作られなかった映画の看板なんですよ。父がせっかちに作らせたものが、捨てられずに今まで残ってしまった」

「作られなかった映画……ですか？」

「父は、そこまで映画好きだったということですよ。フィルムを買い取るだけじゃない。この壱里島で、島民の中の映画好きに協力してもらって、自分の手で映画を作ろうとした。それが『勢揃い！　次郎長一家』なんです。皆の協力で、もう少しで完成するというところまではいったんです。そのときに、島内の宣伝用に作った看板がこれです。森の石松は和泉屋の亡くなった辰蔵《たつぞう》さん。桶屋《おけや》の鬼吉《おにきち》が、下の棚の五通さんとこの万太郎さん」

あ、それでおステ婆さんが、この映画に執着があったのかと、翔一には納得できた。次郎長を演じたのは、当時の町長だったという。

「子供だったけれど、撮影のときはよくついていきましたよ」

「なんで、撮影が中断したんですか？」

「出演者の中に漁師の方が二人いて、……大政《おおまさ》と小政《こまさ》役の人……台風で事故に遭《あ》われたんですよ。とうとう見つからなんだ。それで、中断したままになってしまって、再開されなかった」

それからも、この島でいろんな出来事が発生したのだろうと思う。

翔一は達人さんから完成しなかった次郎長映画のことを聞きながら、納得しつつも疾走感にも似た目まぐるしさを感じていた。

この感覚はいったいなんなのだろう。まるで自分が夢の中にいるような感覚さえある。謎が一つ解けたと思うたびに疾走感が倍加していく気がする。しだいに現実感が薄れていくほどに。

「翔一さん、やっとわかった」と達人さんが突然言った。視界が小さくぶれているような感じが急停止した。達人さんが大きく見える。

「翔一さんと初めて会ったときから、なぜ、翔一さんに親近感を持ったのか。そして、翔一さんに頼ろうとするのか。自分でも不思議だった。でも、それが今、ストンと納得できました。まるで目から鱗《うろこ》が落ちたみたいだ」

達人さんはそう翔一に熱く語る。

「目から鱗って……何が……」と翔一は言った。

「翔一さんって、俺の……親父《おやじ》にそっくりなんですよ」

「十数年前倒れられたという親父さんですか？」

「そうです」

「生まれ変わりと思っておられるんじゃないでしょうね」

「親父は倒れてから、こちらに治療施設がないから熊本市内に入院していますけれど、まだ生きていますよ」

失礼なことを言ってしまったのではないかと翔一は思ったが、達人さんはなんとも思っていないようだった。

「なるほど、そうだったのかあ」と達人さんは、何度も何度も自分の気づきに頷いていた。

「台本とかはあったのですか？」

「あります。今も保管しています。父が、自分で書いたのですから。ちょいと待ってください」とモギリ台の横のキャビネットを開き、大きい茶封筒の中から黄ばんだ和綴《わとじ》の本を取り出した。その本を握り締めたまま翔一に近寄る。

「今でもなんとかして、撮っていないシーンを撮りさえすれば完成するって、うわ言のように父は言ってるんです。撮られていないシーンは、最後の二シーン。松林でのちゃんばらシーンと、次郎長一家が勢揃いして鬨《とき》の声を上げる場面です」

台本の最後を達人さんは開き、翔一に突き出した。手書きの孔版《こうはん》印刷の文字だった。読みやすい。この台本がスタッフや出演者全員に配られたのだ。

撮られていないシーンの上には走り書きで㊍と記されていた。

　そして、達人さんは言った。それは、翔一にとって決定的なひとことだった。

「翔一さんが、父と同じ名前だと聞いたときから、妙な因縁を感じていたんですよ」

「え、同姓同名ということですか？　お父さんは、宮口ショーイチというんですか？」

「そうです。偶然って面白いですよね。父は凝り性《こしょう》で、撮影用のカメラやら全部買い込んで」

「まだ……あるんですか？　昔のものなのでしょう？」

「父の手入れは行き届いていましたから。博物館ものですよ。機材全部、あそこに」

と後部二階の映写室を達人さんは指差したのだった。

「見せていただいていいですか？」

「ええ、どうぞ。今度の『コトちゃん』では引っぱり出して、船の待合室あたりに飾ってみようかなと思っていました。あ、右後方の階段から行けます。昨日、掃除は済ませているから、汚くはありません」

「わかりました」と翔一は、狭い階段を伝った。

　翔一は、自分の内部で何かが湧き上がってくるのが抑えられないのを感じていた。今日、達人さんと会って話してからだったろうか。いや、その前からだった。佐々木町長と壱里映劇の前で出会い、放射性廃棄物最終処分場がこの島には出来ないと聞かされた。あの後から高揚感が続いているのではないか。

右手には、達人さんが手渡してくれた宮口ショーイチさんの『勢揃い！　次郎長一家』の台本があった。

撮影機材さえあれば、未完成の映画を自分の手で完成させることができるのではないのか？

そんな衝動が胸中で何度も走る。そう考えつつ、自分は映画のことは何も知らないのにとも思っていた。しかし、その衝動は、翔一が壱里島に来て夢國ゴールドをほろほろと飲んだときの多幸感に似ている。まさに夢の国を訪れたような。

そのとき、現実感が欠落した……。

目の前に三脚の付いたカメラが現われた。映画を撮影するための……。「アーノルド・アンド・リヒター・カメラ……。アリフレックス。カール・ツァイス・レンズ」

呟きながら、翔一には意味がわからなかった。自分はいったい何を言っているのか。

だが、その撮影用のカメラを見たときに、衝動はいっそう激しくなるのがわかった。台本を手にして、未完成である『勢揃い！　次郎長一家』を完成させるのは、ひょっとして自分以外にいないのではないかという思いが込み上げてくる。

そのとき、それほど広いわけではない映写室の隅に、誰かの気配を翔一は感じ、振り返った。

隅に置かれていた木製の収納箱の上に座っていたのは、あれほど会いたかったのに、翔一の前に姿を見せなくなっていた……おたわさんだった。

一瞬だけ、機敷埜の顔にダブってその姿を見せてくれたことがある。あれが最後ではなかったか……。

あのときは、魑魅であるおたわさんが機敷埜に憑依したからだと思っていた。今、機敷埜は壱里島を離れている。だからおたわさんも島にはいないのかと、ぼんやり思っていた。

「おたわさん」

思わず翔一は声をかけた。

おたわさんは少しだけ首を傾げ、微笑んだ。

「どうしてここにいるんですか?」そう訊ねた。

おたわさんはすぐには答えてはくれなかった。部屋の中を見まわし、それからやっと口を開いた。

「翔一さんでなければやれないこと。わかったでしょう」

「今は信柄浦町移住者支援センターにいるんです」

「知っています」

「この島でちゃんばら映画祭をやることになりました。成功させるために、皆で頑張っているところです」

「知っています。でも、翔一さんでなければできないことがあるのでしょう」

おたわさんの言いたいことがわからなかった。だが、彼女が願うことであれば、すべて
翔一はやらずにいられなかった。

「ぼくにしか、できないこと……というのは思いつきません。移住者支援センターの仕事も、ぼくでなければできないとは思わない。ちゃんばら映画祭だってそうだ。達人さんや機敷埜さんの力で充分に転がりはじめている。おたわさんが言っていたぼくにしかやれないことって、なんだろうって思うんですよ」

おたわさんは口を動かした。声となって翔一の耳には届かなかったから、翔一は口の動きから想像するしかないのだ。その口の動きは、「やりたかったこと」というふうに見えた。

「やりたかったことですか?」

おたわさんはそれに答えず、黙って翔一を見ていた。

「やりたかったことはわからない。でも……さっき、ここに来て、やりたいことが自分の

身体《からだ》の裡から込み上げてきています。すごく、馬鹿馬鹿しいけれど……この島の人たちがかつて作り上げようとした映画を完成させたい。でも、映画の作り方もわからない。当時出てくれた人もいない。そんなないない尽くしで、できないのはわかっているけれど、でも、ぼくが言いだして、どこまでやれるかやってみたい。そのことで、島の皆に元気を与えることができるのなら」

再び翔一の前でおたわさんは口を動かした。声にはならなかったが、翔一には「やるのね？」と言っているように見えた。

「やります」

そう翔一が宣言すると、おたわさんは顔を上げて、目を細めた。翔一にとって、その表情は理想の女性像以外のなにものでもなかった。

次に言った彼女の言葉は、はっきりと翔一の耳に届いた。

「ショーイチさんしか、やらないこと。翔一さんしか、やれないこと。私たちも見守っているわ。私たちも手伝うわ」

「おたわさん」

次の瞬間、座っていたおたわさんの背後が光り輝いた。あまりの眩《まぶ》しさに思わず顔をそむけてしまい、慌てて再びおたわさんの姿を捜した。

おたわさんの姿はなくなっていた。

同時に、階下で清掃を続ける気配が、はっきりと聞こえはじめた。にわかに現実感が取り戻せたような気がする。

階段を下りていくと、下では達人さんが笑顔のまま翔一を待っていてくれた。

「わかりましたか? あのカメラで撮影していたそうです。あと、録音用のマイクやら、反射板やら照明器具とか、私の住まい部分にありますが」

「フィルムもあるんですか?」と、翔一は思わず訊ねた。

「未完成の『勢揃い! 次郎長一家』でしょ。もちろんありますよ。父が撮影を終えたところまでは自分で編集までやっていましたから」

「いえ、違うんです。未使用の撮影用フィルムなんですが」

「未使用のままのやつですよね。ありますが……使えますかねぇ。化学変化を起こしているんじゃありませんかねぇ。パッケージにはちゃんと入っていたと思いますが。父は余分に買っていたんですよ、コダックの。でも、もう何年使ってないんだろ。それも住まいのほうに積んでます。可燃性だから内緒なんですが」

そんな達人さんの言葉が、すとんと胸に落ちた。すると、翔一は、達人さんにこう訴えずにはいられなかった。頭で考えたことではない。口が勝手に反応したことだ。

「未完成だった『勢揃い！　次郎長一家』ですけれど、これを『コトちゃん』までに完成させようと思うのですが、いかがでしょう」

達人さんは、耳を疑ったように眉をひそめ翔一を見ていた。それから首を大きく横に振る。

「そんな……無理だ。もう数十年も昔の話なのに。出演していた人たちも老けてしまっている。亡くなった人たちもいるんですよ。できるわけがない」

達人さんの考えは間違ってはいない。翔一の申し出は唐突だし、それほど時間的余裕があるわけではない。翔一は、それでも達人さんに可能性について熱く語ったのだ。いつの間にか、壱里映劇の清掃をやっていた町の人々も二人の周りに集まりはじめていた。皆が掃除の手を休め、まじまじと翔一の顔を覗き込む。いったい何を言いだしたんだといぶかしむように。

「この『勢揃い！　次郎長一家』は、ただのちゃんばら映画じゃないんです。島でいろんな方たちと話してきてわかりました。最初は、達人さんのお父さんの趣味が高じて作りはじめられたものかもしれない。でも、今では、この映画は、全然別の意味を持っているんです。それを今は感じている。

下の棚のおステ婆さんの御主人も、和泉屋のお鈴さんの御主人も、出ていた。皆が、その完成を待ち望んでいた映画なんです。でも、結果的に、『勢揃い！次郎長一家』は完成しなかった。

今、この映画は、島の人たちにとって幻の映画です。そして、思い出の映画なんです。島の皆が、その思い出を愛していることがわかるんです。作品の出来は二の次だと思う。島の人たちに、その思い出に触れさせてあげたい。

それが、ぼくの、この島にやって来た本当の理由のような気がしてならないんです。今度の『コトちゃん』は大きなチャンスです。皆でやりましょう。元気だった頃の壱里島をもう一度味わえるかもしれないじゃありませんか」

そこで、息を継いだ。誰からともなく拍手が湧きおこった。

「……それに、台本で撮影されていないのはラストの数カットだけですよね。なんとかなりますよ」

「でも、出演者が……」

「メイクで似せて……。他の人たちは正面を向いていなくていい。背中を向けて立ち去っていく場面を撮ればごまかせますよ」

しかし、達人さんは首を傾げていた。よく知っているからこそ、自信が持てないのかもしれない。「父がやっているのを見てて、思ったんだ。こんなに大変なものかって。人手も大勢必要だし、そんなに簡単にやれるものじゃない」

「何人必要なの？　集めようか、必要なら。衣裳《いしょう》とか、言ってくれれば、女衆で手分けして作るよ」

達人さんも翔一も驚いて振り向く。和泉屋のお鈴さんだった。

「この映画が出来上がれば、私は、またうちの旦那に会えるんだもの。片目に眼帯して、ちょんまげはつけているけれど」

達人さんは言葉を失ったようだった。お美貴さんも、いつの間にか顔を覗かせていた。

「銀座デンキの義朗爺《よしろうじい》ちゃんから、その話聞いたよ。昨日の話よ。訪問介護に行って、『コトちゃん』の話をしていたら、昔、壱里映劇のショーイチさんが映画作るの手伝ったって。ショーイチさんが自分でカメラ回して照明と録音、自分が指揮したって。あのちゃんばら、楽しかったなあー。また、やりたいって」

「義朗爺ちゃんって、いくつですか？」と翔一が訊ねた。

「八十……過ぎているかなあ」

介護が必要な年齢であれば、その気持ちだけを汲《く》むべきかと思った。

「でも大丈夫だと思います。おステさんやおフジさんがあんなに元気になっているでしょう。義朗爺ちゃんも、私が介護で訪問しはじめた頃と較べると、見違えるほど元気になっているんです。体力的には三十歳くらい若くなっているんじゃないかしら。映画を完成させる話をしたら、義朗爺ちゃん、飛んでくるんじゃないかしら。必ず手伝うって言いだすよ。あんなに楽しかったことはないって、私に目を輝かして言っていたくらいだから」

それを聞いて驚いたのは、むしろ達人さんのほうだった。耳を疑っていたのではないだろうか。

「あのときの次郎長は原田《はらだ》町長でしたなあ。私は町役場に入りたてで、原田町長がちょんまげに長脇差《ながドス》姿で町役場から出ていった姿が、まだ目に焼きついているなあ」

佐々木町長も口を挟み、続けて「宮口さん」「はい」と達人さんと翔一は同時に返事していたが、それは達人さんに向けられたものだった。

「私も原田町長みたいな体格になってきたなぁ、としみじみ思うのですが、原田町長の演じた次郎長の後ろ姿くらいは演《や》れないことはないかと。どう思われますかな、後ろ姿だけ」

「えっ」と達人さんは答えに窮《きゅう》していた。それから呻くように言った。「いや……後ろ姿と言わず、メイクによっては遠方からならば、絶対にわからんと思います」

「そうですかぁ」

佐々木町長は満足そうに言った。そして、達人さんは、自分が何を答えてしまったのかということに気づいたのだ。

お美貴さんが言った。

「機敷埜さんが、本土に行くとき未公開のちゃんばら映画を覆面試写会《スニークプレビュー》できるように頼んでくると言っていたけれど、この島の皆で作った映画が完成して映画祭で上映できたら、素晴らしいでしょうねぇ」

すると、周囲にいた人々はお美貴さんに共感したのか、いっせいに拍手をした。それは翔一に、この映画作りをぜったいにやり遂《と》げなくてはならないという〝使命感〟にも似た熱い思いを沸きたたせた。

「あ……あと数カットのところまでは、いってたということは知ってます。でも、出演者は次郎長一家だけで十数名。それにスタッフ。皆、他界されたり年齢《とし》をとられたりしているんですよ。それに、これから撮ったにしても、現像に回して編集をやって、物理的にも、映画祭には間に合いませんよ」

達人さんの答えは、常識的なものだった。そのため、周りからは失望の溜め息が漏れた。

しかし、和泉屋のお鈴さんは引き下がらなかった。

「映画祭に間に合わなくても、いいですよ。映画祭の後に島の皆で打ち上げの反省会をやるときに上映できたらいいわ。どうせ出演しているのはうちの主人とか、島のみんなだから。映画祭に来てくれる人たちに喜んでいただけるものかどうか。

信柄浦町の皆で観て、こりゃあ面白いということになったら、来年の映画祭で見せればいいじゃありませんか。映画祭は今年ぽっきりでお終《しま》いじゃないですよね。うちでお泊めしている機敷埜さんが言っていました。こういう映画祭ってのは、三年、四年と続けていって、やっと世の中から認知されるようになるものですって。だから、これは、来年の『コトちゃん』の準備なんだと考えたほうがいい」

翔一は、和泉屋のお鈴さんはしっかりしているとは思っていたが、ここまで弁が立つとは予想していなかった。皆がお鈴さんの言うことに、頷きっぱなしだった。

いつの間にか、高良の顔もある。その彼がお美貴さんの背後から言った。

「『実行委員会』の中で、もう一つ分科会を作ったほうがいいようですね。ちゃんばら映画製作実行委員会っていうやつを」

達人さんは、そのとき覚悟していたようだ。もう完全に包囲されているのだということを。そのときも、両手を座席の背に回して眉をひそめていた。壱里映劇が再生できることは嬉しい。しかし、未完成映画を完成に導くこととは別の問題だと言いたそうに見えた。

しかし……。

「嬉しいです。自分では思っていても、とてもそんなことは言い出せるはずもなかった。

困難もあるかもしれませんが、父がやりかけていた『勢揃い！　次郎長一家』……。完成させてほしいと思います。だって翔一さんがやろうって……こんなに熱くなってくれるって。だからよろしくお願いします」

そう言うと、周りの人々がいっせいに歓声を上げた。

22

ここまでが映画祭にいたる出来事だった。

翔一は、自分が移住者支援センターの仕事らしいことをいっさいやっていないことに後ろめたさを感じていた。しかし、東京から戻ってきた機敷埜が、「なあに、慌てる・こと・ありませんが。そっちは『コトちゃん』が終わって、信柄浦岳のパワースポット情報が浸透・しはじめてから後のこと・だから。今は映画祭・準備に全力・でいい・のですよ」と言ったから、その言葉を全面的に信頼することにしたのだ。

翔一には、映画祭が決定し、いくつもの準備が進行している間は、まるで夢の中にいるような気分だった。何が現実で、何が夢の中の出来事だったのか？

浮遊感から引き戻されてわかる。すでに、映画祭が終わってしまっている。なぜ、こんなに現実感が欠落しているのか？　ひょっとして魑魅たちのせいだろうか？　翔一が自分を取り戻したのは、図書館棟に置かれた移住者支援センターの自分の机に座っていたときだった。

もちろん、記憶はある。映画祭の実行委員会メンバーの一人として駈けずりまわっていたことを思い出す。そして、『勢揃い！　次郎長一家』を完成させたことも。映画製作実行委員会は、翔一が委員長兼監督に就任した。達人さんは翔一をフォローする立場にいたいと主張し、委員長を辞退した。自分の父親が映画を撮るとき、いかに完全なものを求めたかを知っているからこそ、自分にはできないというのが理由だった。

記憶はきれぎれに存在する。

翔一は、いまだ撮られていない数カットのために、何度も達人さんの父親が書いたシナリオを読み返した。そして、真夜中に、達人さんとともに未完の『勢揃い！　次郎長一家』を繰り返し観直した。どんな細かいこともすべて頭に叩き込むために。そして、その繰り返しの上映には、途中から銀座デンキの義朗爺ちゃんも加わった。

その中で、和泉屋のお鈴さんの夫も確認できた。森の石松を演じていたのがそうだと彼女は言っていたはずだ。

すべての準備が整ったとき、博物館に存在するような機材を使って、数カットのためだけに町の人々の力が結集された。

場所はかんぽす岬。松林でのちゃんばらシーンを撮る。当時の人々は出演できないことがわかっていたから、遠景で撮る予定にしていた。しかし、オーディションの結果、十名ほどの出演者しか確保できていない。衣裳を替えて、なんとかいくつかのシーンを撮り、編集でごまかすしかないという結論になっていた。岬での次郎長一家が勢揃いするシーンは、海を見下ろす次郎長たちの遠景を撮る。十名の出演者も、それまでの敵味方から全員が次郎長一家を演じるという大雑把《おおざっぱ》な荒業を使うしかないだろうと考えていたことを思い出す。

それまで、一度も映画撮影現場など体験したことのない自分が、これほど生き生きと動きまわれたのかが、思えば不思議なことだ。自分の中に潜《ひそ》んでいた才能が解放されたかのような充実感さえあった。まるで自分が自分でなくなったような。

これまで過ごしてきた人生の中で、いつも抑圧してきたものが一気に花開く。本来の自分に戻れたのではなかろうか、とさえ思えた。それでもいくつもの問題点やトラブルは覚悟していた。

だが、走馬灯のような翔一の記憶の中で、いくつもの説明できない奇跡が起きている。

撮影の日は快晴だった。町役場の数台の自動車で、撮影機材がかんぽす岬の撮影現場に運び込まれた。

そこで翔一が仰天《ぎょうてん》したのは、想像を絶する数の炊き出しボランティア部隊と町の野次馬たちの姿だった。信柄浦町の人々は、その日は全員が仕事を休んでいるかのようだった。高良もいたし、お美貴さんもいた。魚幸の大将夫婦は握り飯と漁師鍋を作っていた。次郎長に扮《ふん》した佐々木町長と敵の黒駒勝蔵《くろこまのかつぞう》の配下を割りふられた町役場地域振興課の田川課長を写真に納めようと取り囲んだのも、一人や二人ではない。

カメラマンは達人さんが務めるが、プロではないので大した撮影の技法が駆使できるはずもない。撮影用カメラを遠景で撮れるように固定した。カメラは移動できないのだ。そのことを踏まえて、入念な打ち合わせとリハーサルが繰り返されたのも覚えている。

本番を迎える頃には、カメラの後方には町の人々が集結し、すでにイベント会場のような賑《にぎ》やかさを見せていた。

振り返ると和泉屋のお鈴さんの姿も見えた。翔一と目が合うと、お鈴さんは嬉しそうに手を振ってきた。無視するわけにもいかないと、手を振り返したのを覚えている。すると、今度は二人の老婆が手を振り返してきたのだった。おステ婆さんとおフジ婆さんだった。下の棚からお美貴さんが連れてきてあげたのにちがいない。

「これでやります」と達人さんが差し出したものを見て、翔一はなんとも切ない気持ちにさせられた。

それは、拍子木《ひょうしぎ》に黒板がついたようなものだった。「父が撮影のときに使っていたかちんこです」と。それは使わないわけにはいかない、と翔一は感じたものだ。

松林の斜面の下からカメラは見上げていた。そのカメラに入るように十人の出演者は、模造刀の鍔《つば》迫《ぜ》り合いを演じているところだった。

そのときのことを、翔一は鮮明に思い出す。

翔一がカメラの前でかちんこを構えた。翔一にとっては、それまでのことのほうが、ゆらゆらと揺れる夢のように現実味が感じられない気がしていた。

何度となくリハーサルを繰り返した後に、「よーい」と翔一は叫んだ。練習と同じアクションが完璧に続けられるはずだった。「スタート」と叫んだ声が、なぜか自分の声とは翔一には信じられなかった。

撮影が本番に入る。すると……。

練習のときとは比較にならない迫力ある動きに変わったのだ。翔一は思わず腰を浮かした。

そんなはずはない。俳優として集めた島の人たちは、十名なのだ。町長、町役場の人間。実行委員会で、適性があると判断した人々。オーディションで選び抜かれた十人。

しかし、今、カメラレンズの中に見えるのは……。

十名どころではなかった。松の木陰から、刀を握った侠客《きょうかく》たちが駈け下りてくるのだった。凄《すさ》まじいばかりの剣戟《けんげき》が演じられる。

翔一の頭の中では、疑問符が渦巻いていた。

本当は声を発したかった。現われた連中が誰なのかを訊ねたかった。だが、本番中なのだ。それも素晴らしいシーンになっている。

翔一はふと気づく。出現した侠客たちを、どこかで見た記憶がある……。

背後で声がした。カメラを止めるか……翔一は迷った。いや、雑音が入ってもいい。アフレコはできるはずだ。これだけの迫力のある演技と場面を活かすことを考えるべきだ。

背後の声は和泉屋旅館のお鈴さんだった。

「あんた……。あんただろう。還《かえ》ってきたのかい」

そう掠《かす》れた声をかけた。

まさか……と翔一は思う。

森の石松を演じていたお鈴さんの夫は、すでに亡くなっているはずだ。

それに、今日の十名の出演者には、片目に眼帯をつけた侠客姿はいなかったはずだ。

しかし今。

激しく斬り合いを演じる者たちの中に、眼帯をつけた侠客がいる。はっきりと覚えている。『勢揃い！　次郎長一家』のラッシュの中で、幾度となく見た人物。森の石松……今、目の前で演じているのは、お鈴さんの亡くなったご主人、その人なのだ。

そんな馬鹿な、と思う。目の錯覚？　いや、そうじゃない。

慌てて入り乱れる出演者の数を数えた。

……二十名いる。

明らかに十名増えていた。見学に訪れている町の人々は距離も離れているし、メイクも施《ほどこ》しているので、はっきりとは表情どころか、顔もわからないはずだ。いくら親しい者でも、判別がつかないだろう。

「あの大柄な男。身体つきでわかる。父ちゃんだよ。父ちゃん、大政を演じていたんだ」

思わず翔一は振り返っていた。

あんぐりと口を開いた漁師の寿志さんが立っていた。腰が抜けそうなほど驚いている。

そのとき、翔一は、『勢揃い！　次郎長一家』が製作を中断した理由の一つを思い出していた。大政と小政を演じていた漁師が完成寸前に、時化《しけ》で亡くなったから、ということだったはずだ。そのうちの一人が、寿志さんの父親だったのだ。

翔一は目を凝らす。間違いなかった。

達人さんに壱里映劇で、何度も何度も見せてもらった未完成の『勢揃い！　次郎長一家』。そこで見た登場人物がなぜか蘇り、大殺陣《おおだて》シーンを演じているのだ。

奇蹟……いや、目の錯覚？　……手伝ってくれているのだろうか……魑魅たちが？

唖然《あぜん》とする翔一の前で、クライマックスのちゃんばらシーンは終わりを迎えた。斬られ役の人々は斜面に横たわり、次郎長一家の面々は修羅場を終え、大きく肩で息をする。

翔一は、『勢揃い！　次郎長一家』の人々が全員集まっていることを確信したのだ。大政、小政、森の石松、桶屋の鬼吉、法印《ほういん》の大五郎《だいごろう》、吉良《きら》の仁吉《にきち》、そして清水次郎長。皆、古いフィルムの中にいた……。

どうして出てきてくれたんだ。町の皆が願ったから……？

「カットォ――」

翔一は叫んだ。場の緊張が緩む。

だが、出演者たちは下ってこない。そのまま松林の小山の稜線《りょうせん》に沿って歩いていくと、林を抜けた。次郎長たちだ。十人いる。彼らは等間隔に並んでこちらを見下ろしていた。

太陽は西にやや傾き、翔一のいる場所からは逆光になる。

達人さんと思わず顔を見合わせて、翔一は言った。

「このまま、撮りますか？　そのままラストシーンに使えると……思う」

達人さんは驚きの表情で翔一を見た。

「ぼくも……今、同じことを考えていたんですよ」

「フィルムは余分にありますか？」

「大丈夫です。あと七、八分くらいなら」

スタートの合図も何もなしだった。達人さんはカメラを覗き込み、ゆっくりと岬を背にした一人ずつを丁寧に撮り、最後に全員を一つのシーンに納めたのだった。

しかし、翔一にとって鮮明なのは、ここまでだった。

逆光の中で撮った出演者たちは下ってくることはなかった。松林に戻っていったような気はするのだが。

その後、撮ったフィルムがいつ現像されていずこから戻ってきて、どのように編集をしたのか、翔一の記憶の中には存在しない。だいたい素養のない自分には、編集する能力があるとは思えない。

それからも、あやふやな記憶が続く。何回もの実行委員会が開催されたような気がする。分科会ごとに問題が解決されていく。その都度、翔一は走りまわっていたような。

つらくはない。充実感があるからこそ、みるみる時が過ぎ去っていったのではないかと思える。

再び東京に行っていた機敷埜が島に戻ってきたのはいつの頃だったのか。何の決定が先で、どの項目が後になったのかも思い出せない。パンフレットが出来、ポスターが出来たということは、上映作品やプログラムまでちゃんと決まったということなのだろう。

しかし、わからない。何が現実なのか。夢感覚が伴うのは、なぜなのか。

これ以外にも、いくつもの断片的な、イメージにも似た記憶はある。

『勢揃い！　次郎長一家』の撮影打ち上げは、魚幸の二階で溢れんばかりの人数で賑わった。そして誰もが、撮影が始まったと同時に『勢揃い！　次郎長一家』のオリジナルの出演者を目撃したと主張した。出演した田川課長も、次郎長が二人いたと証言したのだった。佐々木町長の次郎長と、オリジナルの原田町長の次郎長が。

そんな馬鹿なと否定する者も、なぜそんなことが起こるのかと詮索《せんさく》する者も、誰もいなかった。

また、こんなイメージもある。

本土からは、テレビ局が取材にやって来た。その対応を担当したことも、ぼんやりと思い出される。それからのことだ。少しずつ島外からの訪問者がやって来るようになったのは。壱里島への移住に関しての問い合わせはまったくないが、達人さんのほうへの観光問い合わせが入りはじめた。これは機敷埜が紹介したパワースポットとしての壱里島の存在が、少しずつ認知されはじめたということなのか。

達人さんは、相変わらず壱里国民証の購入を勧めていたはずだ。

ネット上でも第一回「孤島でちゃんばら映画祭」の公式ホームページのヒット数が増えている。映画評論家や監督、そして新作時代劇の主演俳優やプロデューサーも来島するという盛り上がりを見せている。

壱里映劇をメイン会場とする「コトちゃん」は、七日間にわたり開催された。島外から二百人を超える参加者があった。和泉屋は満室が続いたし、他に七カ所あった信柄浦町の旅館、民宿も何十年振りかに客を迎えた。そして素泊まりだけの参加者のために、空き家が開放されたのである。当然、壱里映劇だけでは参加者を収容しきれず、信柄浦中学校の視聴覚室と信柄浦町役場会議室も映画祭に提供され、第二会場、第三会場として使用された。

それだけの参加者が訪れた要因は、翔一にはあまりよくわからない。ただ、ありがたいことだったと思うだけだ。

「壱里島ちゃんばら大賞」がぎりぎりになって創設されたことを、嬉しいニュースとして翔一は覚えている。夢國ゴールドの夢國酒造がスポンサーとなって創設された。副賞は、夢國ゴールド二ケースとささやかなもので、受賞者はその栄誉を得ることになる。受賞対象は「広い意味での時代劇映画」ということに決められた。

壱里島ちゃんばら大賞が決定して、「孤島でちゃんばら映画祭」は閉幕した。何事もなく、盛況のうちに。

その間、翔一は一本のちゃんばら映画も観ることはなかった。翔一だけではない。信柄浦町役場の人々も、壱里銀座の人々も、誰もが一本の映画も観ていない。島を訪れたちゃんばら映画好きの客人たちを、一所懸命にもてなす側に回ったのである。『勢揃い！　次郎長一家』は、結局映画祭の間に上映されることはなかった。編集が終了していなかったのだ。代わりに映画祭の上映作品が、びっしりと隙間なくプログラムされていた。

日本の西の涯《はて》である島で開催されたイベントに参加した人々は二百名強。東京で開かれるイベントの参加者の数からすれば微々たるものかもしれないが、参加者のすべてがちゃんばら映画の感動と、東京のイベントでは味わえない、地域の人たちとの濃厚なふれあいを体感し、満足して島を去っていったのだった。

そこまでが、まるで遠い遠い昔に体験したような、夢とも現実ともつかない翔一の記憶だった。あたかも魂が自分の身体を離れて、島の様子を眺めていたといえばいいか。記憶というよりも、主観的に翔一の心に残った、思い出といったほうが早い。

今はそんな自分の魂が肉体の中にすこんと戻ったほど、意識の流れが違う。夢から覚めたようだ。

壱里銀座に飾られていた色紙やポスターや三角旗は、まだそのまま残されていた。

そのとき翔一は、壱里映劇の入り口の前にいた。

「どうしたんですか？　ぼーっとした表情になっていたから、心配しましたよ」

横に並んで立っていた達人さんに声をかけられて、思わず翔一は自分の胸に手を当てた。指先にも感覚があるのがわかる。何度もぼんやりした感覚が繰り返す。

反射的に「い、いや。大丈夫です」と答えた。左隣には機敷埜風天の姿も見える。そして、正面には、映画祭実行委員長の高良と佐々木町長が並んで立っていた。

「ご苦労さんだったねえ、大成功だった」

翔一は、そう声をかけられた。着物をぴしりと着こなした和泉屋のお鈴さんだった。宿で会うときより、一段と粋《いき》な印象だ。背筋をぴんと伸ばして、随分若く見えるのに驚いた。

翔一は、今、自分がどのような立場でここに立っていたのかを認識する。

映画祭は確かに終わった。

しかし、予想以上の参加者のために、もてなしに徹した島の人々に映画祭を楽しむ余裕はまったくなかった。そして、今、イベントを終えて、反省会を始めようとしている。町の人々に感謝する意味で、実行委員や町長は会場となる壱里映劇の前で待ち、町の人々を迎えている。

この反省会では、翔一と機敷埜を除けば、すべて島内の人々ばかりなのだ。

「よか催しだったよ」

「島が都会のごつあった。活気のあったあ」

「みんなでがんばったからねぇ。よかこつよ」

映画館の中へ入っていく人々は、そのように翔一たちにねぎらいの言葉をかけていくのだった。一人の例外もなく、それぞれがボランティア・スタッフとして動きまわってくれたというのに。

定時になり、銀幕の前に急ごしらえされたステージで反省会が開会された。反省会といっても実行委員から町の人々に感謝の気持ちを伝えるというのが、主な目的なのだ。

百五十席前後の座席の両脇の通路と前方、後方に折り畳み椅子を配してあったのが満席だから、約二百人。映画祭の島外参加者の一人につき一人のスタッフがいたということになる。これならもてなしは充分にできているはずだ、と翔一は思った。そして一つの夢が終わったのだと振り返る。

会はお美貴さんの司会で進行していった。実行委員長である物産館の高良からの御礼。

機敷埜から、参加者から集めたというアンケートの集計結果及びコメントの紹介があった。いずれも好評で、ネットに寄せられた御礼のコメントが読み上げられると、会場は拍手で溢れた。

そして、佐々木町長からボランティア・スタッフに対して、また実行委員会に対して感謝の言葉が述べられると、達人さんや高良が思わず目頭を押さえるのだった。翔一自身が感極まらないのは、映画祭のすべてに現実感が伴っていなかったからかもしれない。

次いでお美貴さんから、仮締めの経過だがと断わった上で映画祭の収支が発表された。スポンサーからの寄付金でほとんどまかなわれていて、数字のマジックかというように、剰余金もない、欠損もない。ぴったりとんとんの数字が発表されると、ほおーっという溜め息が会場のあちこちから漏れたのだった。

最後に高良が締める形で、町民たちからの意見を求めることになった。

批判的な意見は皆無だった。

「楽しかった」「人の役に立てて気持ちが前向きになれた」「雑貨の売り上げがこんなに伸びるとは思わなんだ」「また来年も来たいと言ってくれた。今から、来年の準備をやるべきでは」「壱里島に住みたい言う人もあったぞ」

翔一は、お美貴さんと町長が顔を見合わせ、目を細めているのを見逃さなかった。

するとと、次に手を挙げ立ち上がったのは、下の棚のおステ婆さんだった。お美貴さんを見ると頷いていたので、彼女がここまでいつも通り連れてきたのだろう。その隣にはおフジ婆さんとトクヨシちゃんの姿も見えた。

おステ婆さんは、大きく咳《せき》ばらいして言った。狭い館内だから、老婆の声でも充分に耳に届く。

「とにかく、みーんなよかったってことたい。そうだね、皆さーん。だから、反省会は、もうお終い。もう、ちゃんばら映画、待っとられんですたい。『勢揃い！　次郎長一家』が完成したっでしょう。早《はよ》う、観せてください」

おステ婆さんが言い終えると、館内満場の拍手となった。

達人さんが左手の親指と人差し指でお美貴さんに丸印を作ってみせると、彼女は大きく頷いた。

「それでは、皆さん、たいへんお待たせいたしました。ちゃんばら映画祭の反省会の部は、これにて終了させていただきます。続きまして、第二部。本邦初公開のちゃんばら映画、『勢揃い！　次郎長一家』の上映に移らせていただきます。

本作品は、壱里映劇館主、達人さんのお父さま、宮口ショーイチさんが壱里島内だけで自主製作していたものです。諸般の事情で、完成寸前に製作は中断されていたのですが、このたび、映画祭実行委員会スタッフにより完成にこぎつけることができました。映画祭には完成が間に合いませんでしたが、いよいよ編集も終わり、本日が初のお披露目でございます。出演されているのは、なつかしい島にゆかりの方々ばかりでございます。どうか最後までお楽しみくださいませ」

割れんばかりの拍手の中を、お美貴さんがステージから下りると、達人さんが映写室へ駈け上がっていき、すぐに場内は暗転した。

上映がスタートした。カラーではなくモノクロの映像だった。信柄浦岳を背景に白抜きで「壱里映劇」と大きく映されると、場内ではうおおっというどよめきと拍手が同時に起こった。編集前にラッシュで翔一が観せてもらったときには、そんなクレジットは入っていなかったから、驚いてしまった。続いて、砂浜を歩く次郎長一家にタイトルがかぶさる。音楽は、どこかの時代劇映画から流用したものらしいが、不自然さはまったく感じない。町の人たちも拍手したり口笛を鳴らしたりと大興奮だった。素人が撮ったとは思えない映像なのだ。粒子がやや荒くざらざらした画面の質感だが、かえって迫力を増していた。

本来、次郎長ものは富士山がバックに映る。本作では、そんな映像は関係ない。しかし、物語の展開には疾走感があった。編集も巧みになされているのかもしれない。

荒神山《こうじんやま》で、神戸長吉《かんべのながきち》と穴生徳《あのうとく》の縄張り争いが起きる。穴生徳側に宿敵の黒駒勝蔵が助《すけ》っ人《と》に入るとの情報で、次郎長たちは神戸長吉の加勢に荒神山へと向かう。そんな大筋だが、ひたすら道中ではちゃんばらが繰り返されるのが小気味よかった。

途中で、客席から「父ちゃーん」と声が上がった。だが、それを笑う者は誰もいなかった。

そして、最後の場面にさしかかる。かんぽす岬に至る松林の場面だった。それまでのシーンとまったく違和感がなかった。かつて、壱里映劇の館主が撮った映像と登場人物の一人一人まで、まったく見分けがつかない。そして、次郎長一家のメンバー全員が稜線に並ぶラストシーン。

上映は終了した。翔一の目から見ても短い尺の映画だったが、退屈する暇もない緊張感に満ちた筋運びだった。もっと嵐のような拍手が起きるかと思ったが、拍手は聞こえてこなかった。だが、それは失望のためではない。

開会前と同様に、実行委員たちと翔一は館の入り口で町の人々を送ったのだ。

皆がまだ、涙を流しながら出てきた。「よかったよ」「うちの人。うまく演じてたよ。帰ったら仏壇に報告して誉《ほ》めてやらなくちゃ」

翔一も、この映画は奇跡としか思えなかった。ラストシーンで次郎長一家を演じていたのは、現在の町の人々ではない。このフィルムの中で次郎長一家を演じてきた過去の人々が、クライマックスシーンのために再臨していたとしか思えない。

翔一には、他に思い当たらなかった。このような奇跡を演出できる存在は、魑魅たち以外に考えられないではないか。

こうして反省会を含めて第一回「孤島でちゃんばら映画祭」は、大成功のうちに幕を閉じたのだった。

23

島に穏やかな日常が戻った。翔一は、図書館と壱里島観光協会の間にある移住者支援センターで日々を過ごしていた。

機敷埜風天は、「コトちゃん」の成功の後、急に東京から映画関連の仕事が舞い込むようになったらしい。住民票は信柄浦町に移したものの、月の三分の二は島にいないので、顔を合わせることが少なくなった。思い出したように連絡があり、東京からパワースポット・ツアーで団体客を島に連れていくので、ガイドを手伝ってほしいとの要請があったりした。その人たちが、どんな巡り合わせで壱里島への移住者へと変わるやもしれない。少しでも可能性があればと、地域振興課の人々とともに、できる限りの対応に努力した。時間の余裕が出来れば、移住者のために要望を想定して、その項目ごとに整備していく。島内での就職口、住宅として提供できる物件の整備など、やり始めると、暇そうに見えた仕事のはずがどれだけ時間があっても足りない状態だった。空き家を移住者のために提供できるように住民のボランティアで整備する。そうすれば、移住者は毎月数千円の家賃負担で済むはずだった。島民との交流ができる紹介システムを作り、島に飛び込んでも不安を感じないように環境を整える。ツーリズムの形態の一つとして、島の暮らしを短期で体験してもらう島暮らしプログラムも整備したいなと思う。やるべきことは次々に頭に浮かんでくるのだった。

そんな忙しくはあるが平穏な日々に翔一は満足していたが、無性におたわさんの面影《おもかげ》がよぎることがあった。

おたわさんには、映画祭が終わってから一度も会ってはいない。いや、完全に姿を消したかのようだ。

綾ん辻の空き家の状態をチェックに行ったときに、翔一はどうしてもおたわさんの顔を見たくなり、下の棚へと足を向けた。おステ婆さんのところへ行けば、おたわさんがいるはずなのだ。おステ婆さんにもその後、挨拶していないし、元気でやっているかどうかも確認しておく必要があると考えたのだ。

果たして、おステ婆さんは、家にいた。翔一の顔を見るなり喜んで、お茶と漬物を用意してくれた。立ち居振る舞いもしっかりしている。

映画祭の反省会で上映された『勢揃い！　次郎長一家』に、いかに感激したかをおステ婆さんにひとしきり聞かされた後、翔一は訊ねた。

おたわさんはどうしたのかと。五通家の中から、おたわさんの気配はまったくなくなっていた。

その話題になると、おステ婆さんは眉をひそめて寂しそうな表情を浮かべた。

「さあのう……おたわさん……ようわからん……帰ったかも。大丈夫ねって言うから、なんのことかわからんで大丈夫よって答えたら……気がついたら、おらんごつなっていた」

おステ婆さんの様子からも、充分に一人で暮らしていけるのがわかる。おたわさんの姿をしていた魑魅も、安心してここを去ったのだろう。そう考えると、翔一も寂しいような甘酸《あまず》っぱいような気持ちに捕らわれた。

「おフジさんとこのトクヨシちゃんも、いなくなったって言っとったなぁ。仕方ねえって、おフジさんは妙に悟っておったが」とおステ婆さんは付け加えた。

おステ婆さんに送り出されて、翔一の足は自然に上ん棚へ続く細い小道へと向かった。もう、おたわさんに会えないのかと思うと、なんとも切なく、やるせない。ほんの少しの可能性でもあれば、と思ったのだ。

棚田の岩壁の続く場所。壊された石積みの場所。機敷埜は、あそこからパワーが噴き出していると言っていた。

魑魅たちも、きっとあそこから現われたのだ。トメカ婆さんも、そう言っていたではないか。もし、もう一度おたわさんに会えるとすれば、あの場所しかない。そう翔一は考えていた。

会えるかどうかはわからない。しかし、ほんの少しでも可能性があるとすれば、行ってみたい……。そんな衝動だけがあった。

棚田の縁に、その岩壁はある。

少し前に、二十名ほどのパワースポット探訪のパーティーを機敷埜が連れてきたときには、翔一も同行した。翔一が初めてその岩壁からヒーリングパワーが噴き出ていることを実感したときのことを思い出していた。引率したツアー客たちは口々に、「このパワーは凄い」「これほど癒されるスポットは初めてだ」と驚嘆していた。単に機敷埜による暗示というだけではなかったのかもしれない。やはり本物のチカラかと改めて思うのだった。

細い道をゆっくりと登ると、翔一は岩壁の場所に出た。しばらく足を運ばずにいたが、もう冬も近いというのに、岩壁の近くには青々と草が生《は》えていた。これも噴き出してくる力のせいだろうか。そこから、草の向こうに直径三メートルほどの球形の岩が相変わらず転がっているのが見えた。

　そのとき翔一は、その陰に人の気配を感じた。もしや、と翔一は目を凝らし、声をかけた。

「おたわさん……ですか？」

　白いものが揺れ、ゆっくりと姿を見せた。「翔一さんかぁー」としゃがれた声が響く。

「なんで、ここに」と翔一は漏らした。こんな場所に電動車椅子で来ているなんて。トメカ婆さんがニタニタ笑って姿を見せた。

「ようがんばったなあ」とトメカ婆さんは、翔一に言った。「最初に、わしを起こしに来たときは、ショーイチさんにできるかどうか、わからんやったけど、立派に約束果たしたなあ」

　翔一は、トメカ婆さんにそう言われてもぴんとこない。いったい何を言っているのか。

「なにを、そんな鳩が豆鉄砲喰らったような目をして。あ、そうかそうか。すべてアレ以前の記憶を消しとるからなあ」

　翔一には、トメカ婆さんが何を言っているのか意味が摑めない。だいたい、トメカ婆さんがなぜここにいるのかということがわからない。アレ以前の記憶というのは何だ……。

「みーんな、ショーイチさんが願ったことじゃないか」

「ぼくが……何を願ったって？」

トメカ婆さんが岩壁の方を指で差した。

「あの岩壁の下のところに、長い金棒が転がっとる。あの棒を岩の隙間に差し込んで、てこの力で弾《はじ》き飛ばしたのよ。わしたちも、あのときまでまったく知らなんだ。ゆっくり休んどった。ショーイチさんの知らせがあったで、出てきただあ」

「意味が……意味がわからない」

翔一が問い返すと、トメカ婆さんは右手を翔一に伸ばした。いつものように。手を握れというように。初めて岐神社の近くで出会ったときのようにニタニタ笑いを浮かべて。

そのとき、瞬間的に翔一にはわかった。

「トメカさんも……魑魅だったんですか？」

「だから、何ね。そんなに知りたかなら、手を握って」

「はい」

トメカ婆さんの手に触れた瞬間、翔一の目の前が光で真っ白になった。

と、同時に、すべてが理解できたのだ。

今ではない。

そこは、数年後の世界。数年後の壱里島だ。

人一人住んでいない。荒涼とした島内だ。壱里銀座の通りも港の前も、人の姿どころか猫一匹さえ見ることがない。剝げ落ちた「危険」「立入禁止」の看板が道路に落ちていた。佐々木町長は最後まで壱里に残ると言っていた。無意識のうちに佐々木町長の姿を捜していた。

民家の壁には、「核廃棄物最終処分場誘致絶対反対」とペンキで大きく殴り書きされていた。たしかに、これは「どうしようもなくなった」未来の壱里銀座なのだ。あれほど反対看板は景観を汚すと言っていたのに。

軽自動車に乗った二人の男の姿が見える。

一人は、壱里映劇の達人さんだとわかる。そしてもう一人は、翔一の見知らぬ老人なのだ。身体を動かすのもやっとという衰弱ぶりがわかる。その老人が誰なのかということは、達人さんの声が届かなくてもわかった。

老いさらばえ、右半身が不自由な老人ではあるが、皺《しわ》だらけの瞼《まぶた》の下の眼光だけが燃えるように鋭かった。

「父さん、身体に障《さわ》るよ。ここも、凄い放射能のはずなんだ。どうしてもやるんか?」

「後生だよ、達人！　綾ん辻まで、そこまで連れていってくれ」

その老人が誰なのかを翔一は、今、はっきりと思い出す。達人さんの父親、そして壱里映劇の館主だった男。

「わかったろう。思い出したろう」とトメカ婆さんの声が聞こえる。

わかる。翔一は頷く。この老人の想いを翔一が引き受けたのだ。

熊本市の病院に、ある日突然、息子が現われる。

「もう、壱里島には、人は住めない」

息子はそう告げた。核廃棄物最終処分場が島に誘致されたことは聞いていた。それが〝絶対安全〟なものだとも。それは島を繁栄に導くもののはずだった。

地質の問題か、処分場の構造の問題かはわからない。ある時点を境に〝人体に影響を与えると思われる〟放射能が、全島で測定されるようになった。

住民たちは一刻を争い、難破船から鼠《ねずみ》が逃げ出すように本土へと避難したという。佐々木町長だけを除いて。

そして町長の姿を発見する。

町長だけはただ一人町を守るために走りまわる。トラックに乗り、作業着を身につけ。その努力は、虚しいだけだ。やがて被曝《ひばく》死を迎えることになるのだろう。

「なぜそんなことになった」

達人の説明を聞いても納得ができなかった。壱里島は逃れの島だ。本土から逃げ込んできた者を守りこそすれ、住民たちを島から追い出すようなことをする場所ではない。

宮口ショーイチが、そのとき思いついたことは一つだった。

島の外の人間さえも助けを求められれば守ってきた、壱里島の魑魅たちに頼むしかない。島の現状を知らせて、なんとか島を救ってもらいたい。

そのことを達人に伝えると、息子は父親の精神状態を心配した。

「父さん、何を変なこと言いだすんだよ。そんな言い伝えなんて非科学的だろう。迷信に決まっているだろう」

結局、宮口ショーイチは押し切った。

「この年齢だ。身体ももうぼろぼろだ。最後に壱里島へ行かせてくれ。そして、この目に、島の最後の光景を刻みつけさせてくれ」

そしてショーイチは、達人がチャーターした漁船で共に最後の壱里島を目指したのだ。

「卵塔を倒すよ。信柄さんに頼む。壱里島を救うのに手ぇ貸してくれと、頼むつもりだ」

ショーイチは島へ向かう船の中で、達人に自分の決意を改めて漏らしたのだ。

綾ん辻への登山口、郵便ポストのところでショーイチは軽自動車を降りた。ついてきた達人さんが鉄の棒を一緒に自動車から降ろす。

岩壁の狭い隙間に、鉄の棒を差し込む。達人とショーイチは力まかせに岩を動かした。内部からの力と外部からのほんの少しの力で卵塔は吹き飛んだ。

内部から信柄浦岳の地下に潜《ひそ》んでいた魑魅たち信柄さんと、そのパワーが溢れ出してきたのだ。

信柄さんには形こそないが、その存在が自分を取り囲んでいることは、はっきりとわかった。

だから、必死で願った。死の島と化した壱里島を元に戻してくれと。もう、この島には人が一人も住んでいない。帰ってくるのが遅かった。お願いだ、信柄さん。私の生命と引き換えにしてもかまわないから、と。

ショーイチは曾祖父から聞かされていた。ここに島と人々を守ってくれる信柄さんがいると。それだけを信じ、祈った。

他に方法はない。ただ、島を救いたい。

それだけだ。

「信柄さん！　力ば貸して。何でも私が償《つぐな》うから」

そうショーイチが念じたときに、彼は全身に信柄さんが降りたのを感じたのだ。

信柄さんが言った。

「わかった」と。

地下に眠っていた信柄さんは、そのときまで事態をよく知らなかったのだ。

「わかった。だが、今、人々を呼び戻すことはできない。できるのは、時を巻き戻すことだけだ。そうすれば、島を守ることはできるか？　放射能の島にするのを防げるか？」

「できます。お願いします。もう、わが身がどうなろうとかまいません。壱里島が取り返しのつかない状態になる前に巻き戻してもらえれば、必ず防ぎます。

ただ……この身体を動きまわれるように……若さを下さい」

「わかった。巻き戻そう。若さも与える。それで島を守れ。ただ、その世界にも年老いたおまえがいる。だから、矛盾が起こらないように、ふさわしい人物が見つかったらおまえの意志だけを憑依《ひょうい》させ、島に呼び寄せる。記憶はなくすが島を守る気持ちが本物ならば、充分に事足りるはずだ。残念ながら、なくした記憶は私には教えてやることはできん。それは時を巻き戻してやった者への決まりごとだ。自分で悟り直すしかない。しかし、それ以外ではこちらも、さまざまに形を変え、加護を与えよう。時機がくれば、教えることはできないが、思い出すための情報や示唆《しさ》は与えるぞ」

それは、言葉ではなく、一瞬のイメージとしてショーイチに降りた、信柄さんが伝えたことなのだ。

よく考えると、極紘物産をやめようと思う以前の翔一は、自分の人生に失望していた。本来の自分の生きる道さえもわからなくなっていた。常務から出張命令を受けたとき、ひょっとしたら新しい人生を選択できる可能性を模索していたのではないか？　そして、信柄さんと翔一の潜在的願いの波長がぴったり合ったことでショーイチの意志とが重なり合った……。具体的な人生の記憶が本物かどうか確信はない。

魑魅は全体であり部分でもある。人間には理解できないことをなしうる超存在にちがいない。人の肉体を持つトメカ婆さんであり、トクヨシちゃんであり、栖本常務であり、おたわさんなのだ。すべてが、翔一としてショーイチの願いを島へ呼び戻す仕掛けなのだから。

これから核廃棄物最終処分場誘致が決まろうというとき、翔一は潜在意識に導かれるまま、誘致中止に動き、成功した。

そして、壱里島の未来を変えることができたのだ。

綾ん辻の上ん棚に続く岩壁の巨石は、ショーイチが動かし、信柄さんを解放した結果だったのだ。だから、その〝場〟だけはパワーを放ったまま過去に移動した。機敷埜がパワーを遠方から感じてくれたのは、魑魅にとってプログラム通りなのか、想定外だったのかはわからないのだが。

そして、翔一がおたわさんに激しく魅かれた理由も、同時に知った。本の表紙画に似ていたのも魑魅がショーイチに思い出させる仕掛けに使ったと。

おたわさんの面影は、ショーイチが若い頃亡くした恋女房そっくりに、つまりショーイチの想いが憑依した翔一の潜在意識から再現した女性だったのだから。

ショーイチの願いを実現するために選ばれた翔一に、自分のやるべきことを気づかせるための存在として、おたわさんは最適だったということだ。

「悟ったかあー。ようがんばったぁー」

翔一が、はっと顔を上げると、トメカ婆さんがニタニタ笑っていた。

核廃棄物最終処分場誘致を阻止してからの翔一の行動は、映画好きだったショーイチの本能的行動のようなものだったのだ。魑魅は……信柄さんは……機敷埜に乗り移り、フィルムの未完成部分を補うための手助けまでしてくれた。

それが信柄さんの、卵塔を取り除き、島の危機を知らせたショーイチに対しての恩に報いる、ということだったのだろうか。

「もう、ええだろう。これからもこの島で暮らしていくんなら、真実がどうだったのかは何も知る必要もないことだ。おたわさんに恋い焦《こ》がれていても、人じゃないんだ、どうしようもないこった」

トメカ婆さんの言うことも、もっともだと思える。何も知らないで暮らしていくことのほうが幸せなのかもしれない。翔一自身、今の島の暮らしが大好きなのだから。

これからは壱里島は核処分場の存在しないもう一つの未来を迎えるのだから、その未来をなんとか素晴らしいものに作り上げていければいいではないか。

だが、一抹の寂しさはある。

知らないほうが幸せかもしれない。しかし。

「トメカさんも消えるのですか?」

「いやあ、この身体は便利だから借りとっただけだ。まっぽすさんは心がつながりやすいでな。トメカは消えん。まっぽすさんでここに残る。しかし、他は消えるぞ。おフジさんの記憶からトクヨシちゃんも消えるし、おステさんの心から、おたわさんのことも消える。でも、みんな不都合はなにもないんだ。それでこの島のすべては、立派に何事もなく、幸せに回っていく。

それで、ええだろう」

かまわない、と答えたかった。だが、すべてを忘れる前に、もう一度おたわさんに会っておきたいと思う。

「未練だなあ」

その考えを見抜いたかのように、トメカ婆さんは言った。

「これで、壱里島の大祓《おおはら》いはお終いだあ」

トメカ婆さんは、そう言うと両手を天に向けた。

翔一の視界が再び真っ白になると、腰から力がすうっと抜けた。


鳥の啼《な》き声で、翔一は目を開いた。

綾ん辻の登山道近くで横たわっていた。慌てて身を起こすと、風が冷たくなっていることに気づく。西の空が赤い。もう日没が近いのだとわかった。

なぜ、こんな場所で眠っていたのか、不思議でたまらない。どうしてここまで、足を延ばしたのだろう。そして、正面の岩壁と棚田の上に転がる卵塔と呼ばれた球形の巨石に目を移した。

妙に頭の中がすっきりしているように思える。そのとき、翔一はこの場所がパワーが噴出している場所として機敷埜が紹介していることを思い出していた。

そうなのかもしれない。そのパワーが本物なのかどうか、確認に来たのかも。じつに頭がクリアになったのは、ヒーリング効果というものなのかも。

身体をぶるると大きく震わせて、翔一は坂道を下りはじめた。

さあ。だとすれば、この場所のパワースポット効果は確認できたわけだから、風邪をひく前に、壱里銀座に帰りつかなくては。

小走りに下りはじめた翔一は、下の棚のおステ婆さんの家の方に目をやった。

ふと、若く美しい女性の面影がよぎったような気がして呟いた。

「きれいな女性だな。なぜ、こんな女性のイメージが浮かんだんだろう」

すると遠くで「忘れられないんだね。心配しなくていいよ、翔一」

そんな声がしたような気がして翔一は振り返ったが、それが幻聴だということを確認しただけだった。

エピローグ

翔一が壱里島、信柄浦町の移住者支援センターの仕事に就いて、ちょうど一年を迎えた。

機敷埜が島のパワースポットを紹介し、「コトちゃん」映画祭が開催されてから、信柄浦町が劇的に活気づいてきたのは事実だ。映画祭は数カ月後に第二回を迎えようとしている。キー局のTV番組やネットで第一回の映画祭の内容が紹介されたこともあるからだろう。ネットでの実行委員会に対しての反応が、前回に較べて飛躍的に増大しているということを翔一は聞いた。それだけではない。島外からの観光客が増えてきていることが実感できる。和泉屋で、他の宿泊客と顔を合わせる機会が増えてきたことでもそれがわかる。物産館に行けば、少ないながらも必ず客の姿を見るようになった。

信柄浦町には小さいながらタクシー会社もある。一台だけマイクロバスもあるのだが、壱里島に上陸した観光客のための観光バスとしても運用されるようになった。ガイド役を、達人さんがやっているのを翔一は目撃した。

映画祭の実行委員会の代表は、今年も高良が務めている。当然、前回同様に、対外的なことには機敷埜が交渉に当たっているし、翔一も時間が許す限りは協力している。

しかし、昨年のように、翔一は映画祭にひたりっきりというわけにもいかないのだ。徐々にではあるが、壱里島への移住を検討する人々への対応が増えはじめているのだ。移住の検討をしている人々の不安や疑問に答えるだけではなく、実際に島に足を運んだ人々を案内してまわるのも、ケース毎《ごと》に内容が異なってくる。教育、医療、仕事、地域の人々との触れ合い。それだけではない。移住の検討を始めると湧いてくる不安は際限なく存在するようなのだ。どんなに些細《ささい》な事柄であれ、翔一はその一つ一つに応えられるように努力をするべきだ、と考えている。

おかげで、それまで信柄浦町への移住者はゼロであったにもかかわらず、支援センター活動一年を迎える寸前に、ほぼ同時に五組の家族が移住を決めたのは、翔一にとって大きな喜びだった。

その五組の家族の主人は、例外なくこの島を一年以内に訪問していた。映画祭への参加であったり、パワースポット観光であったり。そして壱里島の虜《とりこ》になったということだった。だから今では、物産館で会う観光客や、和泉屋の宿泊客を見かけると、明日の島民という思いで視線を送ってしまうのだった。

ただ、翔一はそんな日々を送りながら、何か一つだけ満たされないものを感じていた。正体はわからない。

島の人々との付き合い。毎日取り組んでいる仕事の確かな手応え。なにげないように周りにある島の自然。うまい食事。どれをとっても素晴らしい理想的な生活だった。

だが、なにかが足りない。

それが、なんなのか……。

「次は、この島で所帯持つことですな」と、物産館に行ったときに高良に言われたが、そんな気持ちは全然湧いてこない。

結局、その満たされないものの正体はわからず終いだ。

ところが、それなりに一所懸命仕事に打ち込んでいたある日、翔一に転機が訪れたのだ。

きっかけは、移住者支援センターに達人さんからかかってきた電話だった。その日、達人さんは「ワンデー壱里島パワースポット体験」のハイキング引率《いんそつ》をやっていたはずだった。

「急いで来てくれませんか？　高速船乗り場にツアーの方たちを見送りに来ているんですが、お一人、紹介したい人がいるんですよ」

「誰を紹介してくれるんです？」

「今日のワンデー・ツアーに参加された方なんですが、こちらで暮らすには、どなたに相談すればいいでしょうかって。翔一さんの名前を出しましたよ。高速船が出るまで一時間あるから、紹介しとこうかって思って。いいですか?」

「いいですよ」

それは、立派な移住者支援センターの仕事なのだ。高速船乗り場まで走れば十分もかからない。「すぐにうかがいます」と翔一は飛び出した。

ワンデー・ツアー・ハイキングは十数名の参加だったらしい。登山服を着た男女が待合室に腰を下ろしていた。

達人さんが翔一の姿を見て手を振ってきた。そして「中村《なかむら》さん、お待たせしました。彼です。支援センターの宮口さんです。ご紹介しておきます」

意外なことに、立ち上がったのは若い女性だった。

「翔一さん、こちらの方。さっきの電話で言っていた……」

「どうも」と若い女性は帽子を取り、頭を下げた。「初めまして。この壱里島が大好きになったんです」

顔を上げた女性を見つめて、翔一は息を呑んだ。肌が透けるように白く、二重《ふた》瞼《えまぶた》で日本人離れした魅力的な瞳だった。

その瞳の色が……一瞬、深い緑色に見えた。そして唇は……口紅のせいかわからないが鮮やかな朱。

この女性を知っている。どこかでかつて会った……。しかし、どこで会ったのかは思い出せない。

胸の鼓動が激しくなるのがわかった。何かが生活の中で物足りなかった理由もわかった。この女性を待っていたのだ。他の誰でもなく、この女性を。

喉がからからに渇いていた。そして、何度も咳ばらいしながら、翔一はやっとのことで言った。

「移住者支援センターの宮口翔一です。壱里島の生活のことでしたら、どんなことでもご相談ください」と伝え、名刺を渡した。渡す指が震えていた。

「本当に、どんなつまらないことや、些細なことでもお訊ねしていいんですか？　かなり本気でこの島が好きになったんで」

「もちろんです。どんなことでも」

そう答えながら、目の前の女性とかつて、どこで会ったのかを思い出そうとした。

思い出せない。

しかし、思い出せなくてもかまわない。翔一は、今理想の女性に出会えたのだ。これこそ奇跡と呼ぶべき出来事ではないのか。

必ず、この女性に壱里島へ移住してきてもらえるように、必死で動きまわろう。翔一はそう心に固く誓っていた。

「嬉しいです。宮口さんなら、なんでも安心して、相談できそうな気がします。よろしくお願いします」

女性は手帖から自分の名刺を取り出して、翔一に渡した。名刺には、こうあった。

〈国立病院機構熊本医療センター
内科医　中村多和《たわ》〉

「来年は、壱里島に来られると思うんです。一人だけでやれるかどうかはわからないけれど、この島なら、自分が皆さんのために役に立てると思うし、何で急にこんな気持ちが湧き上がったのかわからないけれど、もしかしたらこの島のパワーのせいかしら。とにかく大好きになったんです」

翔一と達人さんは思わず顔を見合わせていた。

「中村先生ですか。お名前は……たわさんでよろしいのですか?」

「ええ、友人は皆、おたわと呼びます。変な名でしょ」

その名を翔一は必死で思い出そうとしたが、高速船が出るまで思い出すことはなかった。だが、おたわさんとの再会までにそう時間が必要ないことだけは、はっきり予感していた。

解　説

金子修介（映画監督）

梶尾《かじお》さんの世界には、悪人がなかなか見当たらず、殆《ほとん》どが善人たち＝愛すべき登場人物たちの発する暖かい感情によって紡《つむ》がれるドラマで、舞台もご出身地の熊本《くまもと》近辺が多く、自然描写も対象物の背景はアウトフォーカス気味……映像にしてゆくとそんな繊細《せんさい》なショットの連鎖が連想されるが、実はその背景には〝深い悲しみ〟のようなものがあり、それが一瞬垣間《かいま》見えたかと思ったらスッと元に戻り、それまでの美しさが強調される。

〝深い悲しみ〟が〝SF的設定〟↓〝逃れられない理論〟に置き換えられる時もある……というか、SF小説ですから。でも、凄くそれだけに縛られてはおらず、そこから「こうなって欲しい」という「願い」「希望」にスライドする……その場合でも、「そんなことになるはずはないだろ」という「縛り」との葛藤《かっとう》があったうえでの展開だから、意外性を感じて「面白い！」と感じて先を読まないといられなくなるのである。

壱里島《いちりじま》のおステ婆さんが罠にかかってしまった〝そいつ〟を助けるのも、おステ婆さんの善意が〝そいつ〟に通じない場合を想像してハラハラする……第一章だからネタバレ気味でもいいですか？　解説読んでから読む人結構いますよね、この辺でやめて本文に戻りますか？

実は僕は、梶尾さん原作の映画化を何本か試《こころ》みているが、残念ながらまだ実現していない。していないが、脳内ではキャスティングしながら読んでいる。それは、僕だけではないだろう。梶尾ファンの皆さん、それぞれのキャスティングがあろうから、秘密にしておこう。

しかし、機敷埜《きしきの》風天《ふうてん》というキャラクターは、梶尾作品には何度も登場しているのに、誰というキャスティングが思いつかず、今回は「白髪交じりの長髪を後ろで束《たば》ねて紐《ひも》で結び、薄い色つきの眼鏡をかけ、花柄のシャツを着ている芸術家崩れ」という描写《びょうしゃ》プラス、「ちが・います」というように妙なところで言葉を区切る喋《しゃべ》り方から、〝ガニ股のおっさんでメガネはくるくる巻きになって目の動きが見えない漫画〟が、僕にはイメージされる。

まあ、実際に映像化された場合は誰かが演じることになるわけだが、今は、漫画がそのまま動いて、他の人物たちが彼に巻き込まれてゆく様子に惹《ひ》きつけられながらアニメ合成みたいに読んでいく。妙な語調も、脳内再現してみる。

機敷埜風天でかなり印象に残っているのは、『悲しき人形つかい』での発明家。脳波を受信して人の体を動かすBF（ボディ・フレーム）を開発して、ヤクザ親分の死体を動かしてしまう。これも映画に出来たら面白いんだが……北野武『龍三と七人の子分たち』より面白いだろ。これの時は、『バック・トゥ・ザ・フューチャー』のドクが日本人になって演じている脳内映画にしている。

今回の風天は、壱里島にパワースポットを感じてやって来るライター役だ。ライターといっても、どこにどんな記事を書こうとしているのかは不明で、エネルギーが噴き出したり、癒《いや》しの力があったりする場所を特定出来る〝勘〟を持っているらしく、この壱里島に来てみたら、島自体が「これほど凄いパワースポットとは思いませんでした」と驚いている。子供の頃から不規則動作をしている少年がオジサンになった感じだ。

彼とは対比的な平均的若者末期の主人公・宮口翔一《みやぐちしょういち》が島に来たのは、数年勤めたものの業績もなく失恋もして会社を辞《や》めようと退職届を胸にしたためていたその日、初見《しょけん》で名前も思い出せない常務から指名されて呼ばれ、同じ熊本出身だという縁で、天草《あまくさ》諸島の南端、壱里島へ派遣されたからである。

派遣の理由は二つ。一つは、島で売られていた奇妙な〝おもしろたわし〟で商売が出来るか調べること、もう一つは常務の老母が壱里島の電話も通じないところに住んでいるので様子を見て来て欲しい、というものであった。

〃おもしろたわし〃は「ドーナツ状の銀色」の形状で、洗浄を必要としない万能クリーナーと説明され、何で出来ているかも解明されていないSFアイテムだ。この常務室での話から、既《すで》にアナザーワールドになっている訳だが、淡々とリアルな日常描写がされている。

銀色はおステ婆さんが助けた〃そいつ〃のイメージカラーで、元も子も無い書き方をすると（解説から読んでいる人は本文に戻った方が良いですぞ）、多分、負傷していた異界生命体がステに助けられ、そのお礼として、鶴の恩返しのように〃おもしろたわし〃を作ってステに渡したのだろうと分かってくる。宇宙人ではなく、人類以前から時々現れていた「魍魎《もうりょう》」と呼ばれるような存在とも言える。魍魎は生命体じゃないか……。

これがどんな異界から来たのかは語られないどころか、美女おたわさんに変身して翔一が恋するようになるファンタジーで、SF的設定を超えてゆくが、そのキャラクターに惹《ひ》かれる読者は、翔一に早く恋を進展させてやってよ、と思うだろうが、次第に登場頻度《ひんど》が減って薄まってゆく……のは、ラストへの伏線《ふくせん》……というか、バネ作用であった。

おたわさんが〃おもしろたわし〃を作っている時、エネルギーを発散するのでパワースポットが生まれ、機敷埜が敏感に感じ取っているらしい。ただ、それ以前にも強いパワースポットが島にはある。機敷埜は、おたわさん自身にもパワーを感じるようだ。翔一と機敷埜らで棚田を登ってゆくと山頂が開け、球状の巨石が転がっており、封印が外《はず》されたらしい深い穴が、球が転がって来ただろう先に見えている。この穴に行こうとする人物はいないが、その穴から何らかのパワーが溢《あふ》れていたのだろう。それは、もう島全体に広がったようだ。

ここに行く前に〝おもしろたわし〟製造元のステテの住まいを訪ねた翔一は、トクヨシと呼ばれる昭和的な子供と出会い、彼の母親が栖本《すもと》フジ、つまり常務の母親、そしてトクヨシ自身が、常務の子供時代の姿のように感じられて、不思議な違和感を覚える（僕の父の名前も徳好＝トクヨシだ）（だからナニ）。

もともと常務室では常務の名前は最後に渡すメモに書かれてあって、それで翔一は常務の名前が栖本だと思い出すという始まりなので、本当に以前から「栖本常務」という人は実在したのであろうか、と後から思うことになる。

翔一がフジに栖本常務の近況を伝えようとすると、フジは自分の息子が常務を務めている会社を知らず、今七、八歳のトクヨシちゃんが生まれたのは、太平洋戦争が終わった翌年だと平然と言うので認知症を疑った翔一は、迷いながらも会社に電話して、栖本常務と話そうとすると、そんな名前の常務はいないし、翔一の退職届は受理《じゅり》された、と電話口で言われるのだ。

振り返って読み直すと、おステテ婆さんの言葉で、「トクヨシちゃんはだいぶ昔、亡くなった気がするんだがな」とあり、おフジさんも「生きとったら重役になった頃たい」と言っていた。そうすると、誰が幽霊で、どのシーンがパラレルワールドへの入り口だったのだろう。パワーの作用でおそらく入り口は入り乱れ、死者も僅《わず》かに蘇《よみがえ》っているのが壱里島なのではないか。

翔一が会社に電話して「栖本常務など存在しない」と言われた時点が@パラレルワールドなのか、子供の頃死んだトクヨシちゃんが栖本常務として翔一の前に現れ、壱里島へ誘ったのか、どちらでもトクヨシちゃんが死ななかった世界から死んだ世界に来たら、そこでは過去のトクヨシちゃんが異界の入り口の封印が解けて蘇って来た、のかも知れない。そんな複雑な解釈などしなくても、と思うが、僕は職業上、追求したくなり、この解釈も間違っていたらどうしよう。と、思っていると、後半で回答がなされるが、なるほどそうなのか、というより、そこでまた様々な解釈が生まれてくる訳だが(もう誰も本文読む前の人はいないよね)。それが楽しい。

壱里島に翔一が来た日に、「魚幸《うおこう》」という弁当も餃子も焼肉もやっているお店で、島の住人たちと海の幸を肴《さかな》に呑《の》んで潰《つぶ》れてしまうが、目が覚《さ》めた時に既に別世界に来ていた、という解釈も可能だろうか……。

この時の〝地方の居酒屋感〟とでも言おうか、微細《びさい》なリアルさで、ゆるゆると一緒に飲み食いしているような気分にさせられる。食べ物描写もグルメだ。何気ないように思えるこういうシーンが、時間の流れを作るうえで、結構重要だ。

お客は滅多《めった》に来ない壱里島物産館の館長・高良《たから》、土日だけ物産館アルバイトする訪問介護員でガッチリ体形のお美貴《みき》さんらと一緒に飲み食いしているうちに意識朦朧《もうろう》となってしまう初日で、二日酔いで目覚めた翔一と我々は、すっかり壱里島に馴染《なじ》んでいるのだった。

会社にも自分の家にも帰る理由が無くなった翔一は、壱里島の町名「信柄浦《しんがらうら》町を守る会」の事務局長に選ばれた後に何から町を守るのか聞かされ、核燃料廃棄物処分場を誘致《ゆうち》しようとしている勢力から守ると分かってびっくり。お美貴さんが新町長に立候補し、高良が反対派の執行部だが、いきなり闘士のようになるわけではなく、それ以前の日常から繋《つな》がっている。

そして、物語の発端である〝おもしろたわし〟も実在しないものだと分かり、島自体がカオスの根源だと分かり、おたわさんもトクヨシちゃんも一体の存在、言うなれば魍魎であり、翔一を選んで、島を守るために遥《はる》かここまで呼んだのだと分かる。ここで、〝おもしろたわし〟が何かに変貌《へんぼう》し、例えば武器とか、人心を変えるようなアイテムとなり反対派の助けになったらどうだろうか、映画的には……って、これは映画企画書ではなかったか、既にそのつもりになって書いてました。

原作の奇譚は、この核燃料廃棄物処分場を推進しようとしてリコールされている佐々木《ささき》町長が、人間的にはヨカ人なのに地方経済のために処分場の誘致を考えているというようにやはり善人、ベテラン俳優が演じるとクレジットタイトルの「トメ」になり、他にも、映画館を継いでいる翔一と同じ宮口姓の達人《たつひと》や、印象的人物が最初から配置されていて、名作映画『警察日記』のような地方町群像ドラマとなり、処分場誘致を止めるため、そこには美女おたわさんだけでなく、他の魍魎も協力して島に地震を起こしたり、恵比寿《えびす》様みたいな「うんぶくれびっさん」が現れたり、神社に奉納されている男性陽物の彫像が飛び出したりして、これはCGになるが、一発ギャグで笑いを取り、誘致の話は無くなり、守る会は何を守るのか目的が無くなり、「孤島でちゃんばら映画祭」を運営してゆく展開は後編にしましょう、アイデアが一本分ありますよ、前後編二部作決定！……って、これは映画の企画書じゃないんだってば！

でも後編では、映画館の達人さんと翔一が同じ宮口姓であり、翔一がこの島に来た理由が示唆《しさ》され、島で作られていた未完の映画『勢揃い！　次郎長一家』が死者も蘇って完成して、しかも観客を「夕張映画祭」の運営に参加したような気分にさせてゆく、って意外に複雑な構成で、僕くらいの監督が撮らないとまとまりませんよ……って、自己宣伝的プレゼンテーションになってます？

いや、あの、だから、映画化、或《あ》るいは六話完結くらいのドラマ化希望のプロデューサーの方と、この先はお話ししたいですね、企画部の方でもいいんで、どなたか一緒に天草諸島を巡ってシナハンしましょう、そして、居酒屋「魚幸」みたいなお店探して、毎晩地元の料理でゆるゆると飲みましょう。いったい何日間のシナハンになるのだろう。もちろん、この本を旅行鞄《かばん》に入れ・て・ですね。

二〇二一年十一月

本書は2013年9月に祥伝社より刊行されたものに加筆・修正をいたしました。なお、本作品はフィクションであり実在の個人・団体などとは一切関係がありません。

徳間文庫

壱《いち》里《り》島《じま》奇《き》譚《たん》

2022年1月15日　初刷

著者　梶《かじ》尾《お》真《しん》治《じ》
発行者　小宮英行
発行所　株式会社徳間書店
東京都品川区上大崎三―一―一　〒141―8202
目黒セントラルスクエア
電話　編集〇三(五四〇三)四三四九
販売〇四九(二九三)五五二一
振替　〇〇一四〇―〇―四四三九二
印刷
製本　大日本印刷株式会社

ISBN978-4-19-894707-1

徳間文庫の好評既刊

梶尾真治

デイ・トリッパー

結婚三年半で、夫の大介《だいすけ》を亡くした香菜子《かなこ》。悲しみは消えず、彼のことを思う気持ちがつのる日々。ある日、香菜子を励まそうとする友人たちと行った店で出会った女性に「もう一度、ご主人に会う方法があるのですが」と声をかけられた。彼女の伯父・機敷埜風天《きしきのふうてん》が発明した機械を使えば、過去の自分の心に現在の心を送り込めるというのだ。香菜子は大介に会うため、時を跳ぶ！